Ein Strandhotel zum Verlieben

Verlieben

Herzklopfen auf Mallorca

Ein Strandhotel zum Verlieben

Verlieben

Herzklopfen auf Mallorca

Maggie Uhmann

Die Deutsche Nationalbibliothek verzeichnet diese Publikation in der Deutschen Nationalbibliografie; detaillierte bibliografische Daten sind im Internet über dnb.dnb.de abrufbar.

Maggie Uhmann
c/o skriptspektor e. U.
Robert-Preußler-Straße 13 / TOP 1 5020 Salzburg
AT - Österreich

Lektorat: Katharina Strzoda / lektorat-lieblingswort.de
Korrektorat:
Birgit van Troyen / www.facebook.com/BirgitsKorrektorat/
Sara Münster / www.pergamentundfederkiel.de/

Cover-/Umschlaggestaltung: Buchgewand Coverdesign |
www.buch-gewand.de
unter Verwendung von Motiven von
depositphotos.com: ryzhkov86, suwatpaint@gmail.com
stock.adobe.com: Eric Isselée, sakdam, sea and sun, Simon Dannhauer, hanohiki, kite_rin
shutterstock.com: Skowronek

Herstellung und Verlag: BoD – Books on Demand, Norderstedt
ISBN: 9783757859640

Inhaltsverzeichnis

1. Mallorca wider Willen 9

2. Ein Esel 24

3. Veganer Gurkenkaviar 46

4. Das offene Fenster 57

5. Begeisterung sieht anders aus 64

6. Äpfel und Birnen 72

7. Ein Deal 83

8. Lektion eins 95

9. Auf der Sonnenseite 104

10. Heartless in Love 116

11. Sopar a la Fresca 124

12. Whitney 128

13. Herzensangelegenheiten 134

14. Boccia 148

15. Wie der Wind 162

16. Serra de Tramuntana 174

17. Der Besuch des alten Herrn 187

18. Zoom-Sessions 202

19. Shooting Star 205

20. Success-Storys 207

21. Dinge, denen man nachjagt 213

22. Ein Strandhotel zum Verlieben (drei Monate
später) 220

23. Im Elfenbeinturm (ein halbes Jahr später) 236

24. Nachwort und Dank 241

1. Mallorca wider Willen

Tom

Die Fahrstuhltüren schlossen sich lautlos. Jetzt blieben mir zwanzig Stockwerke und damit nur wenige Sekunden Zeit, um in der verspiegelten Aufzugskabine meine dunkelblaue Krawatte zu richten und meine Frisur zu checken. Der Business-Cut meiner schwarzen Haare saß perfekt. Wunderbar, ich sah aus wie ein Mann, der alles im Griff hatte. Jetzt verstärkte die Beschleunigung des Lifts das leichte Flattern in meinem Magen, das mich vorhin beim Betreten des verglasten Wolkenkratzers befallen hatte. Zwar war ich schon hunderte Male hiergewesen und mit dem Aufzug hinaufgefahren, aber heute war eben ein ganz besonderer Tag, der mein Leben verändern könnte. Ein Blick auf meine Rolex bestätigte, dass es genau zehn Minuten vor ein Uhr war. Prima. Ich war pünktlich und bereit.

Ping. Der Lift stoppte und die Türen glitten auseinander.

»Guten Tag, Herr Hartmann! Ihr Vater und die anderen Teilnehmer warten schon im großen Besprechungszimmer auf Sie«, begrüßte mich Frau Wagner mit einem weiten Lächeln am Empfang.

»Moin! Danke!« Ich zwinkerte ihr zu und schritt den Gang zügig entlang in Richtung des besagten Meetingraums. Die Wände, hinter denen sich die Büros der Hartmann Holding befanden, bestanden aus kühlem Milchglas und gaben den Räumlichkeiten ihr helles und modernes Aussehen. Als Assistent der Geschäftsleitung hatte ich zwölf Monate lang sehr gern hier in Frankfurt gearbeitet, ehe Vater mich vor zwei Jahren als Generalmanager nach Hamburg geschickt hatte, um den Alsterstern, das damalige Sorgenkind der Gruppe, aus den roten Zahlen zu führen. Also hatte ich mich wie immer mächtig ins Zeug gelegt und mir den Hintern für das Projekt aufgerissen. Mit sehr viel Anstrengung war die Rettung geglückt und das Hotel befand sich jetzt wieder in der Gewinnzone. Deswegen ging ich davon aus, dass er mich heute beim Quartalsmeeting der Hoteldirektoren endlich offiziell als seinen Nachfolger nominieren würde. Denn das hatte er mir schon einige Male in Aussicht gestellt und für das Meeting *monumentale Neuigkeiten* angekündigt, die vor allem mich betreffen würden. Ich fieberte diesem Tag entgegen, seitdem ich als junger Mann an seiner Seite auf die Frankfurter Skyline geschaut hatte, die wie die Gipfel einer Bergkulisse vor uns in die Höhe ragten. Bei dem Anblick hatte ich mich noch unsicherer gefühlt, denn von allen Seiten hatte ich mit Gegenwind zu kämpfen gehabt. Doch Vater hatte mir die Hand auf die Schulter gelegt und gesagt: *Eines Tages bist du hier der Boss.* Allein diese Geste, und dass er mir zutraute, jemals in seine großen Fußstapfen treten zu können, hatte mir einen gewaltigen Push versetzt. Und ein großes Ziel, auf das ich fortan unermüdlich hinarbeitete. Mittlerweile verfügte ich mit meinen Fünfunddreißig bereits über viel Erfahrung und fühlte mich mehr als bereit für Vaters Posten. Und er war mit seinen Siebenundsechzig überreif für die Rente. In wenigen Minuten würde ich die Karotte endlich zu greifen bekommen, die seit einer gefühlten Ewigkeit vor meiner Nase baumelte.

Ich betrat den Meetingraum, durch dessen geöffnete Tür ich die Manager der anderen Hotels unserer Gruppe und meinen Vater sah sowie meine Halbgeschwister Max und Marie. Sie hatten schon rund um den langen Besprechungstisch Platz genommen und waren damit beschäftigt, ihre Laptops hochzufahren.

»Da ist er ja!«, rief Vater und kam mit geöffneten Armen auf mich zu. Er war schlank und von mittelgroßer Statur, die schütteren weißen Haare waren straff zurückgekämmt und sein Lächeln war so weit, dass die weißen Zahnreihen hervorblitzten. Allerdings wirkte seine Mimik immer ein wenig statisch. Er könnte als Doppelgänger des amerikanischen Präsidenten Joe Biden durchgehen. Aber wer ihn kannte, der wusste, dass die Größe seines Egos mit jenem von Donald Trump locker mithalten konnte, was die Zusammenarbeit mit ihm mitunter schwierig machte. Er umarmte mich etwas steif und danach begrüßte ich die anderen zehn Anwesenden, indem ich einem nach dem anderen die Hand gab, mit kurzem, aber festem Druck und mit freundlichem Blickkontakt. Den Handschlag meines Bruders Max würde ein Karriere-Coach den *Dead-Fish-Handshake* nennen. Schlaff, kühl, lasch. Außerdem vermied er es, mir ins Gesicht zu sehen. Meine Schwester Marie wiederum streckte ihre Hand weit von ihrem Körper weg, sodass zwischen uns der größtmögliche Abstand blieb. Jetzt, wo ich auf dem Sprung war, Geschäftsführer zu werden, war die Missgunst meiner jüngeren Halbgeschwister prompt wieder entflammt.

»Dann lasst uns mal loslegen«, sagte Vater und klopfte mit seiner flachen Hand auf den Tisch. Normalerweise verzichtete er auf einen Computer, doch heute hatte er neben ein paar Blättern Papier auch seinen Laptop vor sich, der bereits mit dem großen Display an der Wand verbunden war. Mein Puls galoppierte. Wann würde er die Neuigkeit verkünden? Ich zwang mich, ruhig zu atmen, und lehnte mich in meinem Sessel betont entspannt zurück. Das half und ich schaffte es, mich auf Vaters Ausführungen zu konzentrieren. Er schwadronierte über die Vision, das Leitbild und die Strategie der Hartmann Holding, wobei er häufig Phrasen wie Exklusivität, Qualität und Professionalität einstreute. Als Nächstes kam er auf die Ergebnisse des letzten Quartals zu sprechen.

»Wer hätte das vor zwei Jahren gedacht, als wir darüber diskutierten, die alte Kaschemme abzustoßen. Aber im letzten Quartal hat der Alsterstern den höchsten Gewinn vor Steuern von allen Unternehmen der Holding erwirtschaftet. Bravo, Tom«, sagte er mit unüberhörbarem Stolz in der Stimme.

Das ging bei mir runter wie Öl. Ich genoss diesen kleinen Moment der Anerkennung sehr, denn der Erfolg war mir nicht in den Schoß gefallen. Während die anderen Direktoren in sein Klatschen einstimmten, verzog Marie das Gesicht und tippte irgendetwas in ihren Computer und ich bemerkte, wie Max die Augen verdrehte. Die Reaktion meiner Geschwister traf mich und dämpfte mein Hochgefühl, denn ich war ihnen gegenüber immer fair gewesen und hatte mich stets mit ihnen über ihre Erfolge gefreut.

Doch es blieb keine Zeit, über den Neid von Marie und Max nachzugrübeln, denn es ging weiter. »Jetzt kommen wir zum nächsten, sehr erfreulichen Punkt der Agenda und ich darf euch über grandiose Veränderungen in unserer Holding informieren. So viel verrate ich vorab: Es gibt Grund zum Feiern«, fuhr Vater fort und sein Lächeln stand dem eines Präsidenten nach der gewonnenen Wahl in nichts nach. Mein Atem beschleunigte sich. Endlich war es so weit.

»Jetzt kann ich euch ja verraten, wo ich letzte Woche gewesen bin. « Dass Vater verreist war, hatte ich gar nicht gewusst. Da er allerdings fast ständig auf Achse war, um einem seiner Hotels zwischen Westerland und München einen Besuch abzustatten, war das auch nicht weiter verwunderlich.

»Ich war auf Mallorca«, sagte er und blickte grinsend in die Runde. Dass er eine Urlaubsreise gemacht hatte, war auszuschließen. Ein schlimmer Verdacht befiel mich. Alle wussten, dass Vater in den Süden expandieren wollte und schon seit Monaten auf der Suche nach einem geeigneten Objekt war. Er hatte betont, dass die Zeit dafür jetzt günstig wäre, da etliche Hotels es nicht durch die Krisen der letzten Jahre geschafft hätten.

»Und? Nach Ihrem zufriedenen Lächeln zu urteilen, haben Sie zugeschlagen«, bemerkte Michael Frey, der Direktor des Hartmann Berlin Potsdamer Platz.

»Bingo«, antwortete Vater. »Ich zeige es euch. « Meine Schultern sackten nach unten. Vater setzte seine Brille auf und griff ungelenk nach seiner Maus. Dann startete er ein Video und in der nächsten Sekunde schepperten eindringliche Rhythmen aus dem Mikro seines Laptops. Ich kannte die Unterschiede nicht so genau, aber es hörte sich nach Salsa, Tango oder vielleicht auch Flamenco an. Gleichzeitig ploppte ein leuchtend roter Schriftzug so urplötzlich auf dem wandfüllenden Monitor auf, dass ich zusammenzuckte. *Alcúdia Bonita,* las ich fassungslos. Er hatte ein neues Hotel gekauft! Meine Hoffnung, heute endlich den Posten des Geschäftsführers zu bekommen, zerplatzte endgültig und in meinem Magen wurde es flau, als würde ich ungebremst zwanzig Stockwerke in die Tiefe sausen. Unterdessen lief das billig produzierte Werbevideo erbarmungslos weiter und Vater kommentierte die Bilder.

»Alcúdia liegt im Nordosten der Insel, in einer beliebten Urlaubsregion. Das neue Haus hat eine tolle Strandlage direkt in der Bucht von Alcúdia und ist mit zweihundert Betten nun das größte Hotel unserer Gruppe. Außerdem hat es ein Restaurant und natürlich eine Bar. Aber es muss einiges daran verändert werden, um unseren üblichen Qualitätsstandard zu erreichen.«

Wir sahen einen sechsstöckigen Plattenbau, der den Ostblock-Charme sozialistischer Baukunst verkörperte. Die von Palmen flankierte Poolanlage und ein Sandstrand mit sanft anbrandenden Wellen sahen dagegen ganz nett aus.

»Aha, das ist mal etwas ganz anderes. Keine Wellness und kein Stadthotel«, bemerkte Anke Bauer, eine Hoteldirektorin aus Leipzig, trocken.

Vater entgegnete nichts auf ihre Anmerkung, sondern starrte gebannt auf den Film, als würde er ihn zum ersten Mal sehen.

»Wie ihr euch denken könnt, hat das Ganze seinen Preis«, sagte Vater, als das Video zu Ende war, und sein Lächeln wich wieder seinem geschäftsmäßigen Gesichtsausdruck. »Die Belastungen wegen der Kreditfinanzierung sind beachtlich, das Objekt muss unverzüglich Gewinn abwerfen. Deshalb brauche ich einen cleveren, erfahrenen Profi, der sich richtig reinhängt.«

Ich rutschte ganz tief in meinen Sessel. Vor zwei Minuten hatte ich gedacht, dass der Tag nicht enttäuschender für mich hätte verlaufen können, aber schlimmer ging bekanntlich immer. Fieberhaft dachte ich nach.

»Wie wäre es mit Henrik Kahlert, dem Manager der Vier Jahreszeiten? Letztens hat er mir erzählt, dass er sich beruflich verändern will. Oder Claudia Schuster, die den Schönen Meerblick auf Amrum wieder auf Vordermann gebracht hat?«, schlug ich eilig vor.

»Das sind beides sehr gute Leute«, antwortete Vater und lächelte milde. »Aber es sind nicht die besten. Bei einer Investition in dieser Größenordnung dürfen wir kein Risiko eingehen und müssen unser bestes Pferd ins Rennen schicken. Und das bist nun einmal du, Tom. Zumindest bis der Laden nach unseren Vorstellungen läuft, also vielleicht für zwei oder drei Jahre«, sagte er und sein Blick machte klar, dass er nicht scherzte. Er wollte mich nach Mallorca schicken, um diesen monströsen Kasten auf Kurs zu bringen.

Max daneben wieherte vor Vergnügen. »Dein langes Gesicht solltest du sehen!« Und auch Marie lächelte zum ersten Mal an diesem Tag.

»Und was wird aus dem Alsterstern?«, entgegnete ich.

»Den kann unser Max übernehmen. Es wird Zeit, dass er auch mal in die erste Reihe vorrückt«, antwortete Vater und alle Blicke richteten sich auf meinen jüngeren Halbbruder, der schlagartig ernst wurde. Er war bislang nur in stellvertretenden Managerpositionen tätig gewesen und wäre mit seinen dreißig Jahren tatsächlich bereit für den nächsten Karriereschritt. Ob er das hinbekommen würde?

»Wirklich?«, fragte Max und verfiel in den Tonfall eines Jungen, der vor den leuchtenden Kerzen seiner Geburtstagstorte stand. »Das wäre ja super!«

Tausend Gedanken schossen mir durch den Kopf. »Aber ich spreche kein Spanisch«, brachte ich einen anderen der etlichen Hinderungsgründe zum Ausdruck.

»Papperlapapp, auf Mallorca sprechen doch fast alle Deutsch und Englisch sowieso. Und wenn es nötig ist, lernst du die Sprache in Nullkommanichts«, ordnete Vater an.

Schweigend verschränkte ich meine Arme vor dem Körper. Verärgerung darüber, wie er mich vor vollendete Tatsachen stellte, stieg in mir auf. Hätte er mich nicht vorher unter vier Augen fragen können? Ich traute ihm zu, dass er mich bewusst in dem falschen Glauben gelassen hatte, ich würde heute meine langersehnte Beförderung bekommen, um mir stattdessen diese heiße mallorquinische Kartoffel unterzujubeln. Er war wohl der Meinung gewesen, dass ich ihm vor versammelter Mannschaft keinen Korb geben würde. Doch gerade fühlte ich mich so überrumpelt, dass mir genau das durch den Kopf ging. Das könnte allerdings das Ende meines Traumes bedeuten, Leiter des Familienunternehmens zu werden, denn vielleicht würde Vater dann Max zum Zug kommen lassen. Mein Puls hämmerte Blut durch meine Adern und ich straffte meine Schultern. Vaters und mein Blick trafen sich und keiner von uns beiden sagte ein Wort.

»Und danach, wenn das Alcúdia Bonita saniert ist, wirst du meine Nachfolge als Geschäftsführer der Hartmann Holding antreten«, fügte er bedächtig hinzu, als hätte er meine Gedanken lesen können. »Was sagst du dazu, Tom?«

»Abgemacht«, antworte ich schließlich und lächelte doch noch. Endlich hatte er mir die Erfüllung meines Lebenstraumes nicht nur vage für die Zukunft in Aussicht gestellt, sondern das Versprechen, mit dem er mich hinhielt, auch mit einem konkreten Zeitpunkt versehen. Außerdem hatte er es vor Zeugen gesagt, sogar vor meinen Geschwistern. Damit war es besiegelt. Ich würde für einige Zeit nach Mallorca gehen, auch wenn es eigentlich wider meinen Willen war.

***

Auf der langen Heimfahrt nach Hamburg ging mir alles Mögliche durch den Kopf. Mein Ziel, Geschäftsführer der Holding zu werden, war mit einem Schlag wieder in die Ferne gerückt. Andererseits wusste ich jetzt, woran ich war. Nur noch maximal drei Jahre durchhalten, dann wäre meine Zeit endlich gekommen. Ich würde alles in meiner Macht Stehende tun, um auch auf Mallorca erfolgreich zu sein. Keine Frage, es kamen wieder einmal stressige Zeiten auf mich zu. Binnen weniger Wochen sollte ich dieses neue Hotel übernehmen. Bis dahin musste ich meinem Bruder Max den Alsterstern übergeben und meinen Umzug in den Süden vorbereiten. Meine Wohnung in Hamburg würde ich als Wertanlage behalten und einen Makler mit der Vermietung beauftragen. Meinen Geländewagen wollte ich aber nicht aufgeben und beschloss, ihn mitzunehmen und über den Landweg und die Fähre anzureisen. Vater würde mich die ersten Tage gemeinsam mit einem spanischen Anwalt vor Ort unterstützen und mir den aktuellen Generalmanager vorstellen. Er würde allerdings das Flugzeug nehmen und kurz nach mir ankommen. Früher einzutreffen bot mir außerdem die Gelegenheit, mich vorab inkognito ein wenig im Alcúdia Bonita umzusehen. Mit der Insel Mallorca, auf der ich noch nie gewesen war, verband ich widersprüchliche Assoziationen, die ich da und dort aufgeschnappt hatte. Mir kamen Jugendliche in den Sinn, die Sangria aus Kübeln tranken und überfüllte Strände. Andererseits auch Bilder einer idyllischen Steinfinca inmitten von Orangenbäumen, die mir Frau Wagner einmal von einem ihrer Urlaube gezeigt hatte.

Als ich gegen dreiundzwanzig Uhr meinen Porsche Cayenne vor dem Mehrparteienhaus in Hamburg-Mitte parkte, in dem Sabrina Amhoff wohnte, war ich fix und fertig. Der Tag war sehr lang gewesen.

Die Buchhalterin aus dem Alsterstern hatte mir heute spontan mit meinem kleinen Problem geholfen. Nachdem sie mir die Haustür per Fernsprechanlage geöffnet hatte, hörte ich schon vom Eingang aus das Winseln des Chihuahuas. Rasch stieg ich in den zweiten Stock hinauf, und als ich um die letzte Ecke bog, flog er schon auf mich zu. Er schnellte auf seinen Hinterbeinchen in die Höhe und schmiegte sich an meinen Unterschenkel, als wollte er mit ihm verschmelzen. Bei seinem Gejohle, das an eine außer Kontrolle geratene singende Säge erinnerte, fürchtete ich, jeden Moment Bekanntschaft mit den aufgebrachten Nachbarn zu machen. Der Kleine gebärdete sich, als ob er nicht damit gerechnet hätte, mich jemals wiederzusehen. Hallo! Ich hob das federleichte hellbraune Fellknäuel auf, das vor Freude zitterte, und drückte es sanft an mich. Um den Geräuschpegel im Flur zu senken, bat mich die junge Frau einzutreten. Sie führte mich in ein Wohnzimmer, das ich mir mit dem grauen Teppichboden, dem wandfüllenden Billy-Regal voller Bücher und dem Fernseher gegenüber von einer altrosafarbenen Couch so ähnlich vorgestellt hatte. Die Einrichtung war gemütlich und funktional. Lachend drehte ich mein Gesicht weg, um Bismarcks Küssen zu entgehen. Obwohl der kleine Wadenbeißer nicht das war, was ich mir unter einem Hund vorstellte und er mein Leben schrecklich verkomplizierte, bewirkte seine aberwitzige Vernarrtheit in mich etwas in mir. Sie ließ mein Herz schneller schlagen und selbst an einem Tag wie diesem brachte er mich zum Lächeln. Es gab immerhin ein Lebewesen auf der Welt, das mich liebte! Oder vielleicht doch zwei? Denn Sabrina strahlte mich schon wieder mit diesem hingerissenen Blick an, mit dem sie mich neuerdings manchmal bedachte. Obwohl ich prinzipiell nicht abgeneigt wäre, eine neue Beziehung einzugehen, käme Sabrina allerdings nicht infrage. Sie löste nichts in mir aus, was über brüderliche Gefühle hinausging. Meine letzte feste Beziehung zu Christine hatte dagegen leidenschaftlich begonnen. Doch sobald sie vor rund einem Jahr in mein Apartment in Hamburg-Blankenese eingezogen war, waren all ihre Pläne, ihr Studium abzuschließen, mit einem Mal vergessen gewesen. *Event Management,* das sie belegt hatte, übte sie danach nur noch passiv aus, dafür aber umso exzessiver. Da ich viel arbeitete, hatte ich erst spät erkannt, dass sie völlig ambitionslos glücklich war. Und Trägheit war etwas, das ich nicht schätzte. Bei meiner Belegschaft nicht und schon gar nicht bei der Frau an meiner Seite. Vielleicht war ich zu anspruchsvoll? Für mich musste in einer Beziehung eben alles passen.

»Vielen Dank für die Hundebeaufsichtigung. Wie ist es gelaufen? Ich komme natürlich für alle Schäden auf«, scherzte ich, was der zurückhaltenden Buchhalterin ein kleines Lachen entlockte. Ich war immer sehr froh, wenn sie als Aufpasserin für Bismarck einspringen konnte, da sie den Kleinen schon vom Büro kannte. Bestimmt waren deshalb Aufenthalte bei ihr für das Hündchen weniger stressig als bei einem herkömmlichen Tiersitter.

»Es war großartig mit ihm und wir hatten einen tollen Tag. Wie kann man so ein süßes Kerlchen einfach so ins Tierheim stecken! «, rief sie entrüstet. Ich hatte ihr erzählt, was meine nunmehr Ex-Freundin Christine getan hatte. Nachdem sie sich den Welpen vor einem halben Jahr aus einer Laune heraus angeschafft hatte, hatte sie sich nicht mehr um ihn gekümmert. Aus Mitleid und um ihn von der Zerstörung meiner Sachen abzuhalten, hatte ich ihn gezwungenermaßen unter meine Fittiche genommen. Ich fütterte ihn, ging mit ihm die Gassirunden und erzog ihn. Sogar zur Arbeit kam er meistens mit. Als wir uns wegen des Hündchens und wegen Annas allgemeiner Untätigkeit, mit der sie in den Tag hineinlebte, immer häufiger stritten, steckte sie den Kleinen eines Tages kurzerhand in ein Tierheim! Das brachte das Fass zum Überlaufen. Am selben Tag machte ich mit ihr Schluss, was ohnehin schon längst überfällig gewesen war, und holte Bismarck aus Mitleid zurück. Seither begleitete er mich überallhin, nur an turbulenten Tagen wie heute musste ich ihn irgendwo unterbringen.

»Tja, ich kann das auch nicht verstehen«, antwortete ich und kraulte ihn hinter seinem Ohr. »Darf ich Sie etwas fragen? Ich hoffe, Ihnen damit nicht zu nahe zu treten, und wenn Sie ablehnen, nehme ich es Ihnen überhaupt nicht krumm.«

»Aber natürlich!« Sabrina lächelte und kam langsam näher.

»Könnten Sie sich vielleicht vorstellen, Bismarck für immer zu sich zu nehmen? Es ist nämlich so, dass ich für die nächsten zwei oder drei Jahre auf Mallorca arbeiten werde und ich habe keine Ahnung, ob er das warme Klima gut verträgt. Sicher wäre es besser für ihn, in seiner gewohnten Umgebung zu bleiben«, sagte ich schweren Herzens. Niemals hätte ich vermutet, dass mir eine solche Frage dermaßen schwer über die Lippen kommen würde. Aber da meine Mitarbeiterin so von ihm schwärmte, musste ich dem kleinen Racker zuliebe mein Glück bei ihr versuchen.

Sabrinas Mund klappte auf. »Sie gehen aus Hamburg weg?«, fragte sie entgeistert. »Oh, das ist aber sehr schade! Aber nein, was soll ich denn mit einem Hund, ich bin doch berufstätig.« Sie sah mich voller Bedauern an und meine Hoffnungen zerschlugen sich.

Da der Kleine so menschenbezogen war, wollte ich ihm das Eingewöhnen an einen neuen Besitzer oder einen weiteren Aufenthalt im Tierheim auf keinen Fall zumuten. Da erschien es mir tausendmal besser, ihn mitzunehmen. Vielleicht lebte er sich ja im mediterranen Klima besser ein, als ich dachte. Ich würde zumindest alles dafür tun, um Bismarck die Umstellung zu erleichtern. Das für mich Erfreuliche war, dass ich nicht ganz allein auf die Insel umziehen müsste. Ich bedankte und verabschiedete mich von der jungen Frau. Dann machte ich mich auf den Heimweg.

Zu Hause angekommen platzierte ich den Autoschlüssel auf der anthrazitfarbenen Lackkommode und stellte meine Laptoptasche auf dem hellen Fliesenboden ab. Während ich aus meinem Sakko und den Schuhen schlüpfte, hörte ich Bismarcks Pfoten über das Parkett im Wohnraum tapsen, wo er vermutlich noch ein paar Schluck aus seiner Wasserschüssel nehmen und sich dann in seinem Körbchen neben dem Ledersofa zusammenrollen würde. Der Tag war nicht nur für mich anstrengend gewesen. Ich ging am Chihuahua vorbei und weiter zur offenen Küche, wo ich mein iPad vom Küchentresen nahm. Müde ließ ich mich damit auf die Couch sinken und streamte noch eine Folge der Comedyserie *How I met your Father*, ehe ich nach dem Duschen erschöpft zwischen die schwarzen Seidenbezüge meines Bettes glitt. In dieser Nacht träumte ich von der Sonne, von Palmen, die sich sanft im Wind bewegten und einem weiten weißen Sandstrand. Und von Bismarck, der auf seinen kurzen Beinchen den Wellen nachjagte.

Vier Wochen später steuerte ich meinen Geländewagen durch Alcúdia. Am dritten Tag meiner langen Anreise musste ich noch einmal meine besondere Konzentration auf den Verkehr legen, um in den schmalen Gassen keinen Radfahrer umzufahren. Diese waren hier in Scharen unterwegs und verhielten sich, als würden die Straßen ihnen allein gehören. Ich fühlte mich geschlaucht, müde und genervt. Kein Wunder nach so einer langen Fahrt, die uns durch Frankreich und dann bis nach Barcelona geführt hatte. Von dort waren wir mit der Fähre nach Mallorca übergesetzt. Wenigstens schien Bismarck den Trip durch halb Europa gut überstanden zu haben.

»In dreihundert Metern haben Sie Ihr Ziel erreicht«, kündigte mein Navigationsgerät an, und mein Atem beschleunigte sich vor Aufregung. Ich streckte meine Schultern und dehnte meinen Rücken durch. Genau wie geplant war ich kurz vor Vater angekommen. Er würde erst in drei Stunden mit unserem Anwalt eintreffen. Gerade rechtzeitig, um gemeinsam das Mittagsbüffet zu inspizieren. Jetzt würde ich erstmals inkognito einchecken, dann freute ich mich auf eine Dusche und eine Rasur. Und im Anschluss wollte ich mir die Anlage und die die Abläufe im Haus ein wenig ansehen. Ich hielt meinen Blick gebannt auf das Ende der Straße gerichtet, wo sich ein hellgrauer Klotz gegen die etwas kleineren benachbarten Häuser abhob. Konnte es sich bei dem Kasten um das Strandhotel handeln? Mist!

Ich sprang auf die Bremse. Die Gasse war so eng, dass ein entgegenkommender Gemüsetransporter und ich unmöglich nebeneinander passieren konnten. Im letzten Moment waren wir zum Stillstand gekommen und standen uns jetzt mitten auf der Straße gegenüber. Idiot! Impulsiv drückte ich auf die Hupe, was die Situation natürlich auch nicht besser machte. Na toll! Jetzt steckte ich auch noch fest, denn hinter mir stand ein Linienbus. Ich trommelte mit meinen Fingern am Lenkrad herum und wartete ungeduldig, bis der kleine Lastwagen zurückgesetzt und Platz gemacht hatte. Endlich war der Weg frei und ich brauste los.

»Sie haben Ihr Ziel erreicht «, erklärte die Frauenstimme aus dem Navi, als ich eine Minute später vor dem grauen Bau auf den Parkplatz rollte. *Alcúdia Bonita* stand in schmucklosen weißen Lettern auf einem Schriftzug über dem Eingang. Nur ein paar Blumen und Palmen lockerten den Anblick des in die Jahre gekommenen Hotels ein wenig auf. Die Fassade des Flachbaus wies einige Risse auf, die im Werbevideo natürlich nicht zu sehen gewesen waren. Was mich hier wohl erwartete? Wenn ich den abgewirtschafteten Bau vor mir betrachtete, dann in erster Linie jede Menge Arbeit. Ich ließ Bismarck aussteigen, holte meinen Koffer aus dem Wagen und wir stiegen die Treppen zum Eingang hinauf.

2. Ein Esel

Bianca
Ich lenkte mein klappriges Damenrad durch die Gassen von Alcúdia, der späten Vormittagssonne und meiner Arbeit entgegen. Mein brünettes Haar wehte um meine

Schultern und der Fahrtwind zauberte mir ein Lächeln ins Gesicht. Der Anblick der mittelalterlichen, von üppigen grünen Palmen flankierten Mauern der Altstadt zu meiner Linken ließ wie jeden Tag beinahe so etwas wie Urlaubsstimmung in mir aufkommen. Im Vorbeifahren drückte ich meine Fahrradklingel, um ein dunkelgraues Kätzchen zu grüßen, das träge im Schatten eines sandsteinfarbenen Hauses döste. Vorbei ging es an weiteren hübschen mallorquinischen Fincahäusern, vor denen pinke Bougainvilleen und zartrosa Oleanderpflanzen in Blumentöpfen blühten und deren geschlossene grüne Fensterläden später die Mittagssonne aus dem Inneren fernhalten würden. Ich summte den fröhlichen Song, den ich vor dem Weggehen im Radio gehört hatte. Die Sorgen, die mich in diesen Tagen bedrückten, blendete ich aus, auch wenn das nicht ganz einfach war. Einen Regenschirm spannt man ja auch erst dann auf, wenn es regnet, rief ich mir einen Spruch in Erinnerung, den mir meine Schwester Anna einmal ans Herz gelegt hatte. Es war viel besser, den Augenblick zu leben, als sich über ungelegte Eier Gedanken zu machen. Deswegen genoss ich das freudige Kribbeln in meinem Bauch, das die vom Meer kommende salzige Luft in mir auslöste und die ich tief in meine Lungen aufsog. Ich näherte mich der Küste und damit dem lebendigen Küstenort Port d'Alcúdia, das an einem fast karibisch anmutenden weitläufigen Sandstrand gelegen zahlreiche Hotels, Restaurants und Bars beherbergte. Was für ein wunderschöner Tag und wie herrlich war es, hier leben zu dürfen.

Nach ein paar Minuten hatte ich mein Ziel, das Alcúdia Bonita, erreicht. Hier arbeitete ich als Animateurin, seitdem ich vor über zehn Jahren aus Österreich ausgewandert war. Ich stellte das Bike am Rande des von grünen Palmen und pinkfarbenen Orchideen gesäumten Parkplatzes ab. Danach legte ich die ersten paar Schritte vorsichtig zurück. Prima, meine Achillessehne spürte ich fast gar nicht und mein rechtes Knie ziepte nur ein bisschen. Vor der Gymnastikstunde würde ich mir zur Sicherheit trotzdem Bandagen anlegen. Auf meinem Weg zum Haupteingang sammelte ich eine Plastikflasche vom Boden auf. Mit den vielen Touristen kam im Frühsommer leider auch der Kunststoffmüll zurück, der drohte, irgendwann in den wunderschönen Buchten der Insel und in den Bäuchen der Schildkröten im Meer zu landen. Obwohl Mallorca große Anstrengungen zur Vermeidung von Einwegplastik unternahm, bevorzugten die meisten Gäste immer noch Wasser aus Einweg-Kunststoffflaschen. Es hatte sich noch nicht herumgesprochen, dass die Inselverwaltung vielerorts Trinkwasserbrunnen aufgestellt hatte, um Abfälle zu vermeiden.

Nach meinem Eintreten steuerte ich direkt auf die Rezeption zu. Obwohl ich wie meistens spät dran war, wollte ich auch heute vor der Arbeit noch ein wenig mit meiner Freundin Carmen plaudern. »Guten Morgen, junges Fräulein! Wissen Sie vielleicht, wann Carmen Cledera wieder hier sein wird?«, scherzte ich und grinste breit.

»Sehr witzig.« Sie lachte fröhlich und fuhr sich mit den Fingern durch ihren frisch geschnittenen Bob, der unterhalb der Kinnlinie ihr Gesicht umrahmte und ihre schönen Gesichtszüge betonte. Ein paar aufgehellte Strähnchen setzten in ihrem dunkelbraunen Haar frische Reflexe. »Wie gefällt dir meine neue Frisur?«

»Du siehst unglaublich *hot* aus. Lass bloß die Finger von meinem Freund, hörst du?«, rief ich und drohte ihr mit meinem ausgestreckten Zeigefinger. Diese Geste zusammen mit dem Gedanken, dass sie mit meinem Freund anbandeln würde, war zu absurd und wir kicherten beide los.

»Gibt es sonst irgendwelche Neuigkeiten, von … du weißt schon?«, fragte ich wie beiläufig, aber meine Stimme wackelte ein wenig. Da sie als Mitarbeiterin des Empfangs immer als Erste an Informationen kam, fungierte sie als zentrale Drehscheibe des Hoteltratsches. Obwohl ich mir vorhin vorgenommen hatte, alles auf mich zukommen zu lassen und optimistisch in die Zukunft zu schauen, war ich doch gespannt wie ein Flitzebogen, wie es mit dem Hotel weitergehen würde. Señora Sanchez, die betagte langjährige Besitzerin des Alcúdia Bonita, hatte es vor einigen Wochen völlig unerwartet an eine deutsche Hotelgruppe verkauft, wie uns Angestellten mitgeteilt worden war. Und nun erwarteten wir täglich das Eintreffen der neuen Eigentümer, die wir bisher noch nicht kennengelernt hatten. Da das Alcúdia Bonita kaum Gewinn abwarf, wollten sie bestimmt die Kosten senken. Das verunsicherte alle, die hier arbeiteten, denn keiner wollte seinen Job verlieren. Und ich am allerwenigsten, denn ich fühlte mich ganz besonders mit diesem Haus verbunden.

»Nein, es gibt nichts Neues.« Sie seufzte. »Aber mach dir keinen Kopf. Bestimmt bleibt alles beim Alten, so schlecht läuft das Hotel doch auch wieder nicht. Immerhin sind wir fast ausgebucht.«

»Du hast recht. Alles wird gut. Von dir werden sie schon mal begeistert sein«, sagte ich munter und war wieder ein wenig beruhigter. Ich winkte meiner Freundin noch einmal kurz, die mir im Gegenzug eine Kusshand zuwarf. Dann ging ich die gegenüberliegende Treppe hinunter, die mich zur Garderobe der Animation führte. Hier waren unser Sportequipment, alle möglichen Requisiten und unsere Spinde untergebracht.

»Hola, Chicas!«, begrüßte ich meine Kolleginnen Isabel und Sofia, die sich bereits umzogen. Wir verstanden uns super, obwohl ich mit meinen dreißig Jahren das Urgestein im Team und rund zehn Jahre älter war als die beiden, die den Job nur als Überbrückung bis zum Beginn ihres Studiums machten. Ich warf einen Blick auf unseren heutigen Plan. Okay. Sofia begann mit dem Kinderclub und nach der Wassergymnastik am Pool würde ich zu ihr stoßen. Isabel startete mit Darts und ich mit der Pantomime. Im Juli und August endeten die Tage immer mit einer Minidisco für die Kinder. Ab und zu gab ich noch ein kleines Konzert mit meiner Gitarre, aber heute war nichts dergleichen geplant.

Während die Mädels über Jungs flachsten, mit denen sie gestern Abend ausgegangen waren, legte ich meine selbst gebastelten bunten Halsketten ab und begann, mir zwei hoch am Kopf stehende Zöpfe zu flechten, die mir links und rechts bis auf die Schultern herabhingen. Ich schlüpfte in ein weißes Shirt, auf dessen Rückseite der Schriftzug »Kinderclub Alcúdia Bonita« aufgedruckt war.

Dann trug ich weiße Schminke auf mein Gesicht und einen roten Lippenstift auf. Noch rasch die Augen mit schwarzem Kajalstift umrandet und ich war mit dem Schminken fertig. Zuletzt zog ich mir die weißen Handschuhe und die schwarzen, weiten Pluderhosen mit den Hosenträgern über, in der die Utensilien versteckt waren: Luftballons, Seifenblasen und eine Spritzpistole, die ich im angrenzenden Bad mit frischem Wasser auflud. Sobald mein Gesicht weiß wie die Wand war, war ich frei und hatte die Erlaubnis, den Urlaubern einen Spiegel vorzuhalten. Das führte oft zu sehr komischen Situationen. Kein Wunder, dass die Gäste die Pantomime liebten, genau wie ich. Die größte Schwierigkeit bestand darin, weder sprechen noch lachen zu dürfen.

Ich warf einen Blick auf die Zeitanzeige meines Handys. Oje, schon wieder zu spät. »Bis dann, ihr Süßen«, verabschiedete ich mich und machte mich auf den Weg ins Restaurant.

***

Das Büfett war bereits im Gange und drei Viertel der Tische waren besetzt. Man merkte, dass wir uns kurz vor der Hauptsaison befanden und die Buchungslage gut war. Ich ging herum, winkte den Gästen und jonglierte vor der Obsttheke mit ein paar Orangen. Vor einem kleinen Jungen ließ ich eine Riesenseifenblase steigen. Er machte große Augen und lachte lauthals, als sie über seinem Kopf zerplatzte. Für ein trotziges Mädchen im Kindergartenalter blies ich zwei meiner länglichen Ballons auf und bastelte daraus einen Vierbeiner mit vorstehender Schnauze, den ich der Kleinen dann mit einer tiefen Verbeugung überreichte. Sie klatschte begeistert und die Zornestränen waren vergessen, weswegen mir ihre Eltern dankbare Blicke zuwarfen. Ich deutete auf die Rückseite meines T-Shirts, auf dem der Hinweis mit dem Kinderclub aufgedruckt war, worauf die jungen Eltern sich kurz ansahen und mir dann gleichzeitig heftig zunickten. Beide Daumen hoch! Heute lief es ja wieder einmal super! Ich winkte der Familie und ging weiter. Da fiel mein Blick auf einen etwas älteren Mann mit schütterem weißen Haar, der mit zusammengekniffenen Lippen und gerümpfter Nase an der Theke in einen der Edelstahlbehälter starrte. Seinem angewiderten Gesicht nach zu urteilen, musste er zwischen den Burgern und Würstchen gerade eine sabbernde Kakerlake entdeckt haben, was ausgeschlossen war, denn die Küchenhygiene bei uns war erstklassig. Da hatte aber jemand schlechte Laune. Ohne ihn zu berühren, stellte ich mich schräg hinter ihn und ahmte ihn nach, indem ich meine Nase krauszog und meine Lippen angewidert schürzte. Meinen Oberkörper beugte ich parallel zu seinem nach vorn und schaute ebenso verbittert auf die Warmhalteplatten hinunter wie er. Um den Ausdruck noch zu verstärken, beschattete ich meine Augen mit meiner Hand, als würde ich in die Ferne sehen. Natürlich war da kein Ungeziefer. Der Mann war so vertieft in die Betrachtung des Essens, dass er mich gar nicht bemerkte. Anders als die Gäste ringsherum, die uns beobachteten und lachten.

»Soll das witzig sein?«, fuhr mich jemand an. Der Tonfall erinnerte mich an einen schnippischen Zugführer am Montagmorgen. Ich sah zur Seite und erblickte einen jungen Mann. Er hatte ein markantes Kinn, volles schwarzes Haar und dichte dunkle Brauen. Seine grauen, wachen Augen standen in hellem Kontrast dazu. Wenn er jetzt noch einen weißen Morgenrock getragen hätte, würde er dem Model aus dem Rasierer-Werbespot zum Verwechseln ähnlich sehen, der jeden Tag im Frühstücksfernsehen lief. Er trug aber keinen Bademantel, sondern ein hellblaues kurzärmeliges Hemd, das an kräftigen, aber nicht übertrieben muskelbepackten Schultern anlag. Ein herber, ansprechender Duft, der mich an Zedernholz und Leder erinnerte, waberte zu mir herüber. Keine Frage, er war ein attraktiver Mann. Hübsch anzusehen, aber offenbar war er ein radikaler Sauertopf. In zehn Jahren hatte ich noch nie einen Gast erlebt, der den Spaß nicht verstand. Um ihn freundlich zu stimmen, streckte ich ihm beschwichtigend meine Hand entgegen. Dann holte ich rasch zwei weitere Luftballonschlangen aus meiner Hose und blies sie in Windeseile auf. In weniger als fünf Sekunden hatte ich die Gummiwürste in eine Blume umgeformt. Mit einem Lächeln machte ich einen Schritt auf ihn zu und überreichte ihm mein kleines Präsent mit einer angedeuteten Verbeugung. Dabei verfingen sich unsere Blicke, und der harte Ausdruck im Gesicht meines Gegenübers wurde weich. Die Züge um seinen Mund entspannten sich im Anflug eines Lächelns. Jetzt sah er nicht nur ungemein gut, sondern auch total sympathisch aus. Begleitet von einem intensiven Kribbeln, das ich bis hinunter zu meinem Rippenbogen spürte, pochte mein Herz und meine Wangen wärmten sich. Das durfte doch nicht wahr sein, wie dieser Mensch mich durcheinanderbrachte. Gott sei Dank trug ich eine dicke Schicht Schminke, sodass niemand die Röte bemerken würde, die ich in meinem Gesicht fühlte.

»So ein Quatsch!«, unterbrach der Senior, den ich zuvor parodiert hatte, in barschem Tonfall den Zauber des Augenblicks. Ihn hätte ich beinahe vergessen. Falls er jetzt auch auf eine meiner aufgeblasenen Blumen hoffte, musste ich ihn leider enttäuschen, ich hatte nämlich keine Ballons mehr. Aber er verdiente sowieso etwas Besseres, nämlich eine Abkühlung. Ich griff in meine Pluderhose, holte die kleine rote Wasserspritzpistole heraus und richtete sie auf den alten Miesepeter.

»Nein! Tun Sie das nicht!«, rief das Rasierer-Model panisch dazwischen.

Himmel, das war doch bloß ein Gag! Waren heute nur Langweiler mit angezogener Spaßbremse unterwegs? *Entspannt euch mal, ihr seid doch im Urlaub!* Deswegen entschied ich mich um und richtete meinen Scherzartikel auf den jungen, hübschen Gast, der gerade dazwischengerufen hatte. Er hob panisch die Hände, als wolle er sich ergeben, aber ich drückte trotzdem ab. Der dünne Wasserstrahl traf seine hohe Stirn, lief über sein männliches Gesicht und hinterließ einen dunklen Fleck auf seinem hellblauen Hemd. Er stand wie vom Blitz getroffen da, schnappte nach Luft und blinzelte die Tropfen weg, die über seine Augen hinunterliefen. Das sah so witzig aus, dass ich loslachen musste.

»Ha-ha-ha-ha-haaaa …«, platzte es auch aus dem alten Griesgram neben uns heraus, der mit dem Finger auf den jungen Mann zeigte. Na, da hatte aber jemand auf einmal gute Laune. Meine Mission, Spaß zu verbreiten, war erfüllt, auch wenn dieser Heiterkeitsausbruch nach purer Schadenfreude aussah. Was für eine skurrile Szene! Das musste ich nachher gleich Carmen erzählen. Sicher wäre es besser, die Pantomime für heute zu beenden. Es war sowieso schon Zeit, mich abzuschminken und für die Wassergymnastik fertig zu machen. Ich verbeugte mich vor den umstehenden Gästen, die mir einen kleinen Applaus spendeten. Ich winkte dem jungen Mann zum Abschied zu, aber er tupfte sich gerade mit ein paar Servietten trocken und schenkte seine Aufmerksamkeit nur dem Alten, der auf ihn einredete. Ich verließ das Restaurant und hastete in Richtung Umkleidekabine.

Dort streifte ich eilig mein Kostüm ab und entfernte die weiße Farbe aus meinem Gesicht. Danach schlüpfte ich in ein gelbes T-Shirt mit der Aufschrift »Entertainment« und in kurze weiße Shorts. Noch schnell meine Bandagen angelegt und weiter ging es. Jetzt stand Wassergymnastik am Pool auf meinem Plan. Während *Super Trouper* in einer Techno-Version aus den Lautsprechern hämmerte, machte ich die Gymnastik-Übungen am Beckenrand vor und versuchte die Gäste, die sich im Wasser aufhielten, zum Mitmachen zu motivieren. Arme kreisen, rechtes Knie zur linken Schulter, hüpfen, dann dasselbe auf der anderen Seite. Ich spürte meine Sehne leicht schmerzend und schonte das linke Bein so weit wie möglich.

»Vier, drei, zwei, eins … come on, faster, faster … great, fantástico!«, feuerte ich die Urlauber abwechselnd auf Deutsch, Englisch und Spanisch an, indem ich in das Mikro meines Headsets brüllte. Ab und zu verursachte eine Rückkoppelung ein quiekendes Geräusch in den Lautsprechern. Dann schaltete ich das Kopfteil kurz aus und wieder ein und schon ging es weiter. War nicht weiter schlimm. Während der Poolgymnastik hatte ich dauernd die Gäste im Blick, um zu prüfen, ob auch alle Spaß hatten. Und wie die sich vergnügten und regelrecht abgingen! Diejenigen, die es ruhiger angehen lassen wollten, saßen mit einem Drink am Beckenrand, sahen den anderen beim Sport zu, schunkelten mit der Musik mit und freuten sich an der Sonne und der Leichtigkeit ihres Urlaubstages. Wie herrlich, genau so sollte es sein. So liebte ich meinen Job, der mir überhaupt nicht wie Arbeit vorkam. Wir Angestellten und die Gäste waren wie eine große Familie. Da blieb mein Blick an einem Gesicht neben dem Pool hängen, das mich mit zusammengekniffenen Lippen anstarrte. Sofort erkannte ich den missbilligenden Blick des Seniors vom Mittagsbüfett wieder. Wie konnte man an so einem herrlichen, wolkenlosen Tag nur so finster schauen? Und wo war der hübsche junge Mann abgeblieben? Er war nirgends zu sehen. Um den Griesgram aufzuheitern, hätte ich ihn gerne wieder nachgeahmt wie zuvor, allerdings hatte das am Buffet ja auch nicht zum Ziel geführt. Außerdem stand es nur dem Clown zu, die Gäste zu necken. Ernst zu gucken, war ohnehin nicht meines, also ignorierte ich ihn und machte mit meinem Programm weiter.

***

Nach der Sportstunde hatte ich eine kurze Pause und ging zum Büro des Generalmanagers, das sich in einem der Verwaltungsbüros im Gang hinter der Rezeption befand. »Roberto Rodriguez, Generalmanager«, stand in schwarzer Schrift auf einem weißen Plastikschild an der

Tür. Ich klopfte dreimal kurz gegen das dunkle Holz und trat ein.

»Hola, Roberto!«, rief ich und hielt im nächsten Moment überrascht inne. Gerade platzierte er einen Blumentopf, in dem sich seine Aloe-Vera-Pflanze befand, in einen Pappkarton auf dem Schreibtisch. Die Wände waren erschreckend kahl, alle Bilder abgenommen. An den Positionen, an denen vorher Fotografien von Roberto mit prominenten Gästen gehangen hatten, verunzierten helle Flecken die sonst gleichmäßig leicht vergilbten Wände.

»Komm rein und mach bitte die Tür zu«, sagte Roberto, und ich tat, wie mir geheißen. Er ließ sich nach hinten auf seinen ledernen Bürostuhl sinken und streckte die Hand nach mir aus. Als sich unsere Finger umfassten, zog er mich zu sich und ich setzte mich seitlich auf seinen Schoß. Er legte die Hände um meine Taille, und bettete sein Gesicht an meine Seite.

»Was ist denn los?«, fragte ich und drückte ihn sanft ein Stück von mir weg, sodass ich ihm ins Gesicht sehen konnte. Er sah mich mit seinen schokoladenbraunen Spanier-Augen an.

»Guapa, Bianca, meine Schöne, ich habe schlechte Neuigkeiten. Es ist aus und vorbei.« Er strich mir mit seinen Fingern eine Strähne hinter mein Ohr, die sich aus dem Zopf gelöst hatte. »Die neuen Eigentümer sind eingetroffen und gerade hatten wir ein Meeting mit ihrem Anwalt. Prompt gab es Meinungsverschiedenheiten, und ich habe meinen Job hingeschmissen. Mit diesen arroganten Schnöseln kann ich unmöglich zusammenarbeiten. Sie wollen das Hotel in Zukunft ohnehin selbst führen, also können sie gleich damit beginnen.«

»Das ist doch nicht möglich!« Mein Puls raste. Was für schlimme Neuigkeiten! Ich war doch davon ausgegangen, dass alles beim Alten bleiben würde! »Was wirst du denn jetzt machen?«

Seine Arme hingen hinunter wie zwei nasse Badetücher von einer Poolliege, und eine Kummerfalte furchte Robertos Stirn.

»Ich hab ein wenig herumtelefoniert und bereits einen neuen Job auf Teneriffa«, antwortete er, und aus seinen Augen blitzte es unvermittelt unternehmungslustig, so wie ich es von ihm gewohnt war. Er richtete seinen schmalen Körper auf und reckte die Schultern nach hinten. »Schon in zwei Wochen kann ich anfangen.«

»Ah …«, antwortete ich und in meinem Hirn ratterte es. Obwohl feste Beziehungen nicht mein Ding waren und ich mit meinem um zehn Jahre älteren Chef nur eine lockere Affäre hatte, fragte ich mich, wie es jetzt mit uns weitergehen würde. Könnte er mich nicht wenigstens pro forma fragen, ob ich mitkommen wollte? Doch er schwieg und das schmerzte. Wahrscheinlich war die Ursache aber eher verletzter Stolz als Liebeskummer. Ich verschränkte die Arme vor meiner Brust. Nach Teneriffa wäre ich ja ohnehin nicht mitgekommen, da ich meine große Liebe freiwillig niemals verlassen würde: Mallorca. Und Roberto wusste das. Außerdem hatten wir uns nichts versprochen, geschweige denn gemeinsame Zukunftspläne geschmiedet. Meine Unabhängigkeit und Freiheit gingen mir nämlich über alles.

»Ach, wie werde ich dich vermissen, meine Süße«, sagte er, als hätte er meine Gedanken lesen können, und drückte mir einen Kuss an meine Schläfe. »Leider muss ich mich beeilen, die neuen Eigentümer wollen das Büro haben. Ich muss meinen Kram ausräumen. « Damit schob er mich sanft von seinen Knien.

Jetzt ließ ich die Gäste, die ich heute im Hotel gesehen hatte, vor meinem geistigen Auge Revue passieren. »Oh ...« Die kleine Eskalation im Restaurant kam mir in den Sinn. Konnte es sein, dass die beiden griesgrämigen Typen die neuen Besitzer waren?

»Wie sehen sie denn aus?«, fragte ich beunruhigt.

»Rolf Hartmann, der Boss der Hotelgruppe, hat schütteres weißes Haar und einen eigenartigen, starren Blick. So ein Typ, der zum Lachen in den Keller geht. Und sein Sohn Tom, der das Hotel verwalten wird, ist genauso seltsam drauf. Er ist ein arroganter junger Kerl, der wohl mit dem goldenen Löffel im Mund geboren worden ist.«

»Autsch!«, rief ich und massierte mir die Stirn. »Ich fürchte, ich habe die beiden schon kennengelernt.« Ich erzählte ihm von meinem eigenartigen Erlebnis am Büfett.

Roberto lachte trocken auf. »Ja, das waren sie bestimmt. Es tut mir leid, dass du einen schlechten Start mit deinen neuen Chefs hattest. Soweit ich verstanden habe, wollen sie das ganze Hotel umkrempeln. Die Qualität des Hauses steigern. Andere Küche, neuer Service, die Zimmer sollen modernisiert werden und solche Sachen. Wahrscheinlich wollen sie sich einen vierten Stern holen oder noch mehr. Teilweise werden sie eigenes Personal aus Deutschland herholen und du weißt, was das bedeutet. Tja, im Alcúdia

Bonita brechen jetzt andere Zeiten an. Was ist mit dir? Reden wir nicht seit mindestens einem Jahr davon, dass du dir einen Plan B zurechtlegen sollst, für alle Fälle?« Er blickte zu meiner bandagierten Sehne. »Und damit meine ich, dir einen richtigen Job zu suchen, nicht diesen verrückten Plan von dem Recycling, mit dem du immer wieder anfängst.«

»Upcycling, nicht Recycling!«, sagte ich und sackte ein wenig in mich zusammen. Es tat so weh, wenn er sich über meinen Traum lustig machte. Es war nämlich mein liebstes Hobby, alte Kleidung umzuarbeiten, sodass neue, lässige Looks entstanden. Außerdem stellte ich coolen Schmuck aus alten Plastikflaschen und Dekorationsartikel aus Weggeworfenem her. Meine Vision war es, mein Wissen in Form von Kursen an Touristen weiterzugeben und ich träumte davon, ein richtiges Geschäft daraus zu machen, von dem ich irgendwann leben konnte. Aber der Anfang war so schwer! Um erste Erfahrungen zu sammeln, hatte ich Roberto einige Male darum gebeten, Probe-Workshops im Alcúdia Bonita abhalten zu dürfen, aber er hatte nichts davon wissen wollen.

Roberto schüttelte den Kopf. »Außerdem weißt du doch gar nicht, wie man ein Geschäft aufzieht.« Treffsicher hatte er meinen nächsten wunden Punkt erwischt. Er hatte recht, ich konnte es nicht. Vermutlich war meine Idee ja wirklich zu verrückt. »Vielleicht wirst du ja gar nicht gefeuert und kannst deinen Job behalten. Du weißt selbst, dass euer Unterhaltungsprogramm zwar nicht sehr ausgefeilt ist, aber ihr seid bei den Gästen echt beliebt«, sagte er nun in aufmunterndem Tonfall.

Hoffnung keimte in mir auf. Das Alcúdia Bonita verlassen zu müssen, war unvorstellbar für mich. Außerdem würde ich kaum staatliche Sozialleistungen bekommen, weil ich mich auf diese lausigen Saisonverträge eingelassen hatte. Deswegen würde ich nur eine geringe Unterstützung erhalten, und selbst diese war zu wenig, um über die Runden zu kommen.

»Wenn sie euch auf die Straße setzen, dann sind sie echt Vollidioten. Ich ruf dich später an, meine Schöne. Jetzt muss ich mich aber beeilen«, sagte Roberto und wandte sich wieder seinen angesammelten Habseligkeiten zu. Er öffnete die oberste Schublade seines Schreibtisches und begann, darin herumzuwühlen.

»Okay, dann bis später«, murmelte ich und Roberto warf mir einen Luftkuss zu, ehe ich die Tür öffnete und hinausschlüpfte. Was für ein schlimmer Tag! Die Unbeschwertheit des Morgens war unwiderruflich dahin. Jetzt war es langsam Zeit, den Schirm aufzuspannen. Die ersten Tropfen fielen.

***

Ich hetzte zum Kinderclub und tauschte mit Sofia die letzten News aus, während wir unsere kleinen Schützlinge am Abenteuerspielplatz des Hotels beaufsichtigten. Meine Kollegin war nicht so besorgt wie ich, denn sie hätte kein Problem damit, in einen anderen Club nach Ibiza oder an die Costa Brava zu wechseln. Irgendwo würde es schon eine offene Stelle geben. Aber das kam für mich nicht infrage, weil ich hierbleiben wollte. Und zwar genau in diesem Hotel. Während wir sprachen, hielt ich die ganze

Zeit über nach den beiden Hartmanns Ausschau, die sich aber nicht blicken ließen.

Pedro, einer der Kellner, berichtete, dass unser langjähriger Küchenchef Javier gekündigt worden war! Angeblich würden seine Kochkünste dem exklusiven kulinarischen Anspruch der Hartmann Holding nicht gerecht, wie ein spanischer Anwalt ihm im Namen der Hartmanns mitgeteilt hatte. Was für eine Frechheit! Wenigstens wurde sein verletzter Stolz mit einem Trostpflaster in Form einer ordentlichen Abfertigung gemildert, weswegen er schließlich in die Vertragsauflösung eingewilligt hatte. Er war das Herzstück des Alcúdia Bonita gewesen und hatte zwanzig Jahre lang hier den Kochlöffel geschwungen! Sofia und ich sahen uns erschüttert an, und ich blinzelte eine Träne weg. Hoffentlich würde er bald wieder einen Job finden, er hatte eine Familie zu versorgen. Es war unvorstellbar, sein lautes Lachen nie wieder durch die Restaurantküche schallen zu hören. Unser junger Kollege Pedro war so sauer und steigerte sich so sehr hinein, dass er beschloss, sich auch nach einem neuen Job umzusehen. Meine Nerven waren gespannt wie Drahtseile. Die feinen Härchen stellten sich auf meinen Unterarmen auf und meine Finger zitterten. Mein ganzes Leben schien sich vor meinen Augen aufzulösen. Roberto, Javier, Pedro … wen würde es noch treffen?

Als wir vom Spielplatz zurück in den Kinderclub kamen und durchzählten, fehlte ein Kind! Ich rannte wie der Blitz zurück. Gott sei Dank! Der kleine Samuel saß selbstvergessen in der Sandkiste und baute an seiner Burg. Als ich mit ihm zu Sofia und den anderen Kids zurückkam, traf mich der nächste Schlag. Lisa, ein vierjähriges Mädchen, hatte meinen Permanentmarker erwischt, mit dem wir sonst die Namen der Kinder auf Schildchen schrieben, und ihrer gleichaltrigen Spielkameradin einen Schnurrbart aufgemalt. O nein, die neuen Eigentümer würden uns für total unfähig halten, wenn sie von unserem Fehler erfuhren. Doch glücklicherweise nahmen die Eltern der Kleinen die neue Gesichtsbemalung ihres Kindes mit Humor. Sie würden sich hoffentlich nicht bei der neuen Hotelleitung über uns beschweren.

***

Um acht Uhr war meine Schicht endlich zu Ende und glücklicherweise war ich nicht gefeuert worden. Wegen der Ungewissheit und der Anspannung, die mich den ganzen Tag nicht losließ, war ich fertig und geschlaucht. Meine Beine und Finger fühlten sich richtig zittrig an. Am liebsten wäre ich sofort nach Hause gefahren, aber heute gab es mal wieder ein paar Abfälle aus dem Restaurant für meine Freundin Klara. Sie war eine alternde Aussteigerin, die in der Nähe ein Tierasyl betrieb, das auf Spenden angewiesen war. Deshalb brachte ich ihr Reste mit, wann immer ich welche bekam. Ich schlüpfte durch die Schwingtür in die Großküche, in der die Arbeiten für das Abendbüfett im vollen Gange waren. Heiße Luft und der Duft von Knoblauch, gegrilltem Fleisch und Fett schlugen mir entgegen. Außerdem eine miese Atmosphäre. Kein Wunder, denn Javier, der das Chaos früher beherrscht hatte, war nicht mehr da. Die Koch-Crew brüllte sich gegenseitig an, um gegen das Klappern der Töpfe und die eigenen Stimmen anzukommen. Ich fühlte mich an einen

Flughafen erinnert, an dem die Gepäcksortierung ausgefallen war und niemand wusste, was wohin transportiert werden sollte. Ich wollte nur schnell Klaras Reste abholen und dann gleich wieder verschwinden. Es war kein fremdes Gesicht zu sehen, die Luft war rein.

Während Joaquin, einer der neuen Küchenhilfen, als einer der wenigen hier gleichmütig erschien und Tomaten in Scheiben schnitt, tauschte ich mich mit ihm über die letzten Neuigkeiten aus. So erfuhr ich, dass Tom Hartmann den neuen Küchenchef gerade vom Flughafen abholte. O mein Gott, die neuen Eigentümer ließen echt nichts anbrennen. Typisch deutsch, da ging alles zack, zack.

Nachdem ich meinen Eimer mit Kutteln entgegengenommen hatte, streifte ich mir Küchenhandschuhe über und begann, noch schnell einige gute Reste von den Tellern zu picken, die gerade vom Restaurant zurückgekommen waren. Diese Verschwendung tat mir in der Seele weh. Die noch tadellosen Stücke legte ich mit einer Alufolie getrennt auf die ein wenig streng riechenden Innereien. Direkt vor mir befanden sich die fein angerichteten frischen Speisen, die jeden Moment zu den Gästen ins Restaurant hinausgebracht werden würden. Rippchen, Käse und verführerische Nachspeisen standen zum Nachfüllen des Büfetts bereit. Unwillkürlich musste ich an Klara denken, die letztens in einem unbeobachtet geglaubten Moment einige Stücke aus dem Abfall geklaubt hatte. Für sich selbst, wie ich annahm, denn Klara war im wahrsten Sinne des Wortes arm dran. Ohne fixes Einkommen lebte sie von der Hand in den Mund. Mein Blick blieb an der Früchte- und Nachspeisenplatte hängen, die direkt vor mir stand.

Wann hatte Klara das letzte Mal Vitamine zu sich genommen?

Während ich mich mit der Küchenhilfe weiter unterhielt, griff ich mir kurzerhand zwei pralle Orangen, die neben Wassermelonenecken, Weintrauben und reifen Pfirsichen auf dem Servierwagen lagen. Obst war unter All-inclusive-Urlaubern ohnehin nicht so begehrt. Oh, was sah ich da noch? Heute gab es mallorquinische Ensaïmadas, Plunderteigschnecken mit Vanillecremefüllung. Ich konnte nicht widerstehen und nahm rasch ein Stück von dem silbernen Tablett, ehe es zum Büfett hinausging. Obwohl es nicht auffiel und für einen wirklich guten Zweck war, war es trotzdem geklaut. Deswegen befiel mich kurzzeitig ein schlechtes Gewissen, allerdings waren so viele der Leckereien da, dass sie sogar in drei Lagen übereinandergestapelt waren. Meine Aufmerksamkeit wurde jetzt von der Käseplatte angezogen, an der Fernando, ein Auszubildender, mit einer Garnierung aus Salat, Weintrauben und Cherrytomaten gerade letzte Hand anlegte. Als er wegging, nahm ich rasch ein großes Stück Cabrales, einen spanischen Blauschimmelkäse, vom Teller, und kaschierte die leere Fläche mit einer Tomate und einem Salatblatt. So fiel das Fehlen des Käsestücks nicht auf. Ich platzierte es neben dem Küchlein und den Orangen in meinem Gefäß, das nun fast voll war. Klara würde jubeln. Was gab es noch?

»Vielleicht ein Brötchen dazu?«, hörte ich eine harsche Stimme, die mir leider bekannt vorkam. Ein Blick über meine Schulter bestätigte, dass Tom Hartmann hinter mir stand! Fast wie heute Morgen bei der Pantomime. Mist. Er musste beobachtet haben, wie ich mich an den Mahlzeiten der Gäste bedient hatte, denn sein ungläubiger Blick sprach Bände. Hitze schoss mir in die Wangen. Wir Mitarbeiter bekamen zwar auch etwas vom Essen ab, aber erst dann, wenn das Abendbüfett vorüber war. Aber vielleicht war er ja kein Unmensch und hatte Verständnis für meine Beweggründe.

»Das hier ist für ein Tierasyl«, sagte ich, um den guten Zweck hinter meiner Aktion zu erklären, und deutete auf den Eimer.

Er sah mich skeptisch an, dann wanderten seine Augenbrauen nach oben. Wahrscheinlich überlegte er, welches Tier sich von Käse, Ensaïmadas und Orangen ernährte.

»Und auch für dessen mittellose Besitzerin«, ergänzte ich deshalb rasch.

Er betrachtete mich mit einem Blick, als wäre ich ein drolliger Welpe. »Das ist wirklich sehr edel von Ihnen«, sagte er, und natürlich erkannte ich, dass das bloß sarkastisch gemeint war, denn er grinste spöttisch. Ich war beschämt. Allerdings nicht über meinen – in Anführungszeichen – *Diebstahl*, sondern darüber, dass ich Tom Hartmann bei unserem Aufeinandertreffen am Morgen aufregend und attraktiv gefunden hatte.

»Machen Sie sich über mich lustig?«, fragte ich und hörte mich an wie eine sprechende beleidigte Leberwurst. Die Unterhaltung mit meinem neuen Vorgesetzten lief ja nicht optimal.

Seine Augen wurden groß. »Aber natürlich nicht. Das Spaßmachen fällt doch in Ihren Bereich«, antwortete er ruhig. Am liebsten wäre ich wieder in die Rolle der Pantomime geschlüpft und hätte ihm eine der Sahnecremetorten ins Gesicht gedrückt. Er war ein Esel, denn er machte sich über mich und meine Bemühungen um Klara und ihre Tiere lustig. Aber er war auch mein Boss und ich musste die Situation dringend entschärfen. Außerdem wurde mir gerade bewusst, dass die ganze Küche, in der man vor Geschrei vorhin noch sein eigenes Wort nicht verstanden hatte, zum Stillstand gekommen war. Alle hörten uns gebannt zu, obwohl in der Crew fast kein Deutsch gesprochen wurde. Unser neuer Chef schien wie selbstverständlich davon auszugehen, dass alle ihn verstanden.

Ich riss mich zusammen und räusperte mich. »Es wird nicht wieder vorkommen«, sagte ich und zwang mich zu einem verbindlichen Lächeln.

Mit einem Mal verschwand der spöttische Ausdruck aus Tom Hartmanns Gesicht. Seine Mimik wurde ernst und irgendwie leidend. »Ich bedaure, Ihnen mitteilen zu müssen, dass Sie ab sofort freigestellt sind. Es wird im Alcúdia Bonita künftig kein Animationsteam mehr geben.«

Was? Mein Puls preschte durch meine Adern, gleichzeitig wurden meine Knie weich. Jetzt rächte es sich, dass ich vor Aufregung den ganzen Tag kaum getrunken und nichts gegessen hatte. Den Bruchteil einer Sekunde später schob sich ein dunkelgrauer Vorhang vor meine Netzhaut und ich spürte, wie jegliches Gefühl aus meinen Fingern schwand, mit denen sie den Träger des Eimers umklammert hatten. Tom Hartmann sagte etwas, aber ich verstand seine Worte nicht. Wie in Zeitlupe kippte ich um, ihm

entgegen. Ich spürte nur noch seine Arme, die mich auf-
fingen.

3. Veganer Gurkenkaviar

Tom

»Du wirst schon sehen, in ein paar Monaten hat sich alles
perfekt eingependelt«, sagte Vater, als wir auf der Auto-
bahn MA-13 auf dem Weg zum Flughafen waren. War das
sein Ernst? Die erste Woche war absolut katastrophal verlaufen.

»Oder ich stehe mit Hannes allein da«, antwortete ich.

»Sieh nicht immer alles so pessimistisch. Um diesen un-
fähigen Direktor Rodriguez und die frechen Kellner ist es
nicht schade. Und die dilettantische Animation mussten
wir einfach loswerden. Die lockt doch keinen Gast von der
Liege hoch! Allerdings war es zu komisch, als dich diese
Clownsfrau am Büfett nass gespritzt hat. Dass sie dann am
Abend in der Küche umgekippt ist, war blöd, aber zum
Glück hast du sie ja aufgefangen.« Er schüttelte den Kopf
und lachte leise.

Bei der Erinnerung sog ich die Luft scharf ein. Ihr Name
war Bianca Sommer, und sie stammte aus Wien, wie ich
später erfahren hatte. Am Büfett war sie als Pantomime
verkleidet gewesen, aber am Abend hatte ich sie in der
Küche trotzdem sofort wiedererkannt. Und das lag nicht
nur an der Farbe ihrer außergewöhnlichen meeresblauen
Augen. Ihre ganze Person war besonders. Später hatte ich
darüber nachgegrübelt, was mich an ihr faszinierte. Lag es
daran, dass sie echt komisch war? Weibliche Clowns wa-

ren selten! Denn diese legten es nicht darauf an, hübsch, begehrenswert oder sexy zu sein. Trotzdem hatte sie genauso auf mich gewirkt. So anziehend, dass ich bei unserem Gespräch in der Küche fast vergessen hätte, dass Vater das Animationsteam loswerden wollte. Seiner Meinung nach passte es nicht in unser Leitbild. Als ich die Kündigung ausgesprochen hatte, war Bianca Sommer erschüttert gewesen. Das hatte mir leidgetan. Und im nächsten Moment war sie direkt in meine Arme gefallen. Ich war auf dieses intensive Gefühl nicht vorbereitet gewesen, das wie eine warme, weiche Welle über mich geschwappt war. Sie roch wie ein mit Orangenblüten und Flieder gefülltes Duftkissen, nur viel leichter und frischer. Ich schluckte. Sinnliche Gefühle zu entwickeln, während man eine ohnmächtige Frau in den Armen hielt, war doch pervers! Dann war Chaos in der Küche ausgebrochen.

»Gott sei Dank ist sie gleich wieder zu sich gekommen. Es war nur ein kleiner Schwächeanfall aufgrund einer Dehydrierung«, sagte ich mehr zu mir selbst. Danach war sie von ihren aufgebrachten Kollegen nach Hause begleitet worden und ich hatte sie nicht mehr wiedergesehen. Hinterher tat mir mein Gemotze wegen der Orangen und des Käses wirklich leid und ich kam mir ziemlich kleinlich vor. Aber an diesem anstrengenden Tag war so viel schiefgegangen und mein Nervenkostüm ausgedünnt.

»Die Sonderzahlung wird sie bestimmt getröstet haben«, antwortete Vater spitz. In diesem Punkt hatte ich mich gegen ihn durchgesetzt und ihr abgesehen von der gesetzlich vorgeschriebenen Entschädigung einen zusätzlichen Monatslohn überweisen lassen, um mein schlechtes

Gewissen zu beruhigen. Wir wurden unterbrochen, denn Vaters Mobiltelefon läutete, und er vertiefte sich in ein Gespräch.

»Das war Herbert Schulze, der Innenarchitekt aus Palma, der mir für die Renovierungsarbeiten vom *Deutschen Netzwerk auf Mallorca* empfohlen wurde. Ich kenne deren Organisatorin schon lange. Sie ist richtig auf Zack und kennt Gott und die Welt auf der Insel. Sie sagt, dass der Architekt ein sehr kompetenter Mann ist«, sagte er, nachdem er aufgelegt hatte. »Mach doch einen Termin aus, ich schick dir nachher die Kontaktdaten.«

»Prima«, antwortete ich. Die Modernisierung der abgewohnten Zimmer stand weit oben auf meiner To-do-Liste. Und ich brauchte dringend Leute, die am gleichen Strang mit mir zogen. Denn meine Mitarbeiter im Hotel begegneten mir mit großer Zurückhaltung, um es nett zu formulieren. Misstrauen, Angst bis hin zu unverhohlener Feindseligkeit waren mir ebenso begegnet. Unser Einstand mit den Kündigungen war katastrophal für das Betriebsklima gewesen. Unterhaltungen auf Deutsch oder Englisch, die ich mit dem einen oder anderen meiner Angestellten versuchte, kamen nicht in Gang. Konnten oder wollten sie mich nicht verstehen? Offensichtlich hatte Vater mit der Behauptung, dass ich mich auf der Insel verständigen können würde, völlig danebengelegen. Ich musste ihre Sprache lernen und versuchen, ihr Vertrauen zu gewinnen, sonst würde ich auf Mallorca das erste Mal in meinem Leben scheitern. Ohne Personal kein Hotel. Wenigstens war Hannes, der neue Küchenchef, den wir aus Deutschland hatten einfliegen lassen, ein echter

Glücksgriff. Er war ein umgänglicher Mensch, kochte auf dem Niveau, das Vater verlangte, und kam auch mit der Küchencrew gut zurecht.

Wir erreichten Palma, und ich nahm die Ausfahrt in Richtung Flughafen de Son Sant Joan. Wenige Minuten später hielt ich am Parkplatz und holte Vaters Gepäck aus dem Kofferraum.

»Ich erwarte laufend deine Berichte«, sagte er. Dann öffnete er seine Arme und wir drückten uns kurz und ungelenk aneinander wie zwei hölzerne Pinocchios. »Machs gut und pass auf dich auf.«

»Dito«, antwortete ich. Dann nahm er den Henkel seines schwarz lackierten Rollkoffers, wir winkten uns noch einmal zu und er verschwand im Flughafengebäude.

Danach reihte ich mich mit meinem SUV in die Abzweigung zur Carretera de l'Aeroport nach Osten ein, um nach Alcúdia zurückzufahren.

Während der Fahrt betrachtete ich das riesige felsige Gebirge, das sich linkerhand in der Ferne gegen den Horizont abzeichnete. Das mussten die schroffen Kanten der berühmten Serra de Tramuntana sein, von der ich gelesen hatte. Angeblich konnte man herrlich darin wandern und einzigartige Wälder aus Orangen-, Zitronen- und Mandelbäumen bewundern. Rechterhand erstreckte sich eine weite Ebene, die nur von einzelnen steinernen Fincas und Pinien unterbrochen wurde, die hie und da an mir vorbeiflogen. Ich war von der satten, grünen Farbe überrascht, die mir entgegenleuchtete, denn ich hatte mir Mallorcas Landschaft karger vorgestellt. Hier hätte ich mit Bismarck schöne Spaziergänge unternehmen können, dachte ich unwillkürlich und sofort verkrampfte sich mein Magen. Denn an dem Tag, an dem wir uns offiziell im Hotel als neue Eigentümer vorgestellt hatten, war mein Hund plötzlich verschwunden, nachdem er keine halbe Stunde in meinem Büro allein gewesen war. Trotz intensiver Suche blieb er bis heute wie vom Erdboden verschluckt. Ein Besuch auf der Polizeistation war ebenfalls erfolglos geblieben. Weder mit meinem abgängigen Chihuahua noch mit der Adresse des Tierheims, von dem Bianca Sommer gesprochen hatte, konnte man mir weiterhelfen. Es gäbe wohl einige Asyle in der Umgebung, wurde mir gesagt, die aber auf inoffiziellen, privaten Initiativen beruhten, von denen der Behörde keine Kontaktinformationen vorlagen. Ich nahm mir vor, meine Bemühungen in den nächsten Tagen noch einmal zu intensivieren, indem ich im Internet nach diesen Tierheimen recherchieren wollte. Leider ließ mir mein Job nur sehr wenig Zeit für meine Suche. »It's A Beautiful Day« von U2 tönte aus dem Radio, doch ich schaltete es aus. Weder von der imposanten Landschaft noch von der Sonne, die über dem kornblumenblauen Himmel mit nur vereinzelten Schäfchenwolken stand, würde ich heute viel mitbekommen, so viel Arbeit wartete auf mich.

***

Ich machte eine kleine Pause und beschloss, noch eine Runde durch die Hotelanlage zu drehen, ehe ich an meinen Schreibtisch zurückkehrte. Am Pool blieb ich unschlüssig stehen und betrachtete die Szenerie. Die umgebenden Palmen wiegten sich sanft im Wind und das hellblaue Wasser plätscherte leise. Dort, wo vor einer Woche die Stimme der kecken Bianca Sommer so laut über die Anlage getönt hatte, dass man sie von der Poolbar bis zur Rezeption gehört hatte, war es nun still wie in einem Sanatorium, dessen Insassen ein Schweigegelübde abgelegt hatten. Kein Clubtanz, keine Poolspiele, kein lautes Lachen. Was für eine krasse Ruhe. Es war, als ob irgendetwas fehlte. Vater hingegen war begeistert gewesen. *Adults only liegt voll im Trend,* war eine seiner Lieblingsaussagen. Was Bianca Sommer jetzt wohl machte? Ob sie in einem anderen Hotel untergekommen war? In Gedanken versunken näherte ich mich nach meinem Rundgang wieder der Rezeption. Nun hörte ich doch ausgelassene Stimmen von Kindern, die in der Lobby spielten, beziehungsweise sich stritten. An der Rezeption stand eine Frau, die mit meiner Mitarbeiterin Carmen sprach.

»Señor Hartmann, bitte …?«, rief meine Angestellte, als sie mich kommen sah.

Mit einem Lächeln trat ich zu den beiden und stellte mich der Dame vor. Ich erfuhr, dass es sich um Frau Müller aus Deutschland handelte.

»Ich habe gerade gefragt, wann der Kinderclub öffnet«, sagte die Mutter der beiden Mädchen im Vorschulalter, die damit begonnen hatten, den Inhalt eines Spielzeugkoffers weitflächig auf dem Boden in der Hoteleingangshalle zu verteilen.

»Das tut mir sehr leid, aber wir haben kein Unterhaltungsprogramm mehr, auch nicht für die Kleinen«, sagte ich voller Bedauern, worauf die junge Mutter ein Gesicht machte, als hätte ich sie über den Ausbruch einer hochansteckenden Seuche in unserem Hotel informiert.

»Was? Das können Sie uns nicht antun!«, jammerte sie und stützte sich mit der Rechten an der Rezeptionstheke ab. »Wir haben doch extra wieder in diesem Hotel gebucht, weil es Lena und Emilia letztes Jahr so gut im Kinderclub gefallen hat!«

»Hm ... das tut mir aufrichtig leid! Was machen wir denn da? Carmen, bitte stellen Sie eine Gutschrift für Familie Müller in Höhe von zwanzig Prozent der Gesamtrechnung aus«, ordnete ich an. Was sollte ich denn sonst machen? Es gab eben kein Entertainment mehr. Ich entschuldigte mich bei Frau Müller und versicherte ihr, dass sie sich bei Fragen und Wünschen jederzeit an mich wenden könnte. Sie wandte sich wortlos ab und begann, die Spielzeuge ihrer protestierenden Töchter einzusammeln. Puh, eine schlechte Urlaubsbewertung war uns so was von sicher.

»Zwei andere Damen haben heute schon nach Zumba gefragt«, informierte Carmen mich. »Bleibt es dabei, dass es kein Fitnessangebot mehr gibt?«

»Das ist richtig. Aber bitte weisen Sie die Gäste auf die Schwerpunktwoche Molekularküche hin, es werden international preisgekrönte Kreationen serviert«, antwortete ich. Mit einem miesen Gefühl ging ich wieder in mein Büro, um weiterzuarbeiten.

***

In den folgenden Tagen versuchte ich vor allem, den Hotelbetrieb am Laufen zu halten, was fast meine gesamte Zeit und Energie in Anspruch nahm. Die Abendstunden verbrachte ich damit, nach Bismarck zu suchen. Einrichtungen für Tierheime in der Umgebung, die ich über Eintragungen in Google gefunden hatte, hatte ich bereits erfolglos abgeklappert. Obwohl ich Realist war und mir eingestand, dass er hier auf sich allein gestellt keine drei Tage überleben würde, wanderte ich durch die Straßen von Alcúdia und hielt nach ihm Ausschau. Während die Sonne im Meer versank, schoben sich fröhliche Touristen durch die Gassen der Hafenstadt, in der sich ein Restaurant an das nächste reihte. War es Zeit aufzugeben und mir einzugestehen, dass ich den Kleinen für immer verloren hatte?

Wieder einmal kehrte ich nach einem langen Tag in mein Heim zurück. Das Haus, in dem ich zur Miete wohnte, lag ruhig am Ende einer Sackgasse nördlich außerhalb der Stadt direkt am Meer und hatte eigentlich alle Vorzüge, um mich hier wohlfühlen zu können. Die steinerne Villa besaß einen ersten Stock und ein typisch mallorquinisches Flachdach. Es war von einem kleinen, aber üppig blühenden Garten umgeben, in dem pink leuchtender Oleander, Palmen und ein imposanter Johannisbrotbaum wuchsen. Jedoch drang die Schönheit dieses kleinen Paradieses nicht zu mir durch. Weder der einladende Swimmingpool auf der Hinterseite noch die Aussicht auf die weite See konnte mich mit meiner vertrackten Situation versöhnen.

So wie sonst auch, setzte ich mich im klimatisierten Wohnzimmer auf das orangefarbene Sofa, das ich vom Vermieter übernommen hatte. Bislang hatte ich mich nicht dazu aufraffen können, es mir wohnlicher zu gestalten. Und so gab es in dem Raum nur einen kleinen Couchtisch und ein leeres Bücherregal. Ich ließ den Fernsehapparat laufen und öffnete eine Hotelbewertungsseite auf meinem Laptop. Unwillkürlich raufte ich mir die Haare.

* *»Unser Familienurlaub war ein Desaster. Die Kinderbetreuung, wegen der wir seit fünf Jahren herkommen, wurde einfach so eingestellt!« Silvia aus Berlin*

* *»Das Essen war ungenießbar. Leon hat sich nach dem veganen Gurkenkaviar übergeben!« Thomas aus Wuppertal*

* *»Es war sehr langweilig. Es gibt keinerlei Animation.« Jana aus München*

Seit unserer Übernahme war der Bewertungsschnitt des Alcúdia Bonita um fünf Zehntelpunkte gesunken! Erschöpft stieß ich Luft aus meinen Wangen. Schlechtes Feedback auf dieser Plattform übertrug sich unmittelbar auf die Buchungslage. Obwohl die Seite von HolidayCheck noch geöffnet war, klappte ich den Laptop zu. Es fröstelte mich. Ich machte die Tür zur Terrasse auf und schwüle Luft schlug mir entgegen. Grübelnd ging ich ein paar Schritte in den kleinen Garten hinaus. Die neue Ausrichtung des Hotels, die Vater vorgegeben hatte, ging viel zu überhastet. Die Umstellung hätte langsamer passieren müssen. Außerdem bezweifelte ich mittlerweile, dass das exklusive Konzept, das anderswo für unsere Hotels funktionierte, in diese belebte Lage passte. Ob Vater langsam wirklich alt wurde und einen schrecklichen Fehlkauf getätigt hatte? Der ans Alcúdia Bonita angrenzende Strand war von jungen Familien bevölkert und von den benachbarten Hotels drang jeden Abend laute Partymusik zu uns herüber. Dazwischen wäre der exklusive Wellnesstempel, der ihm vorschwebte, absolut fehl am Platz. Doch es war zu einfach, mich jetzt mit Vaters Schnellschüssen rauszureden. Ich hätte mich häufiger gegen seine Entscheidungen stemmen müssen. Nun war es zu spät und es blieb mir nichts anderes übrig, als es auszubaden und das Beste daraus zu machen. Noch dazu hatte Roberto Rodriguez, mein Vorgänger, mit seinem plötzlichen Abgang ein totales Durcheinander hinterlassen. Dabei musste das Hotel so schnell wie möglich Umsatz einbringen. Wir brauchten zufriedene Gäste und positive Bewertungen, sonst könnte ich mir meinen Geschäftsführerposten bei der Hartmann Holding aus dem Kopf schlagen. Im schlimmsten Fall könnte sogar das ganze Familienunternehmen in Schieflage geraten, falls das Alcúdia Bonita komplett ausfiel. Bei dem Gedanken fühlte ich eine unangenehme Enge in meiner Brust und mein Herz klopfte bis zum Hals. Das durfte nicht passieren! Zusätzlich zu meinen Problemen trug die Hitze dazu bei, dass ich mich mies fühlte. Der Vollmond stand einsam und allein am Nachthimmel. Zum wiederholten Male verwünschte ich diese Insel und fragte mich, wie ich zwei oder eher drei Jahre hier durchstehen sollte. In Hamburg war alles um so vieles besser gewesen. Im Alsterstern hatten meine Angestellten mich gemocht und wir waren ein großartiges Team gewesen. Im hohen Norden war keiner gleich verschnupft, nur wenn man in der Hektik mal einen raueren Ton anschlug, wie es hier zu sein schien. Als Workaholic hatte ich zwar auch zu Hause wenig Zeit gehabt, um Freundschaften zu pflegen, aber hie und da war ich am Samstagabend auf ein Bier mit Markus und Gregor, meinen Kumpels aus Studentenzeiten, ausgegangen. Zu Hause hätte ich bestimmt wieder eine Frau kennengelernt, die zu mir passte. Generell hatte ich bisher nie Probleme gehabt, eine Partnerin zu finden. Allerdings war ich auch in diesem Aspekt ein Realist. Mein Background mit der erfolgreichen Hoteliersfamilie Hartmann machte mich zu einem begehrten Junggesellen und übte eine gewisse Anziehung auf manche Damen aus. Bei mir war es allerdings umgekehrt. Sobald ich vermutete, dass das Interesse einer Frau an meiner Stellung oder meinem Geld begründet lag, verlor ich es. Hier würde ich wenigstens nicht auf Goldgräberinnen treffen, denn ich hatte ausschließlich Kontakt zu meinen Hotelgästen. Und zu meinem schrecklichen Personal, das nur aus trägen, zartbesaiteten und vorlauten Mitarbeitenden zu bestehen schien. Oft ärgerte ich mich deswegen und es bescherte mir grottenschlechte Laune. Meinen Missmut ließ ich dann wieder an ihnen aus. Es war allerhöchste Zeit, mit dem Spanischkurs auf meiner neuen App zu beginnen, um mich mit den Leuten besser verständigen zu können und so den Teufelskreis zu unterbrechen. Das Alcúdia Bonita war eine Schlangengrube, in der ich keine Freunde hatte. Deswegen saß ich nach der Arbeit allein in meinem Haus, hatte Magenbeschwerden und fühlte mich einsam. Es gab niemanden, mit dem ich mich austauschen konnte oder der sich dafür interessierte, wie es mir ging. Mit fünfunddreißig war ich zwar ein erfolgreicher Manager, aber an Abenden wie diesen fühlte ich mich wie ein Soziopath und Sonderling. Um wenigstens irgendeine begeisterte menschliche Stimme zu hören, ließ ich neuerdings zu Hause das Dauerwerbefernsehen laufen.

Wenn nur mein treuer Bismarck bei mir gewesen wäre! Hoffentlich hatte der Kleine bei irgendwem Unterschlupf gefunden, der sich gut um ihn kümmerte. Nur der Mond wusste, wo mein kleiner Chihuahua mit dem großen Herz steckte. Irgendwann verließ ich den Garten und schlich wieder in mein klimatisiertes, kaltes Haus.

4. Das offene Fenster

Bianca

Ich öffnete den Kühlschrank. Meine Hand kreiste über einem angebrochenen Glas schwarzer Oliven, dann besann ich mich eines Besseren und holte die Packung Milch heraus, die neben einem Joghurt ihr einsames Dasein fristete. Seufzend goss ich ein wenig aus der Packung in meinen kalten Kaffee. Bei der Hitze sollte man ohnehin nicht so viel essen. Ich schloss die Tür wieder und sah zu meinem Laptop, der gegenüber auf dem Küchentisch stand. Vorhin hatte ich in meinem Onlinebanking den Kontostand eingesehen. Zwei Monate, dann wären meine Ersparnisse aufgebraucht und ich würde die Miete für meine geliebte schnuckelige Wohnung nicht mehr bezahlen können. So ein toll gelegenes Apartment war heutzutage wohl nicht mehr zu bekommen. Es befand sich in einer ruhigen Straße am Rand der Altstadt von Alcúdia in der mittleren Etage eines dreistöckigen Hauses. Von dem schmiedeeisernen Balkon aus blickte ich auf die mittelalterliche Stadtmauer. Ich liebte es, hier morgens meinen Kaffee zu trinken und zur neugotischen Kirche Sant Jaume hinüberzuschauen, die mit ihrem erhabenen Kreuz die umgebenden Sandsteingebäude überragte. Sie reihten sich nahtlos aneinander und formten enge Gassen, durch die an den meisten

Tagen Touristen flanierten. Im Schutz der Schatten spendenden Gebäude spazierten sie durch die schmalen Straßen, ehe sie eines der kleinen Cafés ansteuerten. Ich würde es niemals leid werden, dies von hier oben zu beobachten. Nein, ich wollte hier nicht ausziehen. Die liebe Klara, die selbst nur in einem kleinen Zimmer in einer Mini-Finca wohnte, hatte mir eine Matratze in einem Schuppen in ihrem Tierasyl angeboten. Immerhin hatte sie vor einigen Jahren auch einmal monatelang bei mir gewohnt, ehe sie ihr kleines Grundstück zur Unterbringung von streunenden Hunden und herrenlosen Katzen angemietet hatte und selbst auf das Gelände umgezogen war. Ihre Einladung anzunehmen, käme aber nicht in Frage, denn ich würde mir einen neue Stelle suchen müssen. Vielleicht als Kellnerin, Zimmermädchen, Küchenhilfe, egal. Wenn ich schon nicht mehr im Alcúdia Bonita arbeiten durfte, wollte ich aber wenigstens in der Nähe bleiben. Ich musste endlich aufhören, meinem alten Job nachzutrauern. Tom Hartmann hatte mich rausgeworfen. Ich ballte meine Faust. Dieser arrogante Schnösel! Neben der Wut tauchte aber auch ein anderer Gedanke in mir auf. Das Gefühl, als ich in seinen Armen aus der Ohnmacht erwacht war, lebte noch deutlich in meiner Erinnerung. Ich legte die Hand an meine Schulter und seufzte. Beinahe konnte ich dieses aufregende und intensive Kribbeln immer noch an jenen Stellen spüren, wo er mich berührt hatte. Gleichzeitig war er so sanft und fürsorglich gewesen, als wäre ich ein kostbarer Schatz. Er hatte mich aufgefangen und gerettet, sonst wäre ich mit dem Kopf auf dem steinharten Boden aufgeschlagen. Andererseits war das nicht besonders heldenhaft gewesen, denn ich war ja direkt in seine Arme gesegelt. Hätte er vielleicht auf die Seite springen sollen? Dann hätte mein aufgeplatztes Gehirn die Küche versaut. Ich schüttelte mich, stand auf und tigerte in meinem kleinen Apartment auf und ab. Sobald ich wieder flüssig war, würde ich diesem Affen seine Almosen zurücküberweisen. Genau! Zahlungsreferenz: steck dir dein Geld sonst wohin! Wieso dachte ich eigentlich ständig an Tom Hartmann? Ich wandte mich wieder meiner Näherei zu, die ich auf dem Boden ausgebreitet hatte. Wie in mir, herrschte auch um mich herum Chaos. Überall lagen zerschnittene Hemden, aufgetrennte Röcke und klein gesägte Plastikteile von meinen Upcyclingarbeiten herum. Roberto hatte recht gehabt, daraus würde nie ein professionelles Geschäft werden. Trotzdem tauchte der Traum davon immer wieder in meinen Gedanken auf. Aber war ich gut genug? War der Schritt in die Selbstständigkeit nicht ein zu großes finanzielles Risiko? Wie sollte ich es bloß angehen?

Als ich mich mit einem Seufzen wieder über mein Schnittmuster beugte, lugte unter einer Ecke des Papiers mein Mobiltelefon hervor. Es erschien mir fast wie ein Zaunpfahl, der mir zuwinkte. Natürlich! Ich schnappte es mir, lehnte mich mit dem Rücken gegen die kühle Wand und rief die Nummer an, unter der ich immer eine ehrliche Meinung, Verständnis und aufmunternde Worte erhielt. Und manchmal auch einen Arschtritt. Mir kam es vor, als benötigte ich gerade von allem ein bisschen. Nach kurzem Läuten wurde abgehoben.

»Servus, Schwesterherz«, hörte ich Annas erfreute Stimme, noch ehe ich etwas sagen konnte. Sofort legte sich ein Lächeln auf meine Lippen. Wir telefonierten regelmäßig miteinander, deshalb wusste sie bereits von meinem Rauswurf aus dem Alcúdia Bonita. Ich berichtete ihr von meiner Unsicherheit, wie es weitergehen sollte und von meinen Optionen. Sollte ich den sicheren Weg gehen und mich irgendwo anstellen lassen? Oder trotz der Zweifel versuchen, meinen Traum zu verwirklichen?

»Kannst du dich noch daran erinnern, wie wir als Kinder zur Strafe nachts im Flur stehen mussten?«, fragte sie überraschenderweise.

»Natürlich. Immer, wenn wir zu spät nach Hause gekommen sind.« Bei der Erinnerung an den stockfinsteren Gang stellten sich mir die Härchen auf den Unterarmen vor Unbehagen auf. Hinter jedem Schatten hatte ich ein grässliches Monster gesehen. Wie hätte ich diese Stunden ohne Anna und unseren Dackel Tim nur überstanden? Als uns Vater schließlich erlöste, liebten wir ihn dafür. *Als ich auf euch gewartet habe, hatte ich genauso Angst um euch, wie ihr gerade im Flur. Seht ihr, was ihr mir angetan habt?*, sagte er dann stets und schaffte es sogar noch, Schuldgefühle bei uns zu schüren.

»Damals hast du dir diesen magischen Ort vorgestellt, an dem die Sonne immer scheint, das Leben ein großer Spaß ist und alle Menschen dich so mögen, wie du bist«, sagte Anna.

»Ja natürlich, das war mein Tagtraum von der Glücksinsel, der mich gerettet hat«, antwortete ich.

»Erst war es nur eine Vision. Aber dann hast du sie tatsächlich gefunden, nachdem du mit achtzehn auf und davon bist«, sagte Anna, die mich damals ermutigt hatte fortzugehen.

»Und jetzt habe ich alles wieder verloren, weil mich dieser Lackaffe rausgeworfen hat«, knurrte ich.

»Ach Quatsch, das hast du nicht. Du bist immer noch auf deiner Glücksinsel. Vergiss nicht: Wenn sich eine Tür schließt, dann öffnet sich irgendwo ein Fenster. Halte danach Ausschau und starre nicht auf die geschlossene Tür. Es ist wie damals, als wir als Kinder im Flur stehen mussten: Verharre nicht im dunklen Gang, sondern vertraue darauf, dass du die Glücksinsel finden wirst. Nutze deine Talente. Mach dich mit deinen Upcycling-Workshops selbstständig. Ich weiß, dass du es draufhast!«

»Man merkt, dass du dein Diplom bereits in der Tasche hast, kleine Schwester«, sagte ich nach einem kurzen Moment. Die Verrücktheit meines Vaters hatte den Ausschlag dazu gegeben, dass Anna Psychologin geworden war. Unser strenger Haustyrann war nämlich ein Narzisst, wie es im Fachjargon hieß, der nur sich selbst liebte und sein Umfeld manipulierte, um die Kontrolle über alle zu behalten. Sogar unsere Mutter war ihm verfallen. Aber zum Glück lag unsere Kindheit lang hinter uns und wir hatten sie erfolgreich überwunden, jede auf ihre Art. Mir war neben der Tatsache, dass ich verständlicherweise nicht so gerne über meine Kindheit sprach, nur ein gehöriges Grundmisstrauen gegenüber Männern geblieben. Ich schätzte zwar ihre Vorzüge und ihre Gesellschaft, aber ich hielt Beziehungen stets auf einer unverbindlichen Ebene. Darin lag aber auch ein großer Vorteil, denn ich war eine unabhängige Frau und stolz darauf.

»Wenn du reden willst, ruf mich jederzeit wieder an«, sagte sie wie üblich, und ich verdrehte die Augen. Ich liebte meine Schwester und sie war die beste Seelenklempnerin, die ich kannte. Und auch die einzige. Aber für meinen Geschmack konnte dieser ständige Bezug auf unsere Vergangenheit, den Anna gerne nahm, auch zu viel des Guten werden. Das war anstrengend. Nicht jedes Problem, an dem man knabberte, konnte durch Aufarbeiten unserer verkorksten Kindheit gelöst werden. Denn manchmal war eben einfach nur ein dahergelaufener Hotelier Schuld daran, dass man Probleme hatte.

»Klaro, dann melde ich mich sofort wieder. Wann kommst du mal wieder nach Mallorca?«, wechselte ich deshalb das Thema.

»Mal sehen, ich hoffe, dass es im Herbst klappt«, antwortete sie. Dann gab sie mir noch ein paar Tipps, wie ich ein Geschäftskonzept erstellen könnte und erzählte mir von ihrem neuen Freund Sebastian, den sie auf der Uni kennengelernt hatte. Schließlich verabschiedeten wir uns.

Wieder einmal hatte sie es geschafft mich aufzurichten und ich fühlte mich voller Energie und Zuversicht. Ja, ich würde mich mit meinen Upcycling-Workshops selbstständig machen. Um meiner fröhlichen Stimmung Ausdruck zu verleihen, nahm ich meine Gitarre und spielte ein paar Akkorde. Ich würde einen Schritt-für-Schritt-Plan machen, um mein Start-up auf die Beine zu stellen. Wenn nur die Ebbe in meiner Kasse nicht wäre.

Da kam mir blitzartig eine Idee. Warum hatte ich nicht früher daran gedacht? Ich war doch Unterhalterin, warum sollte ich mein Können nicht nutzen, um Geld zu verdienen? Kurz entschlossen stand ich auf und ging hinüber zu meinem Kleiderschrank, um ein passendes Outfit zu suchen.

***

Ich ging durch die Porta de Moll, einem vollständig erhaltenen Tor der alten Stadtmauer, um auf dem Wochenmarkt nach einem geeigneten Platz für mein Vorhaben zu suchen. Unter weißen ausladenden Schirmen drängten sich die Besucher an beschatteten Ständen und ich schnappte Brocken aus deutschen, englischen und spanischen Unterhaltungen auf. Der Duft von frisch gebackenem Brot vermischte sich mit jenem von würzigem Serrano-Schinken, der in Keulen aufgefädelt an der Hinterseite einer kleinen Bude angeboten wurde und bei dessen Anblick mir das Wasser im Mund zusammenlief. Wenn ich jetzt gleich Erfolg hätte, würde ich dem Verkäufer später einen Besuch abstatten. Daneben gab es einen Tisch mit weiten Tonschüsseln, in denen Oliven unterschiedlichster Sorten, Größen und Farben verkauft wurden. Auch die großen schwarzen gab es. Die, von denen ich nie genug bekommen konnte. Vielleicht könnte ich mir sogar noch eine große Tüte mallorquinischer Mandeln und ein paar der süßen Orangen leisten? Die zahlreichen Obsthändler hatten darüber hinaus auch faustgroße Nektarinen, Wassermelonen in den Ausmaßen von Medizinbällen und leckere Erdbeeren im Angebot. Um die farbenfrohen T-Shirts, luftigen Sommerkleider und Halsketten würde ich aber einen Bogen machen, denn in dieser Beziehung war ich ja Selbstversorgerin.

Neben einem Café auf einem kleinen Platz, der im Schatten eines Steinhauses lag, nahm ich meine Gitarre aus der braunen Hülle und legte sie neben mir auf den Boden. Ich trug meinen upgecycelten Lieblings-Jeans-Minirock und meinen selbst gemachten Schmuck. Türkise Ohrringe aus Seeglas sowie eine Kette und Armbänder, denen man es nicht ansah, dass sie aus einer Plastikflasche entstanden waren. Obwohl ich es gewohnt war, vor Leuten zu singen, zitterten meine Finger ganz leicht und mein Magen flatterte. Leise räusperte ich mich. Würde den Leuten meine Musik und mein Gesang gefallen? Im Hotel war ich immer gut angekommen, aber dort hatte mein Publikum aus den Hotelgästen bestanden, die mich schon kannten, und hier waren nur wildfremde Menschen. Auf dem Boden vor mir positionierte ich ein bunt bemaltes Tongefäß mit einem Smiley vorne drauf, in das ich schon mal ein paar Münzen legte. Ich richtete mich auf, brachte meine Gitarre in Position und atmete tief durch. Meine Finger berührten die Saiten des Instruments und die ersten Akkorde tönten über den Platz. Sofort blieben einige Menschen stehen und sahen mich neugierig an. Adrenalin pulsierte durch meinen Körper, als ich den ersten Ton anstimmte.

5. Begeisterung sieht anders aus

Tom

Am Sonntagvormittag waren mein Chefkoch Hannes und ich auf dem Markt in Alcúdia, um Vorräte für die Hotelküche zu kaufen. Er hatte mich überredet mitzukommen, damit ich endlich etwas von dem schönen Mallorca kennenlernte, wie er sagte. Doch nicht einmal die fröhliche Stimmung auf dem Markt konnte mich mitreißen und ich stapfte lustlos neben ihm her. Neben lokalen Lebensmitteln gab es Kleidung, Schmuck und mallorquinische Souvenirs zu kaufen. Eine Unmenge an Touristen drängte an den Ständen vorbei und kaufte Mitbringsel für zu Hause. Hannes holte bei kleinen Gemüseständen Spinat, Orangen und Erdbeeren sowie einige landestypische Delikatessen wie Schafskäse, die mallorquinische Wurst Sobrasada und Pata-Negra-Schinken. Als wir uns durch die Menschenmenge vorwärtsschoben, näherten wir uns Gitarrenklängen. Eine eigenwillige Neuinterpretation eines bekannten deutschen Schlagers lag in der Luft, der von einer Straßenmusikantin gesungen wurde. Die vertraute Melodie verlieh der wuseligen Atmosphäre einen Hauch von Heimatfeeling und ihre klare Stimme, die voller Gefühl, aber gleichzeitig erfrischend natürlich klang, rührte mich irgendwie an. Ich wollte einfach innehalten und zuhören. So ging es offenbar nicht nur mir, denn um die Sängerin hatte sich eine ansehnliche Menschentraube gebildet, in der die Touristen sich in mindestens sechs Reihen um sie herum scharten. Kannte ich diese Stimme nicht von irgendwoher? Die Frau hatte einen speziellen Akzent, bei dem sie die Vokale ganz leicht überdehnte. Es hörte sich österreichisch an. Zum Glück war ich groß und musste mich nur ein wenig strecken, um über die Köpfe der Leute einen Blick auf die Sängerin werfen zu können. Vor Überraschung klappte mir der Mund auf. In der Mitte des Kreises aus Zuschauern stand Bianca Sommer! Sie hatte ihr Haar wieder zu ihren neckischen Zöpfen geflochten und trug einen hippen Jeans-Minirock. Sie musste auf der Straße singen, um Geld zu verdienen? Schlechtes Gewissen regte sich in mir. Andererseits wirkte sie nicht unglücklich. Sie trug ihren Kopf erhoben und flirtete mit dem Publikum, das an ihren Lippen hing. Gerade sang sie davon, was Liebe mit uns mache. Ab und zu ging jemand in die Mitte und legte Geld in eine bunte Tonschüssel zu ihren Füssen, was sie mit einem Nicken, Lächeln und frechem Augenzwinkern honorierte.

Aus heiterem Himmel kam mir eine total verrückte Idee. Kurz entschlossen drückte ich Hannes die Tüten in die Hand und zog meine Geldbörse aus der Hosentasche. Ich entnahm ihr eine Visitenkarte und einen Zehneuroschein. Anschließend schlängelte ich mich an den Reihen der Menschen vorbei und ging langsam von der Seite auf sie zu. Wie lächerlich es war, dass mein Herz in diesem Moment wie verrückt pochte. Ich drückte meine Lippen aufeinander, um meine Anspannung nicht etwa durch dümmliches Grinsen zu zeigen. Auf einmal drehte sie mir den Kopf zu. Sie zuckte zusammen, ihre meeresblauen Augen weiteten sich und ihre zart geschwungenen Brauen schnellten in die Höhe. Ein schiefer, metallischer Ton klang aus der Gitarre, als wären alle Saiten ihres Instruments gleichzeitig gerissen. Sie wich ein wenig vor mir zurück. Mein Herz klopfte bis zum Hals und ich hielt atemlos inne. In diesem Moment fing sie sich wieder und spielte an der unterbrochenen Stelle des Songs weiter. Ich atmete aus, beugte mich rasch hinunter und legte den Geldschein zusammen mit meiner Visitenkarte in das

Tongefäß. Dann drehte ich mich um und schlängelte mich durch die Menschenreihen zurück zu Hannes.

»Sie hat sich ja schrecklich gefreut, dich zu sehen«, sagte er und grinste diabolisch. »Ich hatte schon befürchtet, sie würde dir mit ihrer Gitarre eins überbraten.«

»Du hast aber auch eine sehr schlechte Sicht von hier«, antwortete ich. Tatsächlich hatte sie mich angesehen wie eine paranormale Erscheinung. Hoffentlich würde sie mich anrufen und das möglichst bald. Mein Einfall war gewagt, aber es war eine Chance. Ich warf einen Blick auf meine Armbanduhr. »Fahren wir zurück?«

Als wir schon im Auto saßen, hallte der Refrain ihres Liedes immer noch in meinem Kopf nach.

***

Zwei Stunden später saßen Hannes und ich in meinem Büro vor dem Laptop und diskutierten den Speiseplan für die kommende Woche. Ich hatte beschlossen, wieder auf familientauglicheres Essen umzusteigen und die pochierten Wachteleier und den Graved Lachs Asia-Style auf Trüffelbutter-Püree vorerst zu streichen. Stattdessen wollten wir die Gäste mit hausgemachten Pastavariationen, Steakhouseburgern mit Coleslaw sowie Fisch in Kräuterpanade begeistern.

»Hallo.« An der Tür stand plötzlich Bianca Sommer, als wäre sie direkt von einem Festival hereingeweht.

Meine Aufmerksamkeit blieb an ihren drahtigen Beinen hängen, deren bronzefarbene Haut durch die römischen Schnürsandaletten so richtig zur Geltung gebracht wurde.

Sie räusperte sich. »Ich war gerade in der Nähe …«

Ich sprang auf. »Bitte, kommen Sie herein. Nehmen Sie Platz«, sagte ich und bot ihr den Stuhl gegenüber von meinem Schreibtisch an. Mein Atem war blitzartig auf Touren gekommen, als wäre ich gerade eine Runde um den Pool gerannt.

Hannes machte Anstalten, uns allein zu lassen, aber ich bedeutete ihm zu bleiben.

»Das war eine ganz schöne Überraschung, als du auf dem Markt vor mir aufgetaucht bist«, sagte sie, nachdem sie sich hingesetzt hatte. Sie lehnte sich entspannt zurück und schlug lässig ihre Beine übereinander.

Wieso duzte sie mich? Mit Angestellten verbrüderte ich mich normalerweise nie, das hatte mir Vater geraten. Aber für gefeuerte Mitarbeiterinnen galt die Regel ja wohl nicht.

»Ich hoffe, der Schock war nicht allzu groß«, scherzte ich.

»Haha, und ob! Mir ist vor Schreck fast die Gitarre aus der Hand gefallen«, antwortete sie lachend. »Aber mit deiner Visitenkarte hast du mich neugierig gemacht und … hier bin ich.«

Ich beschloss, noch ein wenig Small Talk einzustreuen. »Ich hoffe, du hattest gute Einnahmen auf dem Markt«, erkundigte ich mich.

»Aber ja. Du warst Gott sei Dank der Einzige, der mir seine Telefonnummer zugesteckt hat. Die anderen Leute haben mir nur ihr Geld gegeben«, antwortete sie und zwinkerte mir frech zu.

Hannes neben mir gluckste auf. Na großartig, die beiden hatten ihren Spaß mit mir.

»Aber danke der Nachfrage, es lief super. Und selbst? Wie läuft es mit dem neuen Hotel?«, fragte sie und sah mich mit funkelnden Augen an.

Wusste sie etwa, in welcher Bredouille ich steckte? Der kecke Auftritt, den sie hier hinlegte, sprach dafür. Ich hüstelte und beschloss, den Klönschnack zu beenden und direkt zur Sache zu kommen. Außerdem würde ich mich nicht mehr von ihrem einnehmenden Äußeren ablenken lassen. Oder von der Erinnerung, die sich ständig aufdrängen wollte; wie es sich angefühlt hatte, sie in meinen Armen zu halten. Hier ging es rein ums Geschäft.

»Künftig soll es wieder ein Entertainmentteam im Alcúdia Bonita geben und ich bin auf der Suche nach Animateurinnen. Allerdings auf Freelancer-Basis und nicht fix angestellt. Abgerechnet wird nach Stunden. Wie ist es, hast du Interesse?« Ich zwang mich, ruhig zu atmen und hoffte, dass sie mir nicht ansah, wie angespannt ich war. Wenn sie ins Alcúdia Bonita zurückkäme, könnte das meine Rettung sein, die Vision meines Vaters in Einklang mit den Bedürfnissen der exklusiven Zielgruppe zu bringen. Ich musste einfach alles daransetzen, dass das Hotel gut lief.

Doch sie sah wenig begeistert aus. Bianca lehnte sich zurück und verschränkte die Arme. »Auf freiberuflicher Basis? Wieso denn das?«

»Das hat organisatorische Gründe«, antwortete ich ausweichend. Sie musste meine Motive nicht kennen. Vater hatte bestimmt, dass das Entertainment-Team gefeuert werden sollte. Aber es ging nicht ohne! Deswegen wollte ich einen Kompromiss einfädeln. Als freiberufliche

Mitarbeiterinnen tauchten die Animateurinnen nicht mehr in der Gehaltsliste auf, sie würden allerdings trotzdem noch hier arbeiten. Perfekt! Aber wäre sie bereit, mitzuspielen?

Schier endlose Sekunden musterte sie mich, dann legte sie ihren Zeigefinger auf ihr Kinn und sah zur Seite. Dabei fiel mir auf, dass sie ein perfektes Profil hatte, das dem einer römischen Göttin um nichts nachstand.

»Ich bin einverstanden«, sagte sie.

Ich atmete leise durch.

»Allerdings nur unter einer Bedingung.«

Also doch! Sie wollte den Preis in die Höhe treiben! Wie viel war ich bereit zu zahlen, dass sie zurückkam? Sehr viel, aber das würde ich ihr nicht zeigen.

»Ja?«, fragte ich gedehnt, lehnte mich zurück und verschränkte die Arme vor meinem Oberkörper.

Sie rutschte auf ihrem Stuhl herum und ihre Augen flatterten ein wenig. »Ich möchte im Alcúdia Bonita Upcycling-Kurse anbieten«, sagte sie schließlich. »Neben der normalen Animation im Hotel.«

»Wie bitte?«, fragte ich.

Sie räusperte sich. »Upcycling. Ich bringe den Leuten bei, wie man aus alten Kleidern hippe neue Mode und coolen Schmuck und Dekorationsartikel aus Plastikmüll herstellt. Ich bin nämlich dabei, mein eigenes Start-up aufzubauen und möchte erste Erfahrungen sammeln.« Erwartungsvoll sah sie mich an.

Irgendwo hatte ich das doch schon mal gesehen. Ich erinnerte mich an Gummistiefel, aus denen Blumen wuchsen, und alte Socken, die mit starren Knopfaugen in gruselige Handpuppen umgemodelt worden waren. Ob ihr Start-up störend für meinen Hotelbetrieb sein konnte? Wahrscheinlich nicht. Vielleicht könnten die Kurse sogar für ein positiveres Urlaubserlebnis sorgen und damit meine Sternebewertung nach oben hin korrigieren.

»Einverstanden«, sagte ich schließlich.

»Wirklich?« Ungläubigkeit, Überraschung und Freude erhellten ihre Gesichtszüge.

»Aber ich habe auch eine Bedingung. Ich möchte mir ein genaueres Bild von dem machen, was du vorhast. Kannst du mir dein Konzept vorstellen? Damit wir gemeinsam sicherstellen, dass es zum Alcúdia Bonita passt. Vielleicht kannst du mir dein Werbematerial mitbringen? Flyer oder Broschüren?«

Sie blinzelte. »Ja klar, das werde ich machen«, sagte sie langsam.

»Und dann überlegen wir gemeinsam, wo das Ganze am besten stattfindet. Praktisch wäre irgendein Raum mit ein paar Tischen, oder?« Mir war eingefallen, dass es im Keller ein ungenutztes Zimmer gab, auf das sie sich vielleicht einlassen würde.

»Danke.« Auf ihren zarten Teint legte sich eine Spur von Rosa.

Das hatte ja prima funktioniert! Ich machte ihr ein Angebot zum Stundenhonorar, das sie sofort annahm. Und sie war glücklicherweise bereit, gleich am nächsten Tag wieder loszulegen. Außerdem versprach sie mir, auch bei ihren früheren Kolleginnen anzuklopfen, ob sie ebenfalls zurückkommen würden. Es lief für mich! An meinem dunklen Horizont tat sich ein Silberstreifen der Hoffnung auf. Die bei den Gästen beliebte Küche und die Animation waren wieder auf Kurs. Als Nächstes würde ich mich auf die Renovierung des Hotels und die Verbesserung des Betriebsklimas stürzen.

6. Äpfel und Birnen

Bianca

Einige Tage später stand ich in der Garderobe der Animation im Alcúdia Bonita und legte ein leeres Blatt Papier in mein Klemmbrett. Auf diesem würde ich später meine Darts-Mitspieler notieren. Zur Auswahl gab es auch Boccia mit Sofia, während Isabel den Kinderclub betreute. Wir waren wieder zurück. Als ich in meine Shorts schlüpfte und mein weißes Rudershirt überzog, lächelte ich ununterbrochen.

Zum Glück hatte mir Carmen vor meiner Unterhaltung mit Tom den Grund erzählt, warum er mit mir in Kontakt treten wollte. Sie wusste, dass unsere Stammgäste nach Entertainment verlangten. So war ich ziemlich locker in das Gespräch mit ihm gegangen. Dass dieses dann so positiv für mich verlaufen würde, hatte ich in meinen kühnsten Vorstellungen nicht für möglich gehalten. Neben meinem Wunsch, wieder ins Alcúdia Bonita zurückzukehren, war ich mit einem Schlag auch der Verwirklichung meines großen Traums ein Stück näher gerückt, ohne ein finanzielles Risiko einzugehen. Ich hatte die Chance, im Strandhotel Upcycling-Kurse abzuhalten, sofern ich mich mit Tom über das Konzept einigen würde. Das konnte der erste Baustein sein, um mir eine berufliche Zukunft aufzubauen. Mein Plan war, mit den Erfahrungen und den Referenzen weitere Hotels als Kunden zu gewinnen. Tom Hartmann gab mir die Gelegenheit, die Roberto mir immer verwehrt hatte.

Während ich meine Zöpfe flocht, lehnte ich mich mit dem Rücken gegen meinen Spind. Anders als der ehemalige Generalmanager, hatte Tom nicht einmal gelacht oder die Augen verdreht, als ich ihm von meinem Herzensprojekt erzählte. Ganz im Gegenteil. Er wollte mir sogar einen Raum zur Verfügung stellen. Mit Tischen! Allerdings machte er sich offensichtlich falsche Vorstellungen von meinem sogenannten *Business*.

Ich schlüpfte in meine Sneaker und zog die Schnürsenkel zu. Mein Geschäft steckte nicht in den Kinderschuhen, sondern eher in der Embryonalphase. Und das seit Ewigkeiten. Ich hatte mir noch nicht einmal Gedanken darüber gemacht, wie mein Kurs konkret ablaufen sollte und was ich dafür benötigte. Konzept? Werbematerial? Weit gefehlt.

Ich zuckte zusammen, als sich schnelle Schritte näherten und einen Moment später die Tür aufgerissen wurde.

»Bianca, noch fünf Minuten! Mister Heartless hat uns gerade angemeckert, dass wir heute mal pünktlich anfangen sollen.« Meine Kolleginnen traten ein.

Hinter seinem Rücken wurde Tom von seinen Mitarbeitenden in Abwandlung seines Nachnamens spöttisch Mister Heartless, also Herr Herzlos genannt.

Sofia stellte eine Box, die sie in den Händen hielt, auf dem Boden ab und begann, sich im Spiegel ihren Pferdeschwanz zu richten.

»Aber dass er unser Team wieder engagiert hat, war sehr nett von ihm. Und denk an meine neuen Kurse«, warf ich ein. Ich erhob mich und dehnte meine Sehnen vorsichtig, um sie ein wenig aufzuwärmen.

»Sei nicht so naiv, Bianca! Dass er uns zurückgeholt hat, war nicht nett von ihm, sondern gerissen und geschah aus purer Verzweiflung. Und dass er uns als Freiberufler beschäftigt, war auch ein geschickter Schachzug. So spart er sich nämlich Sozialversicherungsbeiträge. Dagegen waren die knauserigen Saisonverträge von Roberto soziale Wohltaten!«, rief Isabel aufgebracht.

So hatte ich das neue Arrangement noch gar nicht betrachtet. Organisatorische Gründe? Das war wohl die schöne Umschreibung dafür, dass alles zu seinem Vorteil lief.

»Dass er dich die Upcycling-Kurse machen lässt, ist ehrlich gesagt auch nicht uneigennützig, denn er geht kein Risiko ein. Er kann dabei nur gewinnen. Im besten Fall hast du Erfolg und ziehst neue Gäste damit an.«

Die Erkenntnis fiel mir wie Schuppen von den Augen. Als Geschäftsmann war er eben mit allen Wassern gewaschen. Er handelte nicht aus Nettigkeit, sondern aus Kalkül. Dabei achtete er stets auf seinen eigenen Vorteil.

»Und außerdem hat er Javier rausgeworfen, trotz dessen großer Familie und obwohl er seit zwanzig Jahren hier gearbeitet hat«, fiel mir dazu ein.

»Und er geht allen mit seiner Pedanterie auf den Geist. Wehe, ein Kellner serviert ein leeres Glas nicht gleich ab oder eine Tischdecke hängt schief. Dann zickt er herum.

Bei klitzekleinen Verspätungen taucht er urplötzlich wie aus dem Nichts auf und starrt auf seine protzige Uhr.«

»Er ist herrisch, kurz angebunden und ständig schlecht gelaunt«, ergänzte Isabel.

»Und das da ist überhaupt die Höhe!«, rief Sofia und zeigte auf die Schachtel, die sie vorhin auf dem Boden abgestellt hatte.

Ich sah sie fragend an.

»Ein Geschenk von Mister Heartless: Hier drin sind neue Headsets mit Mikrofonen, die sich auf dem neuesten Stand der Technik befinden«, sagte sie kryptisch.

Damit hatte er wohl auf unsere veralteten Lautsprecher angespielt, die nicht immer funktionierten und mit denen wir uns schon länger abquälten.

»Hat er mir vorhin in die Hand gedrückt. Ich zitiere: ›Die schrillen Schreie und ständigen Rückkoppelungen nerven! Aber das sollte sich mit den neuen Mikros bessern, weil sie die Tonfrequenzen automatisch absenken‹ oder so ähnlich.«

»Schrille Schreie, die ihn nerven? Was für eine rüde Formulierung!«, rief ich entrüstet. Wie konnte man nur so barsch sein?

»Dass er kein Charmebolzen ist, wissen wir ja alle.«

Ich nickte. Da kam mir eine Idee. »Ob diese Teile wirklich so toll sind, wie er behauptet? Wie wäre es, wenn wir die technischen Grenzen ausloten? Am besten mit einem Whitney-Houston-Karaoke-Wettbewerb?«, fragte ich und kicherte. Das wäre ein Spaß. Da sich sein Büro gegenüber vom Pool befand, hatte er die ideale Beschallung.

»Was für eine super Idee! Das machen wir während der Happy Hour!« Wir klatschten uns ab und verließen lachend die Garderobe.

***

Nach Feierabend stand ich mit Carmen und Sofia in der Lobby. Wir warteten auf weitere Kollegen, mit denen wir uns zum Ausgehen verabredet hatten. Ich hatte mir vorgenommen, nur auf einen Sprung mitzukommen, denn zu Hause wollte ich heute endlich damit beginnen, meine Upcycling-Kurse zu konzeptionieren und mich mit dem Werbematerial auseinanderzusetzen, das ich Tom versprochen hatte. Die letzten Tage war ich damit nicht vom Fleck gekommen. Das Einzige, was ich beherrschte, war Prokrastination in Perfektion. Jedes Mal, wenn ich mich an den Tisch gesetzt hatte, um nachzudenken oder den Text für den Flyer zu schreiben, war ich plötzlich total motiviert, mein Badezimmer zu putzen, mit fünf Bällen Jonglieren zu üben oder mir die Fußnägel zu lackieren. Wenn wieder einmal ein Abend ergebnislos verstrichen und ich keinen Deut weitergekommen war, ärgerte ich mich über meine Unfähigkeit. Deshalb würde ich heute Abend nur auf ein einziges Getränk bleiben, um danach noch zu Hause zu arbeiten. Ich musste die Chance nutzen, die Tom mir geben wollte!

Carmen bedeutete mir, leise zu sein und meine Ohren zu spitzen. Aus dem Büro des Hoteldirektors kamen seltsame Geräusche. Wir gingen näher. Der Klang einer seelenlosen Computerstimme drang herüber.

»Wie viel kosten die Äpfel? Sie kosten vier Euro und neunundfünfzig Cent.« Das hörte sich ganz nach einer Sprachlern-App an.

»Cuestan cuatro euros ciento cuarenta y cinco céntimos«, übersetzte Tom holprig.

»Sie kosten vier Euro und einhundertfünfundvierzig Cent.« Hä? Ich musste grinsen.

»Cuatrocientos cincuenta y uno céntimos«, korrigierte er sich schnell.

Vierhunderteinundfünfzig. Carmen presste sich die Hand auf den Mund, um ihr Lachen zu unterdrücken.

Die Zahlen konnten anfangs recht verwirrend sein und Tom war auf dem besten Weg, sich totalen Quatsch beizubringen.

»Wer bietet mehr?«, flüsterte ich Carmen zu, deren Wangen vor unterdrücktem Lachen bereits rot angelaufen waren. Sie war kurz davor zu platzen und ging rasch an die frische Luft, um sich zu beruhigen. Ich beschloss, noch ein wenig zuzuhören. Es faszinierte mich, wie hartnäckig er versuchte, es zu lernen. Von so viel Disziplin könnte ich mir ein Scheibchen abschneiden.

Als ich vor über zehn Jahren nach Mallorca gekommen war, hatte ich kein Sitzfleisch beim Lernen der fremden Sprache und deshalb die Übungen kurzerhand nach draußen verlagert. Zum Beispiel in eine Bar. *Möchtest du ein Bier? Danke für die Einladung! Klar, lass uns tanzen gehen!* Ich war eben eher der praktisch veranlagte Typ.

Jetzt blieb es in Toms Büro still. Leise ging ich näher und linste um die Ecke. Der Generalmanager sah aus, als hätte er die Nacht durchgemacht. Er saß vor seinem iPad, die oberen Hemdknöpfe waren geöffnet, seine Krawatte hatte er abgelegt. Sein dichtes dunkles Haar, das sich sonst gehorsam in einem braven Seitenscheitel an seinen Kopf schmiegte, stand verstrubbelt ab.

»Cuatro euros cincuenta y nueve céntimos. Vier Euro und neunundfünfzig Cent«, half ich ihm. Er tat mir irgendwie leid, auch wenn er ein herzloser Hotelier war.

»Wie viel kosten die Birnen? Sie kosten einen Euro und zweiunddreißig Cent«, fuhr die Sprachlern-App mit der nächsten Obstsorte fort. Tom brachte sie mit einem Klick zum Schweigen und sah mich über den Rand des Displays an.

»Na, das geht doch schon ganz gut. Jetzt fehlen nur noch Bananen und Erdbeeren und du hast einen Obstsalat«, sagte ich und grinste.

Er lehnte sich in seinem schwarzen Ledersessel zurück. »Mach dich bitte nicht über mich lustig.«

»Wie wir wissen, bin ich nun mal die Frau, die hier für den Spaß zuständig ist. Dafür hast du mich doch engagiert«, antwortete ich fröhlich und zuckte mit den Schultern.

»Ich bezahle dich dafür, meine Gäste zu unterhalten und nicht dafür, dich auf meine Kosten lustig zu machen.« In seinen Augen funkelte es amüsiert.

»Das gibts als Draufgabe gratis dazu«, behielt ich das letzte Wort. Dann sah ich mich in dem Büro um, das mit neuen, modernen Möbeln, einem frischen Anstrich, Zimmerpflanzen, Bildern und einer kleinen Garderobe richtig ansprechend umgestaltet worden war. Nichts erinnerte mehr an Roberto.

Komisch, wie schnell sich die Dinge änderten. Ich dachte nur selten an meinen früheren Lover. Seitdem er nach Teneriffa gegangen war, hatten wir nur einmal telefoniert. Wir wussten beide, dass es nicht die große Liebe zwischen uns gewesen war und ich konnte ohne bittere Gefühle an ihn und unsere gemeinsame Zeit denken. Allerdings hätte ich erwartet, dass die Freundschaft bestehen bleiben würde. Aber es schien so, als würde der alte Spruch *Aus den Augen, aus dem Sinn* auf uns zutreffen.

Ich verdrängte die Gedanken an Roberto und betrachtete die neuen Bilder an der Wand. Sehr schade, dass es keine persönlichen Fotos von Familie oder Freunden gab. Ob er eine Freundin hatte oder verheiratet war? Eher nicht, denn Tom war außer sonntags von frühmorgens bis spät am Abend im Hotel anzutreffen.

»Was ist das für ein Gebäude?«, fragte ich neugierig und zeigte auf das gerahmte Foto eines pompösen Wolkenkratzers, dessen kühle Fassade in der Sonne glitzerte. Er hatte es mittig an der Wand platziert und die anderen Aufnahmen, die schicke Hotels zeigten, waren darum angeordnet wie Planeten um die Sonne.

Tom stand aus seinem Bürosessel auf und brachte einen irritierend aufregenden Duft nach Leder und Zedernholz mit.

Ich trat zur Seite, um mich nicht verwirren zu lassen und um Tom ins Gesicht sehen zu können.

»Das ist das Westend-Duo in Frankfurt. Im zwanzigsten Stock befindet sich die Zentrale der Hartmann Holding.«

»Und das? Das sieht cool aus«, sagte ich und betrachtete ein anderes Bild, auf dem ein eleganter Bau zu sehen war. Über dem Eingangsportal war der Schriftzug *Alster-stern* angebracht.

»Das ist in Hamburg. Dort war ich zuletzt Geschäftsführer, bevor ich nach Mallorca gekommen bin.« Es klang, als würde ein Hauch von Niedergeschlagenheit in seiner Stimme mitschwingen. Da wir uns aber kaum kannten, konnte es auch sein, dass ich mich irrte.

»Hierherzukommen war ein ganz schön großer Schritt, oder?«, fragte ich trotzdem vorsichtig.

»Es so auszudrücken, ist eine gewaltige Untertreibung. Man sagte mir zum Beispiel, dass hier alle Deutsch sprechen«, sagte er und lächelte matt.

»Das hätte dir gleich spanisch vorkommen sollen«, antwortete ich, was ihm ein Lächeln entlockte. An den Winkeln seiner hellen grauen Augen bildeten sich hauchzarte Linien. Die Vorstellung, wie sie sich in zwanzig Jahren zu sympathischen Brad-Pitt-Lachfältchen vertieft haben würden, tauchte urplötzlich in mir auf.

Um mich von seinem Wolf-im-Schafspelz-Gesicht abzulenken, betrachtete ich eine dunkelbraune Leine, die neben seiner Jacke an einem der Garderobenhaken hing. Ich nahm das Ende des eleganten Riemens in die Hand, das mit einem goldenen Karabinerhaken abschloss. Unterhalb der geflochtenen Handschlaufe waren zwei gegenübergestellte, geschlungene G der Marke Gucci angebracht. Es musste sich wohl um einen elitären Modetrend unter versnobten Vierbeinern handeln, denn dieses Symbol hatte ich unlängst andernorts auf einem Halsband gesehen. »Hast du einen Hund?«, fragte ich verwundert, denn ich hatte noch nie einen bei ihm gesehen.

Ich sah mich um. Ich liebte alle Vierbeiner. Dass Tom auch ein Tierfreund war, hätte ich nicht vermutet. Aber nur ein verwaistes Körbchen und ein trockener Wassernapf in der Ecke wiesen auf die Existenz eines solchen hin.

»Mein Chihuahua hat sich vor zwei Wochen aus dem Staub gemacht und ich habe keine Ahnung, wo er jetzt steckt. Ich habe überall nach ihm gesucht, aber er ist wie vom Erdboden verschluckt«, antwortete er. In diesem Moment fiel bei mir der Groschen.

»Bianca, kommst du? Wir wollen los!«, hörte ich Sofia von draußen rufen.

»Tut mir leid, geht bitte ohne mich«, gab ich zurück. Und an Tom gewandt: »Ich glaube, ich weiß, wo dein Hund steckt.«

Fünf Minuten später saßen wir im Auto und waren auf dem Weg zu Klara.

***

Der kleine hellbraune Chihuahua, dem Klara wegen seinem auffälligen Halsband den Namen Gucci gegeben hatte und der bei meinen letzten Besuchen immer wie ein Häufchen Elend im letzten Winkel seines Zwingers gesessen hatte, sprang aus dem Stand einen Meter hoch und landete in Toms Armen. Bismarck, wie das kleine Hündchen in Wirklichkeit hieß, bellte, jaulte und knurrte im Dezibel-Bereich einer Trillerpfeife. Seine Wiedersehensfreude war so pur und so aufrichtig, dass die feinen Härchen auf meinen Unterarmen sich vor Rührung aufstellten. Das war Liebe!

Auch Klara seufzte angetan. Es kam selten vor, dass einer ihrer Schützlinge ein Happy End erleben durfte und von seinem Besitzer wieder abgeholt wurde.

Tom lächelte leise und sprach mit seiner tiefen Stimme, die sich ein wenig kratzig anhörte, beruhigend auf das Hündchen ein. Wie liebevoll er mit ihm umging! Wer hätte das gedacht? Der Mann, der keine Skrupel hatte, langjährige Mitarbeiter von einem Tag auf den anderen zu feuern und der sein Ego mit einem monströsen Luxusschlitten vergrößerte, hatte sein Herz an einen Chihuahua verloren.

»Er ist von einem Mitarbeiter der Stadtverwaltung auf der Straße herumstreunend aufgegriffen und hergebracht worden«, erzählte Klara.

Ich sah ihn schmunzelnd an. »Ehrlich gesagt, hatten wir uns für den Kleinen eine Besitzerin so ähnlich wie Paris Hilton vorgestellt, die ihn in einer Cocktailbar vergessen hat.«

»Tut mir leid, wenn ich euch enttäuscht habe«, antwortete er mit einem schiefen Grinsen. »Ich bin nicht freiwillig an ihn gekommen.« Und dann erzählte er, dass seine Ex-Freundin ihn sich angeschafft habe, ihn nach kurzer Zeit aber nicht mehr haben wollte. Und dass Bismarck deswegen schon einmal im Tierheim gelandet war.

Tom bedankte sich bei Klara und versprach, ab sofort täglich Reste aus dem Restaurant liefern zu lassen. Meine Freundin strahlte den Hotelchef an.

***

Auf der Heimfahrt saß Bismarck auf meinem Schoß. Als ich meinen Arm sanft auf seinen kleinen Körper legte, spürte ich sein Herz pochen. Unwillkürlich musste ich daran denken, was wohl aus Tim, unserem kleinen Dackel, geworden war. Der treuherzige Blick des kleinen Kerlchens in meinem Arm weckte ganz starke Erinnerungen, und ich fühlte mich mit einem Schlag wie das zwölfjährige Mädchen, das ich einmal gewesen war. Anna und ich hatten hemmungslos geweint, weil unser geliebter Hund plötzlich nicht mehr da gewesen war. Ich war so schrecklich traurig, hilflos und wütend gewesen, wie noch niemals zuvor in meinem jungen Leben. Mein Vater gab mir die Schuld. Warum hatte ich mich widersetzt und gegen seinen Willen mit dem Geigespielen aufgehört? Nur deswegen hatte er unseren besten Freund weggegeben, hatte er gesagt.

Ich schüttelte meinen Kopf. Das war alles so lange her. Ich wollte mich nicht damit belasten und nicht betrübt sein. Alles war gut. Schnell an etwas anderes denken.

»Schau mal, der Supermarkt hat noch geöffnet. Willst du Hundefutter kaufen?«, rief ich und machte Tom auf das Geschäft aufmerksam, dem wir uns näherten.

7. Ein Deal

Tom

Nachdem ich in einem der bis spät abends geöffneten Supermärkte einen Vorrat der teuersten Futterdosen gekauft hatte, brachte ich Bianca nach Hause. Danach badete ich Bismarck und trocknete ihm mit einem Handtuch das Fell. Später döste er zufrieden auf meinem Schoß ein, während ich auf der Couch saß und durch die spanischen Fernsehkanäle zappte. Meine Hand lag auf seinem federleichten, warmen Körper. Er sollte es sich nicht angewöhnen, bei mir auf dem Sofa zu sitzen, aber heute musste ich ganz einfach eine Ausnahme machen. Seine gleichmäßigen Atemzüge strömten etwas absolut Beruhigendes aus. Obwohl ich an einem Samstagabend allein mit einem Chihuahua auf dem Sofa saß, war ich das erste Mal seit Langem einigermaßen guter Dinge. Denn in meinem leeren Haus war es jetzt ein bisschen weniger einsam. Dass Bismarck wieder bei mir war, hatte ich ausgerechnet Annas versnobtem Hunde-Equipment zu verdanken. Und Bianca, die aufmerksam gewesen war. Sie war überhaupt ein Engel in Animateurgestalt. Wie ich sie bisher kennengelernt hatte, war sie immer freundlich. Sie war bei ihren Kollegen genau wie bei den Gästen sehr beliebt. Wo sie sich aufhielt, gab es Lachen, Leben und Spaß. Und auch viel Lärm! Aber das gehörte halt zur Animation dazu. Eigentlich war ihre Stimme ja sogar ganz nett anzuhören.

***

Eine Woche später war ich im Hotel unterwegs, um jene Räume noch einmal genauer unter die Lupe zu nehmen, die als erste renoviert werden sollten. Mit meinem Generalschlüssel betrat ich eines der gerade frisch gemachten Doppelzimmer. Ja, hier gab es einiges zu tun. Braunorangefarbene Vorhänge, eine altmodische Holzverkleidung und eine einsame Leuchte verliehen dem Raum einen Hauch von Orient-Express, wie ihn Agatha Christie vermutlich im Hinterkopf gehabt hatte. Zu einem Strandhotel passte das aber gar nicht. Ein Fernsehapparat war an der gegenüberliegenden Wand angebracht. Ich ging zum TV-Gerät hinüber, stellte mich auf meine Fußballen und fuhr mit meinen Fingerspitzen die hintere Kante ab. Hier war länger nicht staubgewischt worden. Ich wusste doch genau, wo ganz gern mal geschlampt wurde.

»Què estàs fent?«

Ich fuhr herum und blickte in das wenig erfreute Gesicht einer Frau in einem hellblauen Kittel. Unlängst war mir die untersetzte Dame vorgestellt worden, die Teil des Housekeeping-Teams war. Ihr Name war Esperanza, wenn ich mich richtig erinnerte. Statt eines Grußes hielt ich ihr meine mit grauem Schmutz bedeckten Fingerkuppen wie belastende Indizien entgegen.

»Hier ist alles voller Staub«, sagte ich überflüssigerweise auf Englisch, denn meine unsaubere Hand sprach für sich. Die stämmige, schwarzhaarige Frau holte tief Luft und schoss auf mich zu. Sie näherte sich schimpfend und mit ausgestrecktem Zeigefinger, als wollte sie mich damit durchbohren. Ich wich zurück. Obwohl ich keinen blassen Schimmer hatte, was sie mir da an den Kopf warf, war es aufgrund des Tonfalls und ihrer Gestik klar, dass es keine Nettigkeiten waren. Hallo? Immerhin war ich hier der Chef. Esperanza war von meiner Position aber unbeeindruckt. Das durfte doch nicht wahr sein, ich wurde von meiner aufgebrachten Mitarbeiterin regelrecht aus dem Zimmer geschoben. So etwas war mir noch nie passiert.

»Esperanza, per què crides així? Warum schreist du so?« Bianca kam den Gang entlang und trat mit einem liebenswürdigen Lächeln zu uns. Sie schaute zwischen Esperanza und mir hin und her. Ich konnte nichts dagegen machen, aber sofort war mein Ärger verflogen und ich entspannte mich.

Esperanza redete derweil auf Bianca ein. Was gab es da so lange zu schwafeln, erzählte sie ihre Lebensgeschichte? Ab und zu machte sie Gesten mit ihrer Hand, und zeigte hinauf zur Decke. Wenigstens hatte die resolute Dame jetzt einen viel ruhigeren Tonfall angenommen. Die Animateurin sah die ältere Frau verständnisvoll an und nickte ab und zu. Endlich wandte sich Bianca mir zu.

»Kurz zusammengefasst: Die Fernsehgeräte sind so ungünstig und hoch montiert, dass sie zum Staubwischen unmöglich rankommt. Du siehst doch, wie klein Esperanza ist«, sagte Bianca auf Deutsch zu mir.

»Ach so!«, rief ich und lächelte entschuldigend. »Ein sehr guter Einwand, den wir bei der Neugestaltung der Zimmer auf alle Fälle berücksichtigen werden.« Nachdem Bianca das übersetzt hatte, entspannte sich die Miene der Reinigungskraft. Mit dem Wort Adéu begann sie, ihr Wägelchen mit den Utensilien zum nächsten Zimmer weiterzuschieben. Während sie mich zum Abschied böse ansah, bedachte sie Bianca mit einem breiten Lächeln.

»Wenn Blicke töten könnten, hätte ich soeben meinen letzten Atemzug getan«, bemerkte ich, als Esperanza im nächsten Zimmer verschwand. Zum Beispiel, weil mir der Stiel eines Staubwedels in der Mitte meiner Stirn steckte. »Leider hab ich kein Wort von dem verstanden, was sie vorhin gesagt hat.«

»Hm. Vielleicht ist das auch besser so. Ich kann dir versichern, dass sie nicht nur gefährlich schauen kann, sondern auch eine ziemlich scharfe Zunge hat«, antwortete Bianca und schmunzelte belustigt.

»Okay, verstehe«, antwortete ich und grinste. »Wörter, die man nicht in einer App lernt.«

Bianca nickte und lachte leise.

Obwohl die Verbesserung der Kommunikation mit meinen Mitarbeitenden viel schwieriger war als gedacht, hatte Biancas Anwesenheit meine Laune schlagartig gehoben und ich fühlte mich trotz aller Schwierigkeiten positiv gestimmt. Ob sie Zeit hätte, eine Tasse Kaffee mit mir zu trinken?

Ehe ich sie fragen konnte, verabschiedete sie sich leider schon wieder, denn die nächste Boccia-Partie wartete schon auf sie, wie sie sagte. Ich sah ihr noch nach, wie sie in Richtung Rezeption verschwand und machte mit meiner Zimmerinspektion weiter. Hoffentlich würde es sich ein anderes Mal einrichten lassen, mit Bianca etwas länger zu plaudern.

***

Einige Tage später saß ich in meinem Büro und versuchte zu arbeiten, während am Pool Biancas Wassergymnastik stattfand. »Come on, come on, come oooon«, hörte ich ihre lauten Anfeuerungsrufe. Es war mir unmöglich, mich zu konzentrieren.

»Go-go-go-go-goooo, vamoooos, geeemmmaaaaa.« Ich sah auf meine Uhr. Das würde jetzt noch zwanzig Minuten so gehen. Da konnte ich genauso gut eine kleine Pause machen und mir die Beine vertreten. Bismarck sprang sofort begeistert auf. Ich legte ihm seine Leine an und wir gingen in Richtung Pool. Bis er sich hier zu Hause fühlte, würde ich ihn besser nicht frei herumlaufen lassen. Ich stellte mich an die Theke der Poolbar und fragte Jordi, einen der Kellner, nach einer Tasse Kaffee. Ich quälte meine Bestellung sogar in meinem holprigen Spanisch heraus, um es zu üben. Er lächelte mechanisch und verdrehte minimal die dunkelbraunen Augen. Ich seufzte. Wenn meine Sprachfortschritte im selben Tempo weitergingen wie bisher, wäre ich schlohweiß, bis ich eine Unterhaltung mit meinen Angestellten führen und das Verhältnis zwischen uns verbessern könnte.

Ein paar Schritte entfernt hüpfte Bianca mit dem Rücken zu mir am Wasserbecken im Takt der Musik auf und ab. Da ging die Post ab und die Gäste hatten ihren Spaß. Klar, dass in den Hotelbewertungen das Animationsteam so hochgelobt wurde.

Peng. »Your coffee, Mister Hardman.« Jordi hatte mein Getränk so abrupt vor mir abgestellt, dass das Geschirr gegen den Tresen schepperte.

Während ich ein wenig Zucker in die Tasse rieseln ließ, begann jetzt der letzte Teil der Sporteinheit, bei der es etwas ruhiger zuging. Wahnsinn, wie Bianca spielerisch, als wäre es die leichteste Sache der Welt, ihren Oberkörper zur Seite und hinunter dehnte. Kein Wunder, dass sie so eine klasse Figur hatte, mit einer schmalen Taille und Rundungen genau an den richtigen Stellen. Jetzt war es schon so weit, dass ich ihr hinterhergaffte wie ein verliebter Gockel! Ich wandte mich ab, konzentrierte mich auf meinen Kaffee und rührte darin um. Dann hörte ich Applaus, und die Sporteinheit war vorbei. Bianca nahm ihr Handtuch, tupfte sich die Stirn und ging in Richtung

Haupthaus, wobei ihr Weg sie bei mir vorbeiführte. Als sie mich sah, steuerte sie direkt auf mich zu und strahlte. Anders als bei dem Kellner vorhin war ihr Lächeln aufrichtig. Ihre schön geschwungenen Lippen bogen sich weit nach oben.

»Hallo, du Charmeur!«, rief sie, platzierte ihr Mikro auf dem Tresen und kniete sich neben Bismarck. Sie hob ihn hoch und kraulte ihn hinter dem Ohr, worauf er begeistert hechelte. Innerhalb weniger Tage hatte sich mein Hund zum Liebling aller gemausert.

»Und hallo, Tom. Übrigens, danke für die neuen Mikros, die sind ja echt super.«

»Ja, das sind sie. Aber bitte, macht trotzdem kein Karaoke mehr«, sagte ich.

»Wieso denn das?« Sie grinste listig.

»Weil es die Hölle ist. Ich sage nur *Whitney Houston.*«

»Ich glaube, du übertreibst. So schlimm war es auch nicht!«

»Und ob! Noch einmal *I Will Always Love You* und Bismarck geht freiwillig ins Heim zurück«, sagte ich und grinste.

Sie lachte glockenhell, was ein angenehmes Gefühl im Bereich meines Solarplexus erzeugte. »Keine Sorge, heute Nachmittag steht Yoga auf dem Programm.«

»Großartig. Ich liebe es, Yoga zu hören«, antwortete ich.

Sie gluckste fröhlich. Dann setzte sie Bismarck wieder auf den Boden und nahm ihr Headset von der Bar.

Schade, sie wollte schon wieder gehen. Die kleinen Gespräche mit Bianca waren die Highlights meines tristen Daseins. Es machte mir Freude, mich mit ihr zu unterhalten und sie zum Lachen zu bringen. Gern hätte ich sie öfters um mich gehabt, was allerdings nicht auf Gegenseitigkeit zu beruhen schien. Denn meistens war sie in Eile und verabschiedete sich nach einem kurzen Geplänkel gleich wieder. Ob sie mich absichtlich mied? Es wäre ihr nicht zu verdenken. Immerhin hatte ich sie damals bei der Pantomime ziemlich rüde angeschnauzt und sie abends vor die Tür gesetzt, genauso wie einige ihrer Kollegen. Auch bei Bianca würde es bestimmt eine Weile dauern, bis ich ihr Vertrauen gewinnen würde. Da hatte ich eine Idee.

»Ich habe eine Frage an dich. Würdest du mir vielleicht mit meinem Spanisch helfen? Ich fürchte, dass ich mir ohne Unterstützung den Akzent eines Navigationsgerätes anlernen werde.«

Sie lächelte mich an und dachte nach. »Im Moment ist es leider wirklich schwierig, ich habe zu viel um die Ohren. Ich kenne allerdings einige deutsche Auswanderer in Alcúdia, die dir bestimmt gern weiterhelfen. Sogar ein pensionierter Sprachprofessor ist darunter, der sehr viel Zeit hat. Soll ich ihn mal fragen?«

Die Aussicht, mit einem alternden Hochschullehrer Verben zu deklinieren, war nicht besonders reizvoll. »Ein Professor? Das erinnert mich an das Musical, in dem der Sprachengelehrte dem Mädchen aus der Gosse ihren Akzent austreiben will«, antwortete ich. »Wenn Spaniens Blüten blühen, dann grünt es grün, oder wie war das? Lieber nicht!«

Sie sah mich mit einem kleinen schiefen Lächeln an, und ihre meeresblauen Augen verengten sich ein wenig.

»Du denkst wirklich, dass ich dir besser helfen kann als ein promovierter Dozent?«, fragte sie.

Ich nickte mehrmals. »Und außerdem hoffe ich, dass du nicht so streng mit mir bist. Meine Fähigkeiten liegen eher im Marketing. Ein Sprachentalent bin ich echt nicht.«

Ein Leuchten huschte über Biancas Gesicht und sie dachte nach. »Hm … ich hätte da vielleicht eine Idee. Wie wäre es mit einem kleinen Deal?«

Ich hob meine Augenbrauen. Jetzt wurde es aber interessant. Sie zögerte, deswegen lächelte ich ihr aufmunternd zu.

»Ich helfe dir bei deinem Spanisch und du hilfst mir im Gegenzug beim Start meines Upcycling-Geschäfts. Ich wollte dir doch mein Konzept und meine Flyer zeigen, aber ehrlich gesagt … ich tu mir schwer damit. Ich habe zwar etwas zusammengeschrieben, aber vielleicht zeige ich es dir mal in Ruhe und bestimmst kannst du mir ein paar Tipps geben?«

»Klar, das mache ich gern«, antwortete ich. An ihre Upcycling-Kurse, deren Vorbedingung ein passendes Konzept war, hatte ich gar nicht mehr gedacht. Das war ja die perfekte Gelegenheit, um etwas mehr Zeit mir ihr zu verbringen, frohlockte ich innerlich.

»Und da wäre noch etwas …« Sie nestelte an den Spitzen ihres Haarzopfes.

»Raus damit.«

»Warum möchtest du eigentlich Spanisch lernen?«, fragte sie zu meiner Überraschung.

Lag das nicht auf der Hand?

»Ich möchte, dass meine Mitarbeiter mich verstehen und ich sie. Damit wir besser miteinander auskommen«, antwortete ich.

Bianca nickte langsam. »Ist klar. Hm ...«

»Du *hmst* schon wieder. Irgendetwas passt dir nicht«, stellte ich fest.

»Viele deiner Angestellten sprechen perfekt Englisch, und einige sogar Deutsch.«

Echt jetzt? Sie redeten absichtlich kein Englisch mit mir? Ich wusste natürlich, dass die Rezeptionistinnen mehrsprachig waren. Aber beim Rest der Mannschaft war ich von sehr mangelhaften Englischkenntnissen ausgegangen. Was man halt so brauchte, um einen Drink zu servieren. Untereinander unterhielten sie sich ja immer nur auf Spanisch. »Du meinst, es liegt gar nicht an der Sprache, dass wir nicht so gut harmonieren?«

Bianca nickte grinsend. »Nimm mir meine Offenheit jetzt bitte nicht übel. Zusätzlich zu der Tatsache, dass du den allseits beliebten Chefkoch gefeuert hast, bist du viel zu ungeduldig und oft auch schroff zu deinen Leuten. Ein freundliches Lächeln dann und wann würde echt helfen. Und das Wort Danke, ganz egal in welcher Sprache, könnte in deinem Fall Wunder bewirken.«

»Hmpf ...« Das hörte ich nicht gern, aber sie hatte leider recht. So schlecht gelaunt, wie ich hier oft gewesen war, kannte ich mich ja selber nicht. Wenn ich ehrlich war, hatte ich zeitweise schon fast wie mein Vater herumgepoltert. So wollte ich doch niemals werden!

»Und noch einen Tipp kann ich dir geben«, fuhr sie fort.

Was kam denn jetzt noch? Ich wand mich und verdrehte die Augen.

»Es wäre besser, du würdest Mallorquinisch lernen anstatt Spanisch, auch wenn es nur ein paar Brocken sind. Immerhin sind deine Angestellten geborene Mallorquiner. Dir ist vielleicht schon aufgefallen, dass sie ebenso stolz wie herzlich sind. Wenn sie sehen, dass man sich um ihre Kultur und Sprache bemüht, dann finden sie das großartig. Das könnte dir echte Sympathie-Pluspunkte einbringen.«

Ich überlegte einen Moment. »Na gut. In den zwei bis drei Jahren, die ich hierbleibe, werde ich es schon so halbwegs lernen.«

»Das wirst du ganz bestimmt. Und was ist nach dieser Zeit?«, fragte sie.

»Dann gehe ich nach Frankfurt und übernehme die Hartmann Holding. Ich werde Geschäftsführer des Familienunternehmens«, antwortete ich.

»Und schaust von deinem Elfenbeinturm runter?«, neckte sie mich und ihre blauen Augen leuchteten so intensiv wie das Meer vor dem Hotel.

»Genau!«, antwortete ich. Unsere Blicke verschränkten sich einen Moment lang, was ein wunderbares Gefühl von Leichtigkeit und Lebendigkeit in mir hervorrief, nach dem ich süchtig werden könnte.

In diesem Moment trat Sofia, Biancas Kollegin aus dem Animationsteam, zu uns. Sie schaute mit zusammengezogenen Augenbrauen auf ihr Handgelenk und tippte mit dem Zeigefinger auf die Stelle, an der man normalerweise eine Armbanduhr trug. Eine solche konnte ich an ihr aber nicht entdecken. Ahmte sie mich etwa nach? Sehr witzig! Sie hakte sich bei Bianca unter und zog sie einfach mit sich fort.

»Wann hast du Zeit? Am Sonntag?«, rief ich Bianca hinterher. Da hatte das Entertainment-Team frei, wie ich wusste.

»Ist gut, treffen wir uns zum Brunch?«

Statt einer Antwort hob ich den Daumen, denn ich wollte nicht so herumbrüllen.

Ich sah ihr noch nach, wie sie zum Haupthaus hinaufging und dabei mit ihrer Kollegin lachte. Wenn ich mit Bianca zusammen war, fühlte ich mich entspannt und locker wie nie. Sonst kam ich mir immer wie ein Gejagter vor und stand ständig unter Strom. Mit Bianca konnte ich das Leben von seiner flockig leichten Seite sehen. Und das tat so gut. Ihre Heiterkeit war ansteckend und ihre Anwesenheit brachte mein Blut in Wallung. Wenn Bianca um die Ecke bog, ging die Sonne auf. Der ganze Tag fühlte sich danach besser an und ich war gut gelaunt. Hatte ich mich etwa in sie verguckt? Wann hatte ich so ein Gefühl zuletzt erlebt? Es kam mir fast so vor, als hatte ich mich noch nie zu einer Frau auf allen Ebenen so hingezogen gefühlt wie zu Bianca. Deshalb wollte ich sie näher kennenlernen, obwohl ich in absehbarer Zeit nach Deutschland zurückkehren würde. War das kurzsichtig oder egoistisch von mir? Und war es unpassend, dass ich mich mit einer freien Angestellten privat traf? Manche würden es bestimmt so sehen, vermutlich auch mein Vater, aber das war mir im Moment egal. Der Gedanke, mit Bianca am Sonntag zum

Brunch zu gehen, war ein Lichtblick in meinem einsamen Dasein.

Sofort legte sich ein Lächeln auf meine Lippen und ich war versucht, den Sommerhit mitzupfeifen, der im Radio lief. Ich freute mich ganz einfach darauf, sie zu treffen und Zeit mit ihr zu verbringen. Ob und was sich daraus entwickeln würde, würde sich weisen.

8. Lektion eins

Bianca

Wir machten eine kleine inoffizielle Pause und hatten uns in unserem Umkleideraum verschanzt. Hier würde Tom auf keinen Fall auftauchen und uns zur Arbeit antreiben. Ich lehnte mich mit dem Rücken gegen meinen Spind und drückte eine kühle Flasche Eistee gegen meine Stirn.

»Sag mal Bianca, was war denn das vorhin? Du hast mit Mister Heartless am Pool geflirtet und dich dann auch noch mit ihm zum Brunch verabredet?«, fragte Sofia und verzog das Gesicht, als hätte ich geplant, einen Teller Kakerlaken zu verspeisen.

»Ach Quatsch, wir haben uns an der Bar ganz normal unterhalten. Er will mir beim Start meiner Upcycling-Workshops helfen. Und ich bringe ihm im Gegenzug Mallorquinisch bei, deswegen treffen wir uns. Es ist doch super, dass er sich bemüht, sich zu integrieren und die Sprache lernen will.«

»Pah! Sag das mal Javier, der seinen Job verloren haben. Und auch uns hatte er auf die Straße gesetzt«, motzte Sofia. »Die ganze Familie Heartless ist doch nur auf ihren eigenen Vorteil und Profit aus. Bestimmt will der Junior-chef nur Mallorquinisch lernen, damit er uns in einer weiteren Sprache herumkommandieren kann.«

Obwohl ich fand, dass die beiden sehr streng mit dem Chef waren, fiel mir stets, wenn sie den Rauswurf von Javier erwähnten, kein Argument zu Toms Verteidigung ein. Sie hatten recht. Er war ein Geschäftsmann und würde immer in erster Linie auf den Erfolg seines Unternehmens schauen. Außerdem mochte ich sein protziges Gehabe genauso wenig wie meine Kolleginnen, mit dem er seine goldene Uhr oder sein teures Auto zur Schau stellte. Mallorquiner, auch die Wohlhabenden, traten immer bescheiden auf, was ich sehr sympathisch fand. Allerdings machte es mir Spaß, mich mit ihm zu unterhalten. Er war witzig, und zu mir war er immer sehr charmant. Letztens, als Esperanza ihn aus dem Zimmer geworfen hatte, war er nicht gleich ausgetickt, sondern hatte seinen Humor behalten. Ich mochte seine ruhige, bedachte Art. Bei ihm hatte ich immer das Gefühl, dass er stets den Überblick behielt und jede Situation im Griff hatte. Als ich ihn vorhin unvermutet an der Poolbar getroffen hatte, war mir bei seinem Anblick sogar ein wenig die Luft weggeblieben. Eigenartig. Dies würde ich meinen beiden Kolleginnen aber sicher nicht auf die Nase binden, sonst würden sie sich wieder Weiß-Gott-was über uns zusammenreimen. Tom und ich hatten einen Deal, sonst nichts.

»Ja, das stimmt allerdings«, antwortete ich deshalb. »Man sollte ihm nicht zu sehr vertrauen.«

***

Es war Sonntagvormittag, und ich war mit Tom in der Bar Norai an der Strandpromenade in Alcúdia zum Brunch verabredet. Ich kettete mein Rad an einen Laternenpfahl, um das letzte Stück zu Fuß zu gehen. Selbst nach so vielen Jahren haute mich der Anblick der Bucht von Alcúdia immer noch um. In der Nähe des Ufers leuchtete das Meer türkis, aber in Richtung des offenen Meeres verwandelte es sich scheinbar in Tinte, bis es sich am Horizont mit dem hellblauen Himmel vereinte. Die Szene war spektakulär und wunderschön. Eine sanfte Brise umspielte mein Gesicht und ich schmeckte die salzige Seeluft auf meinen Lippen. Ich atmete tief ein. Herrlich! Das Geschrei von Möwen vermischte sich mit den fröhlichen Stimmen der Kinder, die am Ufer im Sand spielten. Davor hatten ihre Familien die Badetücher ausgebreitet und sich mit Liegestühlen und Sonnenschirmen auf den Tag am Meer eingerichtet. Ich spürte die wärmenden Strahlen der Sonne, die einen guten Teil ihres Weges zum Zenit bereits hinter sich hatte, auf meinen Unterarmen. In Gedanken versunken spazierte ich an dem von Kiefern und Palmen gesäumten Steinweg weiter, an der erst wenige Touristen unterwegs waren. Ich passierte ein kleines Restaurant, aus dem mir der Duft von frisch gebrühtem Kaffee in die Nase stieg.

Hoffentlich würde ich bald meinen ersten Kursteilnehmerinnen beibringen, wie sie sich aus den langweiligen alten Hemden ihrer Ehemänner aufregende Sommerkleider nähen und coolen Schmuck aus Plastikflaschen basteln konnten. Um Tom zu demonstrieren, um was es ging, trug ich eines meiner Modelle, das aus einem hellblauen, taillenbetonten Miederoberteil und einem gleichfarbigen luftigen Volant-Minirock bestand. Dazu hatte ich eine filigrane Halskette angelegt, die silbrig in der Sonne glitzerte. Natürlich war das Fake, denn ich hatte sie aus Kunststoffmüll hergestellt, was man ihr aber nicht ansah.

Während ich die Promenade entlangging, nestelte ich unruhig daran herum. Ob ihm mein Outfit gefiel? Ich war sehr nervös. Ich genierte mich für mein Konzept, das den hochtrabenden Namen nicht verdiente. Ich hatte es in Form von unzusammenhängenden Stichworten in meinem Rucksack dabei. Warum war ich nicht besser organisiert wie meine fleißige kleine Schwester, die Psychologie studiert hatte? Wenn ich Tom von meinen Plänen nicht überzeugen konnte, würde er bestimmt einen Rückzieher machen. Und meine Chance auf die Verwirklichung meines Traumes wäre dahin. Nur noch wenige Meter trennten mich von unserem Treffpunkt und ich strich meinen Rock glatt.

Tom saß bereits an einem der mit weißen Sonnenschirmen beschatteten Tische. Mit seinen olivgrünen Cargoshorts und dem schlichten dunkelblauen T-Shirt sah er heute wie ein entspannter Urlauber aus. Sein Haar stand auf der rechten Seite leicht verstrubbelt vom Kopf ab. Sein Anblick löste nicht zum ersten Mal ein irritierendes Prickeln in meiner Magengegend aus und ich ärgerte mich über mein dummes Herz, das einen kleinen Extraschlag einlegte.

»Buenos dias«, murmelte ich deshalb zurückhaltend auf Mallorquinisch, als ich näherkam. Umso überschwänglicher begrüßte ich Bismarck. Er kam mir mit euphorischem

Schwanzwedeln entgegen und ich nahm das zuckersüße, federleichte Fellknäuel auf meinen Arm.

Tom erhob sich von seinem Platz und lächelte anziehend. Seine hellgrauen Augen strahlten und hoben sich von seinem dunklen Haar ab. Ich entzog mich seinem Blick und drückte dem Hündchen einen Kuss zwischen seine niedlichen Ohren. Danach setzte ich ihn zu meinen Füßen ab und ließ mich selbst auf einem Stuhl gegenüber von Tom nieder.

»MALEGRO-DE-WA-URE«, gab Tom in deutschestem Akzent von sich. Ich brauchte einen Moment, um zu begreifen, dass das Mallorquinisch gewesen war. Es bedeutete *Ich freue mich, dich zu sehen.*

»Hat da jemand vorgelernt?«, fragte ich amüsiert. Das sah Tom ähnlich. Er war immer vorbereitet, organisiert und einfach auf Zack. Obwohl es mir auf der einen Seite missfiel, dass er ein ehrgeiziger Geschäftsmann war, der den Erfolg des Hotels über das Wohl seiner Mitarbeiter stellte, beeindruckte es mich andererseits, wie schnell er das Alcúdia Bonita übernommen und seither im Griff hatte.

»Ich war immer schon ein Musterschüler«, sagte er prompt und zuckte gut gelaunt mit den wohlproportionierten Schultern.

Der Kellner brachte uns die Speisekarten und wir blätterten darin. Da ich mich wegen der grandiosen Auswahl nicht entscheiden konnte, bestellte Tom kurzerhand von fast allem etwas: frisch gepressten Orangensaft, Kaffee, und Pan con Tomate, den typisch mallorquinischen Aufstrich aus geriebenen Tomaten, und getoastetes Schwarzbrot. Außerdem verschiedene spanische Wurstsorten wie Sobrasada, Butifarrón, Chorizo und Pata-Negra-Schinken, Oliven und eine Auswahl an Ziegenkäse. Der Kellner lächelte verschmitzt, als er auch noch mit Aprikosen gefüllte Cocas und Ensaïmadas auf dem letzten freien Fleck auf unserem rappelvollen Tisch abstellte.

»Und du verstehst nicht, warum du mit deinem Wassernapf abgespeist wirst, hm?«, fragte Tom seinen Hund, der ihn mit gespitzten Ohren fixierte. Sogar sein Hund war diszipliniert und sabberte regungslos zu Toms Füßen. Um ein wenig querzuschießen, nahm ich mir vor, dem armen Kerl wenigstens eine Scheibe von der Chorizo zuzustecken, wenn Herrchen nicht hinsah.

»Mmh … delicado«, schwärmte ich auf Mallorquinisch und biss in ein mit Pata Negra, Käse und Tomaten belegtes Brötchen. Was für ein herrlicher Tag. Seitlich von uns tat sich die grandiose Aussicht auf das glitzernde Meer und einen wolkenlosen Himmel auf.

Während wir schlemmten, nannte ich Tom die Namen der Speisen und aller Gegenstände, die sich auf unserem Tisch befanden. Einerseits unterhielt es mich köstlich, als er versuchte, mir die Worte auf Mallorquinisch nachzusprechen. Andererseits stellte das tiefe Timbre seiner Stimme, wenn sein Kehlkopf die rauen Laute hervorbrachte, etwas Eigenartiges mit mir an. Mikroskopisch feine Härchen richteten sich an meinem ganzen Körper auf, obwohl es gefühlt sechsunddreißig Grad im Schatten war.

Ich sollte mich darauf fokussieren, weswegen wir heute hier waren. Nämlich, um Mallorquinisch zu lernen, damit Tom Sympathiepunkte bei seiner Belegschaft sammeln konnte. »Jetzt möchte ich dir ein paar Floskeln beibringen, mit denen du Höflichkeit und Feingefühl zeigen kannst«, sagte ich deshalb und zählte ein paar Beispiele auf. »Schön, dass Sie da sind, hervorragende Arbeit, weiter so, bitte, danke, gut gemacht …«

»… Sie sind eine halbe Stunde zu spät. Schön, dass Sie da sind!«, witzelte er.

Ich kicherte. Ja, das konnte schon mal vorkommen, dass es im Alcúdia Bonita zu Verspätungen kam. »Du musst die mallorquinische Gelassenheit eben noch lernen.« Die Einheimischen waren durch fast nichts aus der Ruhe zu bringen.

»Zum Beispiel, wenn ich durch eine Straße fahre, die schmaler ist als ein Nadelöhr, und mir an der engsten Stelle ein Auto entgegenkommt?«, flachste er.

»Ha ha! Jetzt weißt du, warum die Mallorquiner keine protzigen Geländewagen fahren«, versetzte ich Tom und seiner CO_2-Schleuder einen kleinen Seitenhieb. Dass er mit seinen dreihundert Pferdestärken in der engen Gasse vor dem Alcúdia Bonita schon öfters im Gegenverkehr stecken geblieben war und einen Stau verursachte hatte, war ein Running Gag unter seinen Mitarbeitenden.

Er schien nicht beleidigt, sondern bedachte mich mit einem kleinen schiefen Lächeln. »Dass du dich über mein Lieblingsspielzeug lustig machst, ist aber auch nicht gerade feinfühlig von dir.«

»Tut mir leid, wenn ich deine sensible Seite verletzt habe«, neckte ich ihn und berührte mit meiner Hand freundschaftlich seinen Unterarm. Die Berührung fühlte sich erschreckend gut an. Tom brachte mich schon wieder durcheinander. »Wo waren wir stehen geblieben?«

Ich brachte ihm weitere Höflichkeitsformulierungen näher, mit denen er galant durch den Alltag kommen würde.

»O Gott, das ist so anstrengend«, stöhnte er nach kurzer Zeit.

»Du stellst dich gar nicht so ungeschickt an!«, lobte ich ihn vergnügt. »Du bist mein bester Schüler«

»Und dein einziger«, antwortete er.

»Weil du so rasante Fortschritte machst, werden wir jetzt eine Konversationsübung durchführen. Sprechen wir doch Mallorquinisch miteinander«, schlug ich vor.

»Mit den paar Vokabeln? Das ist nicht dein Ernst, oder? Alles, worüber wir uns unterhalten können, sind Wurstsorten.«

»Aber nein, das stimmt doch gar nicht!« Ich räusperte mich. »Hör zu: Mein Name ist Bianca. Ich bin dreißig Jahre alt. Wie heißt du, und wie alt bist du?«, fragte ich auf Mallorquinisch und zog dabei jeden Vokal überdeutlich in die Länge. Eine Kindergartenpädagogin, die es mit einem besonders langsamen Sprössling zu tun hatte, hätte es nicht besser vorsagen können.

Tom rollte mit den Augen, löste die kleine Aufgabe aber fehlerfrei.

»Jetzt bin ich mit Fragenstellen dran«, sagte er danach, und seine Augen blitzten gewitzt auf. »Ich bin Single. Und du?« fragte er, und sein Blick haftete auf mir, als würde ich in der nächsten Sekunde irgendein entscheidendes Wahlergebnis verkünden.

»Hey, flirtest du mit deiner Lehrerin?«, fragte ich betont cool, obwohl das Organ, das das Blut durch meine Adern pumpte, voll aufdrehte.

»Du hast angefangen. Du wolltest wissen, wie alt ich bin«, entgegnete er mit einem unschuldigen Augenaufschlag.

»Das war Teil deiner Lektion, und das weißt du genau«, gab ich zurück.

Der Kellner räumte die leeren Teller ab und brachte noch mehr Kaffee und Orangensaft. Wir schauten aufs Meer und beobachteten ein Ausflugsschiff, das am Ende des Piers anlegte. Eine Schar von Touristen ergoss sich wie eine bunte Welle auf den ins Wasser gebauten Holzsteg. Obwohl keiner von uns ein Wort sagte, empfand ich die Stille zwischen uns keineswegs als unangenehm. Eine leichte Brise milderte die drückende Hitze des Sommertages und wehte fröhliches Gelächter, Möwengeschrei sowie den aktuellen Sommerhit vom Strand zu uns herüber. Es fühlte sich an, als wären Tom und ich zusammen im Urlaub.

Meine Empfindungen irritierten mich. Genauso wie sein Verhalten, denn er schäkerte ungeniert mit mir! Je besser ich ihn kannte, desto schwieriger wurde es für mich, ihn nicht zu mögen. Doch ich durfte nicht vergessen, dass er in erster Linie ein Geschäftsmann war. Immerhin war ich, wie auch andere Kollegen, von einem Tag auf den anderen von ihm entlassen worden, als es ihm in den Kram gepasst hatte. Außerdem war es bestimmt nur eine Frage der Zeit, bis seine arrogante Art wieder mit ihm durchging und er seine schlechte Laune auf sein Personal auslie">. Deswegen konnte ich ihm nicht mehr als meine Hilfe beim Mallorquinisch lernen und eine gute Geschäftsbeziehung bieten.

9. Auf der Sonnenseite

Tom

Diesen Sonntag würde ich als den Tag in Erinnerung behalten, an dem ich mich auf Mallorca angekommen fühlte. Ich genoss die Stimmung rundherum und empfand es als Glück, hier zu sein und auf die Bucht von Alcúdia hinauszuschauen. Das erste Mal fühlte ich mich als lebendiger Teil dieser Blase, in der das Meer, der Strand, die Sonne und ganz viel Urlaubsfeeling pulsierte. Ich konnte mir nichts Schöneres vorstellen, als hier zu sitzen und gar nichts zu tun, außer den Tag zu genießen. Und mit Bianca zu lachen. Sie war witzig, charmant und atemberaubend schön. Wobei ihre Anmut nicht nur von außen, sondern auch von innen kam. Ich wollte mich am liebsten in ihren meeresblauen Augen verlieren und ganz tief in sie eintauchen. Außerdem schlug Biancas Herz für Bismarck, genau wie meines. Dass sie ihn heimlich mit Wurst gefüttert und gedacht hatte, ich würde es nicht bemerken, war echt süß.

Jetzt war es aber an der Zeit, meinen Teil des Deals zu erfüllen.

»Zeig mir doch dein Konzept. Hast du es dabei?« Ich zählte mich nicht zu Biancas Zielgruppe, denn ich begeisterte mich nicht für Vogelhäuser, die aus Milchtüten gebastelt waren, oder was auch immer sie fabrizierte. Aber ich würde auf keinen Fall Witze darüber reißen. Abgesehen davon, dass ich ihre Gefühle nicht verletzen wollte, hatten wir ja gerade erst geübt, Nettigkeiten auszutauschen.

»Okay …« Bianca begann, in ihrem gehäkelten Rucksack zu kramen. Dann holte sie einen Notizblock heraus und legte ihn auf den Tisch. Sie zog ihre Stirn kraus und knabberte an ihrer Unterlippe. Das sah so bezaubernd aus, dass ich mir vorstellte, sie in meine Arme zu ziehen und zu küssen.

Mit Willenskraft lenkte ich meine Aufmerksamkeit von ihrem Mund auf das wild beschriebene Blatt. »Also … hm«, gab sie von sich und überlegte still.

»Upcycling Alcúdia. Ein toller Name. Hast du vielleicht ein paar Fotos, die du mir zeigen kannst, bevor wir uns in die Theorie stürzen?«, fragte ich in aufmunterndem Tonfall. Sie wirkte auf einmal sehr angespannt und machte den Eindruck, als würde sie sich auf der Kritzelei, die vor ihr auf dem Tisch lag, nicht zurechtfinden. Was mich nicht wunderte, denn ihre Notizen sahen so aus, als wären sie selbst mindestens einmal recycelt worden. Deswegen wären Bilder sicher am besten, um mir einen Eindruck zu verschaffen, denn diese sagten bekanntermaßen mehr als tausend Worte.

»O ja, klar. Das ist eine gute Idee. Einen Moment, hab sie gleich.« Sie holte ihr Handy aus ihrem Rucksack und begann mit fliegenden Fingern, darauf herumzuscrollen. »Das, was ich heute trage, ist übrigens auch von mir selbst upgecycelt, auch die Kette«, erklärte sie, während sie in ihrer Kamera nach Bildern suchte.

Was? Möglicherweise traten meine Augen ein wenig hervor wie bei meinem Hund, wenn eine Wurstplatte serviert wurde.. Biancas hellblaues, figurbetontes Oberteil und ihr kurzer Rock sahen einfach super aus. Das hatte sie selbst aus alter Kleidung geschneidert? Ihr Outfit wirkte total pfiffig, modern und chic. Niemals hätte ich vermutet, dass dies recycelt oder upgecycelt worden war oder wie das hieß.

Sie räusperte sich, um meine Aufmerksamkeit auf ihr Handy zu lenken, das bereits vor uns auf dem Tisch lag.

»Hier siehst du eines meiner Sommerkleider, das ich aus alten Hemden umgearbeitet habe …« Mit einer leicht kratzigen Stimme erklärte sie mir, dass das zartkarierte Modell, das auf dem Bild zu sehen war, aus zwei secondhand Kleidungsstücken gemacht worden war.

»Das ist genial«, sagte ich voller aufrichtiger Bewunderung. Das Talent, Süßholz zu raspeln und ausschweifend zu lobhudeln, war mir nicht in die Wiege gelegt worden. Leider, denn dies wäre jetzt angebracht gewesen. So etwas hatte ich nicht erwartet. »Du bist unglaublich kreativ. Wie geht denn so was?« Ich war baff. Dass sie so ein Riesentalent hatte, war die Überraschung des Jahres. Nicht, dass ich ihr nichts Besonderes zugetraut hätte, aber diese Kreativität war außergewöhnlich.

Bianca freute sich offensichtlich über mein Kompliment. Sie strahlte über das ganze Gesicht und rutschte auf ihrem Stuhl hin und her. »Und schau, hier an meinem Hals hängen quasi drei alte Plastikflaschen.« Sie zeigte auf das filigrane Schmuckstück an ihrem Dekolleté, das silbrig in der Sonne glänzte.

»Unglaublich!«, rief ich und betrachtete es genau. »Du bist eine echte Künstlerin. Wo hast du das gelernt?« Das, was sie mir zeigte, ging doch weit über bloße Hobbyschneiderei und Bastelei hinaus. Das war professionell!

Eine zartrosa Färbung legte sich auf ihre Wangen und sie lächelte glücklich. »Ich bin von Beruf gelernte Schneiderin. Das hilft natürlich, weil ich die Techniken gelernt habe und wie man Kleider designt.«

Wie interessant! Ich wollte am liebsten noch viel mehr über Bianca wissen.

»Warum bist du aus Österreich weggegangen und hierhergekommen?«, fragte ich, während ich weiter durch ihre Aufnahmen am Handy wischte.

»Das ist eine lange Geschichte«, antwortete sie ausweichend und machte keine Anstalten, sie mit mir zu teilen.

Schade, vielleicht ein anderes Mal. Dass ich Bianca mit ihren Kursen ursprünglich in den Keller verbannen wollte, behielt ich natürlich für mich. Stattdessen hatte ich jetzt ein nettes Zimmer für Biancas Kurse im Hinterkopf, das im Erdgeschoss lag, aber leider in einem desolaten Zustand war.

»Jetzt im Sommer kannst du die Workshops vielleicht einfach im Freien abhalten. Auf beschatteten Tischen? Ich habe einen sehr netten Raum mit einem direkten Zugang nach draußen, aber er muss renoviert werden. Die Farbe blättert von den Wänden, die Griffe der Terrassentüren sind defekt und so weiter. Leider hat die Baufirma Terminprobleme.«

»Das macht nichts, im Freien ist es toll!«, rief Bianca. »Übrigens, wenn du ein Unternehmen für die Renovierung suchst ... ich kann dir jemanden empfehlen.«

»Über das *Deutsche Netzwerk auf Mallorca* wurde mir eine Firma Schulze aus Palma ans Herz gelegt, die sehr zuverlässig sein soll«, antwortete ich.

Bianca verdrehte die Augen. »Ich kenne einige nach Mallorca Ausgewanderte, die selbst nach Jahren, die sie hier leben, immer noch nach ihrem französischen Baguette, einem deutschen Installateur und ihrem englischen Friseur verlangen. Sag bloß, dass du auch einer von denen bist?«

»Na ja. Da ich nicht sehr eitel bin, würde ich meinen Haarschnitt meinetwegen mit dem einheimischen Friseur auf Mallorquinisch besprechen. Aber die Renovierung meines Hotels? Da muss ich sicher sein, dass der Baumeister und ich vom Selben reden«, antwortete ich.

»Die Sprachbarriere kann man ja überwinden, indem man auf Englisch ausweicht, sich übersetzen lässt oder die Sprache lernt«, sagte sie und hob ihre Augenbrauen.

Wieder einmal verteidigte sie das Mallorquinische wie eine Wölfin ihre Babys. Das machte sie immer, wie ich bereits wusste. Egal, ob es um die Sprache, Handwerker oder um die Wurst ging.

»Fernando Lopez ist pünktlicher als ein deutscher Uhrmacher und irrsinnig talentiert. Ich kann dir ja mal seine Kontaktdaten geben und du schaust dir seine Website an?«

Ich überlegte. Was spräche dagegen, wenn ich mir den einheimischen Fachmann ansehen würde? Nichts außer

Vater, der ihn bestimmt von vornherein abgelehnt hätte. Er zog ausschließlich in seinem eigenen Netzwerk die Fäden. Der Strang, an dem Herr Schulze hing, ging aber ins Leere, weil er keine Zeit hatte. Ich dagegen hatte ein Hotel zu renovieren und musste vor Beginn der nächsten Hauptsaison fertig sein. Ich musste den Alcúdia-Bonita-Karren aus dem Dreck ziehen und Vater Rede und Antwort stehen, wenn wir keinen Gewinn machten.

»Ja, bitte, schick sie mir doch«, bat ich Bianca deshalb, auch wenn ich nach einem Strohhalm griff. Dass Biancas Freund mich würde überzeugen können, war unwahrscheinlich, weil ich echt hohe Ansprüche hatte. Bianca scrollte unverzüglich in ihrem Mobiltelefon und schickte mir per WhatsApp den Namen, die Website und Telefonnummer ihres Bekannten.

»Jetzt kannst du schon beginnen, die Werbetrommel für deine Kurse zu rühren«, sagte ich. »Benötigst du jemanden, der dir Marketingmaterial erstellt? Da könnte ich dir jemanden vermitteln.«

»Das wäre ja toll«, antwortete sie. »Ich habe überhaupt keine Ahnung, an wen ich mich wenden soll.«

Ich nahm mein Telefon und wählte die Nummer meines guten Freundes Gregor, der ein Grafikdesigner war. Ihn konnte ich sogar sonntags anrufen. Nach einer kurzen Erklärung versprach er mir, den kleinen Auftrag von Upcycling Alcúdia nächste Woche einzuschieben und zunächst die Entwürfe für ein Logo und für einen Flyer zu kreieren. Ein erster Schwung gedruckter Exemplare würde in vierzehn Tagen bei uns sein und die Website binnen eines Monats.

»Das ging so einfach?«, fragte sie und lächelte. Sie warf mir einen Blick zu, unter dem ich einen halben Kopf an Körpergröße wuchs. Mindestens.

»Nicht ganz«, musste ich ihre Hoffnung, dass wir schon fertig wären, zerschlagen. »Die Texte müssen wir ihm noch schicken. Aber das erledigen wir am besten auch gleich. Du hast doch deinen Laptop dabei?«

Sie gab ein kleines, niedliches Seufzen von sich, bei dem mein Herz sich ein wenig zusammenzog, und holte ihren Computer aus ihrem Rucksack.

Wir strukturierten und formulierten ihre Stichworte in aussagekräftige Texte um und ergänzten sie um die dazu passenden Fotos. Während wir dicht vor dem Display zusammensaßen, umspielte mich der frische Duft ihres Orangenblütenshampoos. Das war ihr spezieller Geruch, der verrückte Sachen mit mir anstellte. Bei dem ich sofort ein fröhliches Lied pfeifen, der Küchencrew einen freien Abend schenken oder mit Esperanza durch die Zimmer des Alcúdia Bonita tanzen wollte.

Aber natürlich blendete ich diese Gefühle aus und war Profi genug, um mich auf die Aufgabe zu konzentrieren. Da ich geübt in der Erstellung von Marketingmaterial war, ging das ziemlich flott. Und das Ergebnis, das sich absolut sehen lassen konnte, schickten wir gleich per E-Mail an Gregor. Das alles war für mich keine Arbeit, sondern ein reines Vergnügen. Wahrscheinlich würde mir sogar das Schrubben der öffentlichen Toiletten am Strand Freude machen, wenn Bianca mir dabei über die Schulter schaute. Oder das Putzen von Bismarcks Zähnen oder das Entfernen seiner Zecken. Wir waren viel zu schnell mit der Aufgabe fertig geworden. Leider klappte sie ihren Laptop schon zu.

»Danke, das war wirklich sehr nett von dir! Um das auszugleichen, muss ich viele Sonntage Mallorquinisch mit dir pauken«, sagte sie, als sie ihren Rechner wieder in ihren bunten Rucksack schob.

Ich konnte mir nichts Schöneres vorstellen! Aber ob sie die Aussicht auf weitere Nachmittage mit mir auch begeisterte? Es schien nicht so. Ich musste mich eben noch mehr ins Zeug legen.

»Unsere Holding hat sehr viele Kontakte zu Freizeitveranstaltern, Reisebüros und Hotels. Oder auch zum *Deutschen Netzwerk auf Mallorca,* wie du weißt. Soll ich mich mal umhören? Ich bin mir ziemlich sicher, dass dein Angebot für einige Tourismusunternehmen interessant ist.«

»Danke, aber du hast schon so viel für mich getan!«, antwortete sie.

Sie hatte ihre Sachen mittlerweile verstaut und das Geschirr war vom Kellner abgeräumt worden. Die vergangenen Stunden waren verflogen wie im Nu.

»Was machen wir jetzt? Hast du Lust, noch mit uns zu dem Strand in Pollença zu fahren, an den man auch Hunde mitnehmen darf?«, fragte ich. In der Bucht von Alcúdia waren Vierbeiner im Hochsommer nicht erlaubt. Aber wie ich gehört hatte, gab es im nur wenige Kilometer entfernten Nachbarort einen Abschnitt, an den man sie mitnehmen konnte.

»Nein, leider nicht. Ich hab gar nicht gemerkt, dass es schon so spät ist. Ich bin in Kürze zu einem Sopar a la Fresca eingeladen«, antwortete sie.

»Was ist das?«

»Ein Abendessen unter freiem Himmel. Tische werden auf die Straße gestellt, man serviert Tapas und Wein, Freunde kommen vorbei, es wird Musik aufgedreht und schon ist die Party im Gange.«

»Ach so, vielleicht gehen wir ein anderes Mal zum Hundestrand«, schlug ich vor und ließ mir meine Enttäuschung nicht anmerken. Ich hätte am liebsten den ganzen restlichen Nachmittag mit Bianca verbracht. Und den Abend. Aber leider wurde daraus nichts und ich musste den Ausflug mit Bismarck allein machen. Danach würde ich mich mal wieder an der Stimme des Moderators im Werbekanal erfreuen. Ich beglich die Rechnung und wir verließen das Restaurant. Dann standen wir uns auf der Strandpromenade gegenüber.

»Wann erteilst du mir meine nächsten Lektionen?«, fragte ich. Ich konnte es kaum erwarten, so einen tollen Tag wie heute zu wiederholen.

»Hm. Mal schauen. Im August ist immer so viel los, machen wir in den kommenden Tagen einfach was aus?«

»Ist gut, wir sehen uns ja laufend im Hotel«, sagte ich.

»Genau«, antwortete sie weniger begeistert, als ich es mir wünschte. Wenigstens warf sie mir noch ein kleines Lächeln zu, ehe sie sich umdrehte und davonging.

***

Als ich am frühen Abend in mein leeres Haus kam, schaltete ich die Klimaanlage und den Fernseher ein. Ich konnte nicht aufhören, an Bianca zu denken. Ihre Kreativität hatte mich in Begeisterung versetzt und meine Meinung von ihr war in den Himmel gewachsen. Als ich meine orangefarbene, leere Couch so einsam im Wohnraum stehen sah, fühlte ich einen wehmütigen Schmerz und hielt inne. Auf diesem Sofa konnte ich mich mit Bianca sehen. Wenn ich meine Augen schloss, nahm ich ihre meeresblauen Augen wahr, hörte ihr fröhliches Lachen und ihre sanfte Stimme, die mich neckte. Ich wünschte mir, meine gesamte Zeit mit ihr verbringen zu dürfen und alles über sie zu erfahren. Bei dem Gedanken, sie zu küssen, breitete sich ein warmes Gefühl in mir aus, das die Einsamkeit meines leeren Hauses und meines Lebens vertrieb.

Zumindest, bis ich meine Augen wieder öffnete. Da fiel es mir wie Schuppen von den Augen. Es hatte mich voll erwischt. Das erste Mal konnte ich die Gefühle, die sich seit längerem durch Herzklopfen und unerklärliche Launen zeigten, beim Namen nennen: Ich hatte mich in Bianca verliebt. Dass sie mich auf Distanz hielt und mir auswich, frustrierte mich nun umso mehr.

Ich setzte mich seufzend auf die Couch und scrollte am iPad durch Fotos ihrer Upcycling-Arbeiten, die sie mir in Kopie geschickt hatte. Wie sie aus ein paar alten Lumpen einen neuen coolen Style erschuf, war der Hammer. Genauso begeisterten mich ihr Schmuck aus Plastikflaschen und ihre Upcycling-Dekorationsideen. Auf den Bildern wucherten Blumen zum Glück nicht aus Gummistiefeln, aber zarte Oleanderblüten rankten sich aus Glühbirnen, grazile Hibiskusstämmchen aus stylishen Einmachgläsern und Ringelblumen aus lebensfroh gestalteten Konservenbüchsen. Das ergab einen überraschenden Twist, der mich überzeugte. Die Kunstwerke, die sie schuf, spiegelten sie selbst wider. Sie waren voller Farbe, Leben und Liebe. All das fehlte mir, wie ich mir zähneknirschend eingestehen musste, denn ich war eben Geschäftsmann und absoluter Zahlenmensch. Aber auch mein Hotel war sterbenslangweilig und trist. Die Lobby mit ihrem dunklen Holz und den wuchtigen Möbeln stammte original noch aus den Achtzigerjahren des vorigen Jahrhunderts. Eigentlich könnte sie spannende Retro-Momente haben, aber die Eingangshalle wirkte nicht frisch und inspirierend, sondern einfach nur trostlos. Genauso wie der Rest des Alcúdia Bonita benötigte sie dringend so etwas wie ein Upcycling. Ob Bianca ihre Ideen einbringen könnte?

Ich rief die Homepage von Fernando Lopez auf meinem Laptop auf und erlebte die zweite große Überraschung des Tages. Auf der Website, die auf Spanisch, Englisch und sogar auf Deutsch übersetzt war, erfuhr ich, dass der Baumeister Fernando Lopez mit seinem Sohn Alvaro, der Innenarchitekt war, einen Familienbetrieb in der Nähe von Alcúdia führte. Neben der Vorstellung des Unternehmens gab es etliche Fotos, auf denen sie ihre Arbeiten dokumentierten. Sie hatten sowohl mit Neubauten als auch mit Renovierungen weitreichende Erfahrungen, und die Referenzprojekte sagten mir sehr zu. Sogar eine umgestaltete Hoteleingangshalle in Palma de Mallorca befand sich dabei, woraufhin ich mir wünschte, die beiden so bald wie möglich kennenzulernen. Da ich Dinge nicht aufschob, verfasste ich sofort eine E-Mail an Fernando Lopez, in der ich mich kurz vorstellte und in besonders höflichen Worten um seinen Rückruf bat. Mittlerweile wusste ich ja, dass norddeutsche Direktheit bei den Mallorquinern nicht so gut ankam. Das wäre absolut grandios, wenn Fernando Lopez mich auch noch bei einem persönlichen Gespräch überzeugen könnte und Zeit für das Alcúdia Bonita hätte, was natürlich auch ungewiss war.

Ich seufzte und holte mir vor dem Zubettgehen ein Glas Wasser aus der Küche. Doch dann öffnete ich noch einmal den Internetbrowser und gab *Sopar a la Fresca* in die Suchmaschine ein. Ich erfuhr, dass es sich dabei um eine mallorquinische Tradition im Sommer handelte. Wenn die Hitze des Tages langsam verflog, trafen sich Freunde, oder oft auch das halbe Dorf, zum Abendessen. Dabei wurden einfach Tische auf die Straße gestellt, man servierte Tapas und Wein, oder es wurde eine riesige Pfanne Fideuà, ein Nudelgericht, für alle gekocht. Manchmal brachte auch jeder seine eigenen Speisen mit, da gab es keine festen Regeln. Oft ging das Abendessen dann in eine Verbena über, eine abendliche Party, bei der es Musik gab und Jung und Alt zusammen das Tanzbein schwangen. Wenn die Dämmerung hereinbrach wurden Lichterketten angemacht oder sogar ein Feuerwerk entzündet. Das hörte sich nach Spaß und Romantik an. Üblicherweise zählte ich mich zwar nicht zu den schwärmenden Traumtänzern, aber was war schon normal, seitdem ich Bianca kannte?

Seufzend klappte ich meinen Laptop zu. Leider war eine solche Einladung in ähnlicher Reichweite für mich wie der Mond, der vor meinem Fenster am Himmel stand.

10. Heartless in Love

Bianca

»Bianca? «

Mein Tagtraum riss jäh ab und ich bemerkte, dass Carmen mir eine Tonschüssel mit Tumbet vors Gesicht hielt. »Was ist los mit dir? Nimm!«

»Mir ist heiß«, jammerte ich, nahm mir nur eine kleine Portion von der ofengegarten Mischung aus Auberginen, Paprika und Kartoffeln und häufte sie auf meinen Teller. Ich hatte eigentlich keinen Hunger.

Meine Freundin schüttelte den Kopf und bedachte mich mit dem Blick, den sie sonst den englischen Touristen schenkte, die, ohne Sonnenschutz aufgetragen zu haben, nach ihrem ersten Urlaubstag ins Hotel zurückkehrten. »Hast du keinen Fächer dabei? Hier, nimm meinen«, sagte sie und reichte mir ihr kunstvoll verziertes Teil.

»Danke, du bist ein Schatz«, antwortete ich und genoss den Luftzug, den ich mir damit zuwedelte. Gerade versanken die letzten glutroten Sonnenstrahlen hinter den Dächern der Altstadt von Alcúdia. Ihre Wärme stand aber immer noch träge in der Luft und auch die Straße hatte noch jede Menge davon gespeichert. An der Tafel saßen zwanzig Freunde und Nachbarn, die durcheinanderredeten, aßen und lachten. Heute Abend perlten die Gespräche aber an mir ab wie Wassertropfen an eingeölter Haut.

Mein Blick wurde von einem gelben Luftballon angezogen, der an Carmens Stuhllehne befestigt hin und her schaukelte. Er war wie ich mit meinen vielen Ideen: knallbunt und flatterhaft. Bisher war ich ziellos mit meinen

Träumen in der Luft herumgetrieben und nie irgendwo angekommen. Bis Tom meine Ideen heute eingefangen und auf die Beine gestellt hatte. Er hatte mir dabei geholfen, meine ersten Schritte in eine neue Zukunft zu gehen. Für ihn war das vielleicht nicht mehr als die Erfüllung seiner Verpflichtung gewesen, die er mit unserem Deal eingegangen war. Und als Manager und Marketingprofi vielleicht keine so große Sache. Aber für mich als chaotische Bastlerin und Animateurin, die mit großen Schritten ihrem beruflichen Ablaufdatum entgegenging, war das so viel mehr. Denn ich kannte niemanden, der sich sonst so für mich engagiert hätte.

Ich seufzte leise und rief mir Toms ruhige, tiefe Stimme in Erinnerung, die wie ein Anker für meine unruhigen Gedanken gewesen war. Mein Herz pochte wehmütig. Er hatte nicht nur sofort den roten Faden in meinen verwirrenden Notizen gefunden und mir geholfen, meine Visionen in Worte zu kleiden und zu strukturieren, sondern auch gleich Nägel mit Köpfen gemacht. Er hatte einen Grafikdesigner angerufen und alles Nötige mit ihm vereinbart. Mit seiner Hilfe war ich heute ein wenig über mich hinausgewachsen. Bei dem Gedanken legte sich ein Lächeln auf mein Gesicht. Toms zielstrebige, selbstbewusste Art war sehr anziehend. Wenn ich ihn nicht gestoppt hätte, hätte er mir heute noch einen Freizeitveranstalter und die ersten zweihundert Kursteilnehmer vermittelt. Ich musste allerdings aufpassen, die Oberhand zu behalten. Ich wollte nicht in Abhängigkeit zu Tom geraten oder ihm etwas schuldig sein.

»Na, geht es dir schon besser?«, fragte Carmen und sah mich besorgt an. »Du hast dir doch nicht etwa einen Virus eingefangen?«

Ich wehrte lachend ihre Hand ab, mit der sie mir an die Stirn greifen wollte. Seitdem ich damals in der Küche umgekippt war, sorgte sie sich ganz besonders um mich.

»Nein, ich glaube nicht«, antwortete ich. War ich krank? Wenn ich an Tom dachte, war ich aufgewühlt wie nie und fühlte ein wehmütiges Ziehen an meinem Herz. In diesem Moment wäre ich am liebsten bei ihm gewesen, um mit ihm zu lachen, seine Stimme zu hören und meine Hand wieder auf seine zu legen. Meine unruhige Stimmung erinnerte mich entfernt an das bohrende Gefühl an meinem ersten Weihnachten, an dem ich nicht mit meiner Schwester hatte feiern können. Genauso wie damals musste ich es auch jetzt ganz einfach aushalten und abwarten, bis die Sehnsucht vorüberging. Den Gedanken, dass Tom und ich ein Paar sein könnten, schob ich sofort von mir. Wir waren wie das Olivenöl, das vor mir auf dem Tisch stand, und das Wasser in dem Glas daneben. Selbst wenn wir es beide wollten, konnten wir keine Verbindung eingehen. Tom war ein ehrgeiziger, rationaler Geschäftsmann voller Disziplin und hohen Karrierezielen. Er konnte es nicht erwarten, wieder von Mallorca wegzukommen, um in Frankfurt Chef des Familienimperiums zu werden. Der mit einer Nobelkarosse durch die Gegend fuhr und härteste Personalentscheidungen umsetzte, ohne an die Menschen dahinter zu denken. Und ich war Animateurin mit Leib und Seele, die wollte, dass es allen um mich herum gut ging. Die an ihren mallorquinischen Freunden hing und sich in deren lebhafter Gesellschaft am wohlsten fühlte. Die kein Problem damit hatte, sich zum Clown zu machen, die das Singen und Kinder liebte und sich tagelang in sinnfreien Basteleien verlieren konnte. Ich machte mir nichts aus Autos und irgendwelchen Luxusdingen. Wir beide hatten keine Gemeinsamkeiten, uns verband nichts. Abgesehen von der Zuneigung zu einem kleinen Chihuahua. Außerdem ging es mir ganz wunderbar, seitdem ich mich aus den Fängen meines Vaters befreit hatte und auf mich allein gestellt war. Ich traf meine eigenen Entscheidungen, niemand mischte sich in mein Leben ein, oder versuchte mich zu kontrollieren. Und so sollte es auch für immer bleiben.

In diesem Moment knallte es aus der Ferne und ich wurde aus meinen Gedanken gerissen. Wie Carmen stand auch ich auf, um eine bessere Sicht auf das Feuerwerk zu haben.

***

Fast zwei Wochen später saßen Sofia und ich im Kinderclub und zeichneten mit unseren kleinen Schützlingen Tierfiguren. Da sah ich, wie Tom vom Haupthaus auf die Terrasse trat und sich uns näherte. Neben ihm lief Bismarck. Wollten sie zur Poolbar oder kamen sie hierher? Als sie direkt auf uns zusteuerten, atmete ich schneller. Seit unserem sonntäglichen Brunch war ich ihm aus dem Weg gegangen. Bis auf das eine Mal, als ich in seinem Büro gewesen war, um ihm die absolut brillanten Logo- und Flyer-Entwürfe zu zeigen, hatte ich unsere Begegnungen so kurz wie möglich gehalten oder sie überhaupt vermieden. Und auch bei diesem Gespräch über das Werbematerial war ich freundlich, aber betont sachlich geblieben, um keine lockere Flirt-Atmosphäre aufkommen zu lassen, in die wir sonst immer automatisch abglitten. Sogar beim Aufbau eines Social-Media-Accounts für mein Upcycling-Start-up hatte ich mich deswegen zur Unterstützung lieber an Carmens elfjährige Nichte Lucia statt an Tom gewandt. Ich tat das, um die verwirrenden Gefühle aufzuhalten, die sich auf dem Vormarsch in Richtung meines Herzens befanden. Die Hingabe, die ich für Tom empfand, beunruhigte und verunsicherte mich. Ich sehnte mich nach ihm und wollte am liebsten meine gesamte Zeit mit ihm verbringen. Aber die Angst vor einer Enttäuschung war so groß. Eine Stimme in meinem Hinterkopf flüsterte mir zu, dass Liebe blind machte und mein Vertrauen zu leicht gebrochen werden konnte. Ich sollte mich von Tom fernhalten und unsere kleine Romanze abwürgen, solange sie sich noch im Anfangsstadium befand. Tom machte es mir allerdings nicht leicht. Fast jeden Tag tauchte er bei meiner Wassergymnastik oder beim Zumba auf und ich musste nach Ende der Einheit jedes Mal einen Haken schlagen, um ihm auszuweichen. Als er mich einmal vor der Animations-Garderobe abgepasst hatte und sich mit mir zum Mallorquinischlernen verabreden wollte, hatte ich ihn unter einem Vorwand abblitzen lassen. Sofia und Isabel, die albernen Gänse, amüsierten sich prächtig über Mister Heartless-in-Love.

Ob er jetzt schon wieder einen neuen Anlauf starten wollte, um sich mit mir zu verabreden? Ich überlegte fieberhaft, wie ich ihn abwimmeln konnte.

Bei uns angekommen, wurden Tom und Bismarck sofort von den Kindern umringt, die hellauf begeistert von dem kleinen Chihuahua waren.

»Er ist ein bisschen schüchtern«, erklärte er ihnen auf Deutsch und Englisch, als sich das Hündchen angesichts sechs neugieriger Sprösslinge hinter dem Bein seines Herrchens versteckte. »Wollt ihr ihm vielleicht eine Wurst malen? Die liebt er am allermeisten«, sagte er mit einem freundlichen Lachen in der Stimme, woraufhin sich mein Herz ein wenig zusammenzog.

»O ja!«, riefen sie und machten sich sofort an die Arbeit.

»Hallo«, wandte er sich an Sofia und mich. »Falls ihr am kommenden Sonntagabend noch nichts vorhabt, würde ich mich freuen, wenn ihr ab acht Uhr zu meiner Sopar a la Fresca kommt. Einige andere Kollegen haben schon zugesagt.«

Als das Überraschungsmoment verflogen war, rief Sofia: »Ja, dann komme ich auch!«

»Prima«, antwortete Tom. »Hast du vielleicht auch Zeit, Bianca? Das würde mich sehr freuen. Ich wohne in der Nähe vom alten Wachturm, es ist das letzte Haus in der Carrer Cranc.«

Er veranstaltete ein Abendessen im Freien für seine Mitarbeitenden? Ich war mehr als überrascht und eigentlich entschlossen, der Einladung nicht zu folgen. Leider war ich nicht gut im Schwindeln, und mir wollte spontan keine Ausrede einfallen. »Danke für die Einladung, ich werde versuchen, es mir einzurichten«, antwortete ich deshalb ausweichend und zugeknöpft wie eine wohlerzogene Internatsschülerin.

Tom schaute einen Moment lang enttäuscht, dann fing er sich gleich wieder.

»Wenn ihr eure Zeichnungen fertig habt, könnt ihr sie Bismarck später gern vorbeibringen. Fragt einfach an der Rezeption nach ihm«, sagte er zu den Kindern, die noch eifrig am Zeichnen waren und versprachen, die Bilder in Kürze abzuliefern. »Bis später.« Er drehte sich mit einem kleinen Lächeln um und spazierte mit seinem Hund zum Haupthaus zurück.

***

»Klar gehe ich hin, aber ich bringe nur eine Flasche von der ganz billigen Supermarktsangria mit«, sagte Carmen, nachdem sie sich vergewissert hatte, dass niemand zuhörte. Wir saßen im hintersten Eck des Restaurants und machten eine Pause.

»Und ich bringe gar kein Gastgeschenk mit«, sagte Jordi und verschränkte die Arme vor seinem Oberkörper. Obwohl er sich mit Hannes, dem neuen Chefkoch, gut verstand, trauerte er immer noch Javier hinterher. Wahrscheinlich würde das nie aufhören.

»Und wir werden uns nur auf Mallorquinisch unterhalten, denn er möchte es doch lernen, oder?« Sofia lachte schrill und klatschte mit Isabel ab.

Toms Bemühungen, besser mit seinen Mitarbeitenden auszukommen, waren noch nicht sehr weit gediehen. Ob es eine gute Idee war, sie zu sich nach Hause einzuladen? Ich fürchtete, sein Fest würde in einem Fiasko enden.

»Das wird sicher lustig! Bianca, du wirst doch auch kommen, oder? Das willst du doch nicht versäumen«, sagte Sofia und grinste durchtrieben. »Ich wollte immer schon mal das Villenviertel besuchen.«

Tom wohnte natürlich in einer teuren Ecke, in der wir uns eher selten aufhielten.

»Ja, ich werde auch kommen«, antwortete ich resigniert. Am liebsten wollte ich mich drücken, denn gleich stieg wieder das Gefühl der Verunsicherung in mir auf. Aber ich konnte nicht zulassen, dass er ohne Beistand unter diesen Hyänen sein würde, die ihren Arbeitsfrust ausleben wollten. Ich mochte meine jungen Kolleginnen Sofia und Isabel sehr, aber wer wusste, was passierte, wenn auch noch Alkohol im Spiel war? Manchmal konnten sie beim Feiern echt über die Stränge schlagen. Dann hätten sie womöglich keine Hemmungen mehr, würden sich vielleicht schlimm danebenbenehmen, ihn beleidigen und ihm das ganze Fest verderben. Das würde ich verhindern. Ich drückte meine Fingernägel gegen meine Handballen, als würde ich das Ausfahren meiner Krallen schon mal testen. Normalerweise war ich sanftmütiger als ein neugeborenes Lamm. Aber bei dem Gedanken, dass jemand Tom Schaden zufügen könnte, fühlte ich, dass in mir das Herz einer Löwin steckte. Obwohl ich niemals mit ihm zusammen sein würde, fühlte ich mich doch auf ganz starke Weise mit ihm verbunden. Dabei benötigte er meine Hilfe natürlich nicht, um sich gegen Sofia und Isabel zur Wehr zu setzen. Aber trotzdem würde ich seiner Einladung folgen, um ein Auge auf die beiden zu haben. Notfalls würde ich sie in Schach halten, damit sie die Stimmung beim Fest nicht stören konnten.

11. Sopar a la Fresca

Tom

»Sehr hübsch«, sagte Hannes, der mir beim Tischdecken half. Gerade stellte er ein Tablett voller Gläser auf der Tafel ab. Wie es laut meinen Recherchen bei einem Sopar a la Fresca üblich war, hatten wir die Tische und Sessel ganz einfach vor meinem Haus auf die Straße gestellt. Ich hatte blasslilafarbene Hibiskusblüten in einer gusseisernen Gießkanne, in einer ausgehöhlten Wassermelone und in einem verbeulten Kochtopf auf der Tafel platziert. Wer hätte vor ein paar Monaten gedacht, dass eine Frau mich einmal dazu bringen würde, Blumen zu arrangieren! Im Gegensatz zu Biancas profimäßigem Upcycling sah meines leider etwas hilflos aus. Als wartete es darauf, jeden Moment von der Müllabfuhr abgeholt zu werden. Deswegen könnte der Schuss auch nach hinten losgehen. Oder Bianca fände es gar nicht sexy, dass ein Mann Blümchen nach Farben anordnete. Es war gut möglich, dass sich dieser Versuch, Bianca zu hofieren, in meine gescheiterten Bemühungen der letzten beiden Wochen einreihte. Denn seit unserem Brunch verhielt sie sich zwar immer freundlich, aber trotzdem distanziert mir gegenüber. So ähnlich wie auch schon die ganze Zeit zuvor. Sie mied Augenkontakt, lachte nicht über meine Witze und schien richtiggehend auf der Flucht zu sein. Was hatte ich falsch gemacht? Oder war der Funke bei Bianca ganz einfach nicht übergesprungen? Vielleicht musste ich langsam der Wahrheit ins Gesicht sehen und akzeptieren, dass es leider nur eine geschäftliche Verbindung zwischen uns gab? Der Gedanke gefiel mir gar nicht und versetzte mich in eine resignierte Stimmung. Ich versuchte alle negativen Gedanken zu vertreiben und mich trotzdem auf den bevorstehenden Abend zu freuen. Denn ich war sehr gespannt, wie meine Mitarbeitenden die Überraschung aufnehmen würden, die ich ihnen heute bereiten würde. Ich hoffte, dass sie mich beim Sammeln von Sympathiepunkten rascher voranbringen würde als der Plan, sie mit meinen Sprachkenntnissen zu beeindrucken. Dieser war ins Stocken geraten, weil Bianca sehr beschäftigt war, wie sie mir erklärt hatte.

Zuletzt legte ich noch bunte Servietten und Besteck neben die Teller. Wir waren fertig, das Essen war vorbereitet und von mir aus konnte es losgehen.

***

Bianca trug ein kurzes cremefarbenes Sommerkleid mit Spaghettiträgern, das ihre Beine locker umspielte. Ihr Haar hatte sie in einem geflochtenen Pferdeschwanz zurückgebunden, sodass ihr anmutiger Hals und ihr schönes Gesicht so richtig zur Geltung kamen. Ihr Anblick brachte mein Herz zum Flattern, aber sie ließ mich wieder einmal links liegen. Auch ihre Kolleginnen Sofia, Isabel, Carmen, Esperanza sowie Jordi hatten nur Augen für Javier Sanchez.

»Was machst du hier, Mann?«, rief Jordi und drückte seinen schmalen Körper an den um einiges größeren und voluminöseren Chefkoch.

»Als Küchenchef des Alcúdia Bonita wurde ich auch eingeladen«, antwortete er und ließ damit mit einem breiten Grinsen die Katze aus dem Sack. Ich hatte ihn überreden können, in mein Hotel zurückzukehren. Und hoffte, dass ich im Verhältnis zu meinen Angestellten damit einige Wogen glätten konnte. Wie es aussah, ging der Plan auf.

»Und was wird aus Hannes?« Jetzt sorgte Jordi sich um den anderen Küchenchef.

»Er freut sich schon wieder auf seine Heimat«, antwortete Javier.

»Du… gemeiner Mensch, warum hast du mich nicht angerufen und es mir erzählt?«, rief Esperanza dazwischen und boxte ihrem langjährigen Kollegen und Freund gegen den Oberarm.

»Weil ich dein verdutztes Gesicht sehen wollte«, antwortete dieser und drückte das Zimmermädchen an sich. Es war rührend, wie sich alle freuten. »Die Überraschung ist uns geglückt, Tom. Ich kann mich nicht erinnern, Esperanza jemals sprachlos erlebt zu haben. Wenn auch nur für ein paar Sekunden.«

Erst jetzt fiel meinen Gästen auf, dass ich auch da war. »Hallo, Mister Hardman!«

Noch eine Premiere, denn es war das erste Mal, dass Esperanza in meiner Gegenwart lächelte. Danach kamen alle meine Gäste zu mir und schüttelten mir zur Begrüßung enthusiastisch die Hand. Nach dieser kleinen Sensation war die Stimmung gleich ausgelassen. Gerade rechtzeitig zum Aperitif traf auch noch Klara vom Tierheim ein. Außerdem hatte ich Fernando und Alvaro Lopez eingeladen, mit denen ich in Verhandlungen wegen der Renovierung des Hotels stand. Die beiden waren mir sofort sympathisch gewesen und ich hoffte, dass wir uns bald einigen würden. Als sie auch eingetroffen waren, ging das Essen los.

Hannes und ich servierten die Tapas. Wir hatten als Vorspeise kunstvolle Pintxos, kleine, aufwendig belegte Brötchen, vorbereitet. Danach gab es Paella und einen besonders guten Wein. Die Augustnacht war windstill und warm und die einbrechende Dunkelheit bot die beste Kulisse für meine Lichterkette, die ich am Nachmittag an der Häuserfassade angebracht hatte. Ein wohlwollendes Raunen ertönte von meiner Gästeschar, als ich sie einschaltete. Sie verströmte einen honiggelben Schein und unterstrich die romantische Abendstimmung, wie sie nur von einer lauen Sommernacht ausgehen konnte.

Als ich mir die Menschen an der Tafel ansah, wurde mir bewusst, wie viele Leute ich in der kurzen Zeit auf Mallorca bereits kennengelernt hatte. Ich konnte sie zwar noch nicht als meine Freunde bezeichnen, denn dafür war der Start mit den meisten von ihnen zu holprig gewesen, aber für die Zukunft wünschte ich mir, sie für mich gewinnen zu können. Das war ein schöner Gedanke. Allerdings saß die eine Person, auf die es mir wirklich ankam, am anderen Ende des Tisches und unterhielt sich mit dem jungen Alvaro Lopez. Ich musste mir zähneknirschend eingestehen, dass sie ein hübsches Bild zusammen abgaben. Der sympathische Innenarchitekt mit den kurzen, dunkelbraunen Locken und dem offenen Blick wirkte auf die meisten Frauen bestimmt sehr attraktiv. Auch auf Bianca? Als die beiden auch noch fröhlich miteinander lachten, rebellierte mein Magen gegen die Paella, die sich auf meinem Teller befand. Ich senkte meinen Blick und konzentrierte mich wieder auf das Gespräch mit Sofia, die links von mir saß.

»Machst du Witze? Du warst bisher in keinem einzigen Club in der Stadt? Das müssen wir aber dringend ändern! Glücklicherweise kennen Isabel und ich alle Locations, du musst am Samstagabend unbedingt mitkommen.«

Gottlob erlöste mich Klara aus der Verlegenheit, Sofia eine Antwort geben zu müssen. Allein die Vorstellung, mir mit Sofia und Isabel die Nacht um die Ohren zu schlagen, löste Fluchtreflexe in mir aus.

»Balu und Rocky könnten sich in Rindermagen eingraben. Luna und Bella hingegen würden für Hühnerleber töten«, berichtete Klara mir detailreich, welcher ihrer Schützlinge, welche der Küchenreste bevorzugte, die ich ihnen aus dem Alcúdia Bonita zukommen ließ. »Und auch für Obst und Kuchen findet sich immer eine Verwendung.« Die sonnengebräunte Haut um ihre Augen legte sich in fest umrissene Lachfältchen. Ihre von Herzen kommende Freude war die größte Belohnung für mich.

»Darauf trinken wir«, sagte Isabel, die neben Klara saß. Wir erhoben unsere Gläser und ließen das Alcúdia Bonita hochleben.

12. Whitney

Bianca

Tom wurde regelrecht belagert. Dass er von Klara wie ein Held verehrt wurde, seitdem er das Tierasyl regelmäßig mit Resten aus dem Restaurant beliefern ließ, wusste ich ja bereits aus Gesprächen mit ihr. Aber Sofia und Isabel hatten ihre Meinungen über den Hoteldirektor in den letzten beiden Stunden offensichtlich ins Gegenteil verkehrt. Das war allerdings auch kein Wunder, wenn man bedachte, was Tom getan hatte. Dass er Javier Sanchez wieder ins Alcúdia Bonita zurückgeholt hatte, war ein unerwarteter Knalleffekt gewesen, der seinen verstimmten Beschäftigten den Wind aus den Segeln genommen hatte. Und nicht nur bei den Kollegen hatte dieser Schachzug etwas bewirkt. Auch mir hatte die Kehrtwendung zu denken gegeben. Das war sehr anständig von ihm gewesen. Und auch in anderen Bereichen hatte Tom sich verändert. Zum Beispiel hatte er seine Mitarbeitenden in einem holprigen Mallorquinisch begrüßt, was sehr sympathisch geklungen hatte. Er bemühte sich wirklich um sie. Und noch dazu war Tom heute so liebenswürdig und charmant, wie wahrscheinlich nur ich ihn bisher kennengelernt hatte. Kein Wunder, dass meine beiden jungen Kolleginnen voll auf ihn abfuhren. Eigentlich sollte ich ja froh sein darüber, dass sie ihre Ansichten über ihn geändert hatten. Ich brauchte mir keine Gedanken mehr darüber zu machen, dass sie ihn ärgern, sich betrinken oder sich auf andere Art danebenbenehmen würden. Aber dass sie jetzt so vertraut miteinander plauderten und sogar mit ihm zu flirten schienen, ging mir auch gegen den Strich. Unwillkürlich presste ich schon wieder die Fingernägel gegen meine Handballen, sodass der leichte Schmerz von dem Stachel ablenkte, der sich in der Nähe meines Rippenbogens festgesetzt hatte. Ich zwang mich, nicht mehr zu ihnen hinüberzusehen. Mein Blick blieb am Tisch hängen. Ob sich Tom die entzückende Upcycling-Dekoration etwa extra für mich hatte einfallen lassen? Eine ausgehöhlte Wassermelone voller Hibiskusblüten. Wie süß war das denn? Bei dem Gedanken musste ich tief durchatmen und hätte mir am liebsten sofort wieder von Carmen den Fächer geborgt, um meine Oberflächentemperatur zu senken. In Tom steckte doch viel mehr als ein kühler Geschäftsmann, der nur auf seinen Vorteil bedacht war. Und außerdem schienen wir viel mehr gemeinsam zu haben, als ich gedacht hatte. Er unterstützte das Tierasyl großzügig, bemühte sich um seine Mitarbeitenden, vertraute die Renovierung seines Hotels mallorquinischen Baumeistern an und war sogar unter die Upcycler gegangen! Nicht zu vergessen war er derjenige, der es mir ermöglichte, erste Schritte in meine berufliche Zukunft mit meinen eigenen Kursen zu machen. Und nebenbei sah er aus wie ein männliches Nassrasierer-Model. Tom war etwas ganz Besonderes. Konnte es sein, dass dieser eine Mensch, den ich lieben und dem ich vertrauen könnte, doch existierte? Gab es auch für mich einen Mann, der die Schmetterlinge in meinem Bauch zum Ausschwärmen brachte? Oder besser gesagt, ausgewachsene Flugzeuge, denn dieses ständige Kribbeln war schon fast unheimlich. Als ob mein Körper mir damit Signale funken wollte, die mein Kopf aber bis zum heutigen Abend immer abgeschmettert hatte. Wenn nur die Gefühle der Unsicherheit und der Angst nicht wären, die mich trotzdem von Tom fernhielten. Sie ließen sich nicht so einfach abschütteln.

***

Nachdem die Teller abserviert worden waren, holte Sofia ihr iPad heraus und begann, Musik darüber abzuspielen. Flamenco-Pop schallte über die Straße vor Toms Haus. Vergeblich versuchten Sofia und Isabel, Tom zum Tanzen zu überreden.

»Ich tanze niemals!«, rief er und hielt sich feixend an den Armlehnen seines Stuhls fest, als sie ihn hochziehen wollten. Ich entspannte mich, sobald sie von ihm abließen. Sie versuchten ihr Glück jetzt bei Jordi, der sich nicht lange bitten ließ. Hannes holte Esperanza auf die Tanzfläche. Sie bemühte sich, ihm Flamenco-Schritte beizubringen, musste es aber bald aufgeben. Danach ließ sie sich von ihm im Kreis drehen und sie hatten ihren Spaß. Carmen strahlte und tanzte übermütig mit Javier Sanchez, und Klara streichelte Bismarck, der sich auf ihrem Schoss eingerollt hatte und vor sich hin döste.

Fernando erzählte mir ein wenig darüber, in welchem Stil das Alcúdia Bonita renoviert werden sollte. Außen würden die Balkone mit freundlichen Farben versehen werden, um dem Haus einen neuen, frischen und modernen Charakter zu verleihen. Diese fröhliche Stimmung sollte sich auch in der Lobby und in den Zimmern wiederfinden. Das Konzept gefiel mir sehr.

Alvaro war aufgestanden und reichte mir seine Hand. »Tanzen wir auch?« Eigentlich hatte ich keine Lust dazu, aber ich wollte ihn nicht vor den Kopf stoßen. Wir waren seit vielen Jahren befreundet. Also folgte ich ihm und bewegte mich mit den anderen zur Musik, aber heute wollte mich der Takt nicht mitreißen, und ich fühlte die impulsive Musik nicht so wie sonst. Tom saß mit gesenktem Kinn neben Klara. Wir tanzten drei schnelle Nummern, bis es auf Sofias Playlist kuschelig wurde. Nach »*The*

Lady In Red« wollte ich Alvaro bitten, eine Pause einzule-
gen, als die ersten Takte von »*I Will Always Love You*« über
die Straße schallten. Ich musste sofort an das Karaoke
denken, mit dem wir Tom einmal geärgert hatten, und sah
zu ihm hinüber. Wie auf Kommando hob auch er seinen
Kopf und sah zu mir. Unsere Blicke verfingen sich und
mein Herz sendete eindringliche Signale. Auf einmal fühlte sich Alvaros Hand, die meine hielt, wie ein Fremdkör-
per an, der in meine Privatsphäre eindrang. Tom stand wie
in Zeitlupe auf und kam auf uns zu. Vor mir blieb er stehen und lächelte mich unsicher an.

»Darf ich bitten?«, fragte er mit seiner rauen, tiefen
Stimme. Er streckte seine geöffnete Hand nach mir aus,
und ich ließ Alvaro los und legte meine Rechte in seine.
Alvaro berührte mich kurz kollegial an der Schulter, ehe er
allein wieder zu unseren Plätzen zurückkehrte.

»Ich dachte, du tanzt niemals?«, fragte ich ihn, als wir
uns gegenüberstanden. Ich legte meine Hände auf seine
Schultern, und seine umfassten meine Taille. Sein Griff,
der sich weder zu fest noch zu locker anfühlte, trieb meinen Puls in die Höhe, während Whitney Houston ihr be-
rühmtes A-cappella-Intro über die Carrer Cranc schmetter-
te.

»Du wirst gleich sehen, dass man das echt nicht als tanzen bezeichnen kann«, antwortete Tom mit einem ver-
schmitzten Grinsen. An seinen Wangen zeichnete sich am
Ende des langen Tages ein dunkler Bartschatten ab, der
seine maskulinen Gesichtszüge noch betonte. Das sah
ziemlich heiß aus, obwohl er mir als glattes Nassrasur-
Model fast noch besser gefiel. Wie es sich wohl anfühlte,

wenn ich meine Finger darübergleiten ließe? Obwohl es zu verführerisch war, tat ich es nicht. Der Song ging jetzt in seinen langsamen Rhythmus über, zu dem wir uns hin und her bewegten. Der kleine Abstand zwischen uns, den es zuvor noch gegeben hatte, war unbemerkt dahingeschmolzen, und sein Kinn berührte ganz leicht meine Stirn. An dieser Stelle spürte ich ein aufregendes Kribbeln, das sich über meine Schläfen, meine Wangen und bis hinunter zu meinem Hals ausbreitete. Sein herbes Männerparfum hüllte mich ein und ich nahm diesen Duft nach Leder, Zedernholz und Toms ganz spezifischem Geruch wahr. Um ihm noch näher zu sein, neigte ich meinen Kopf ganz sachte gegen seine Brust. Dann schloss ich meine Augen und genoss es einfach nur, ihm nahe zu sein, seine Berührung zu spüren und mich von ihm zu Whitneys Musik hin und her wiegen zu lassen. In diesen Minuten blendete ich alles um uns herum aus. So konnte es von mir aus ewig weitergehen. Doch gerade als die letzten Töne verklungen waren, hörte ich ein Räuspern. Wir drehten uns um und sahen Fernando und Alvaro. Sie lächelten uns entschuldigend an.

»Sorry. Wir wollten uns nur verabschieden«, sagte Fernando. »Vielen Dank für den lustigen Abend, es hat Spaß gemacht!« Sie schüttelten uns nacheinander die Hände und versprachen, sich in Kürze bei Tom mit einer Gegeneinladung zu revanchieren.

Wie spät war es mittlerweile? Mit einem Blick auf Toms Handgelenk stellte ich fest, dass er seine überdimensionale goldene Uhr nicht trug. Der Sternenhimmel über uns ließ mich aber vermuten, dass die Nacht weit fortgeschritten war. Ich sah mich um und da Sofia schon gähnte, lag ich mit meiner Vermutung bestimmt richtig. Mit dem Heimgehen der ersten Gäste war der allgemeine Aufbruch eingeleitet worden, und einer nach dem anderen erhob sich, um sich zu verabschieden. Hannes, der schon beim Aufbau der Tafel geholfen hatte, ließ es sich nicht nehmen, Tom noch schnell mit den Tischen zu helfen, die sie gemeinsam ins Haus zurückbrachten und Klara und ich trugen das Geschirr in die Küche. Das Ende des Festes war für mich viel zu schnell gekommen, es war doch gerade erst so richtig schön geworden. Etwas unschlüssig stand ich auf der Straße und überlegte, ob ich mich nun auch verabschieden sollte.

»Ich fahre euch gern nach Hause«, bot Tom Klara und mir an. Das Areal des Tierasyls mit der kleinen Finca meiner Freundin befand sich ein wenig außerhalb von Alcúdia. Wir nahmen beide das Angebot an, obwohl ich mit dem Fahrrad hergekommen war. Das konnte ich morgen abholen. Der Abend war so schön gewesen und ich wollte einfach noch ein wenig in Toms Nähe bleiben.

13. Herzensangelegenheiten

Tom

Nachdem ich Klara nach Hause gebracht hatte, dirigierte Bianca mich zu ihrem Wohnhaus. Vor einem dreistöckigen Gebäude am Rand der Altstadt parkte ich den Wagen. Dass in wenigen Stunden wieder ein Arbeitstag beginnen würde, blendete ich aus. Ich fühlte mich immer noch voller Energie und Euphorie. Als ich vorhin auf Bianca zugegangen war, um sie zu unserem Stehblues zu Whitneys Ballade aufzufordern, war das mein hopp oder top Moment gewesen. Hätte ich wieder einen Korb kassiert, dann hätte ich mich wohl oder übel damit abfinden müssen, dass Bianca nichts von mir wissen wollte. Umso glücklicher war ich gewesen, als sie meine Hand ergriffen und sich dann auch noch eng an mich geschmiegt hatte. Sie im Arm zu halten und sie zu spüren, hatte sich schlichtweg überwältigend angefühlt. Bianca stellte mein ganzes Leben auf den Kopf. Ich war süchtig nach ihrer Stimme und ihrem Lächeln. Und sie brachte mich nicht nur zum Upcyceln, sondern auch zum Tanzen, Mallorquinischlernen und dazu, mich um meine Mitmenschen zu kümmern.

Wir saßen bei geöffneten Fenstern in meinem Wagen. Die Luft der tropisch warmen Nacht zog durch und aus dem Autoradio tönte ganz leise Musik. Nur der schwache Lichtschein einer Straßenlaterne erhellte den Innenraum ein wenig. Glücklicherweise machte Bianca keine Anstalten auszusteigen.

»Mit deiner heutigen Überraschung bist du zum Liebling aller geworden«, sagte Bianca. Mein Blick hing an ihren Lippen.

»Hm. Liebling aller? Also wirklich von *allen-allen*?«, fragte ich und zog meine Augenbrauen ein klein wenig in die Höhe. Den Hundeblick hatte ich mir von Bismarck abgeschaut. Bianca lachte leise.

»Vielleicht«, antwortete sie schmunzelnd. Ihr einladender Blick ermutigte mich, noch ein wenig näher zu rücken.

»Liebling aller und bester Schüler. Läuft für mich«, murmelte ich. Ihr wunderbarer Orangenduft umgab sie, von dem ich mich angezogen fühlte wie eine Biene von einer leuchtend bunten Blüte. Wie automatisch verringerte sich der Abstand zwischen uns weiter. Ich umfasste ihre Hand, und unsere Finger verschränkten sich. Mein Herz pochte ungestüm. Schon waren unsere Gesichter nur noch eine Handbreit voneinander entfernt. Bianca sah mich mit ihren katzenhaften Augen groß an. Einen Moment lang dachte ich, sie würde zurückweichen, doch das tat sie nicht, sondern schloss ihre Lider. Ich tat es ihr gleich, und einen Augenblick später berührten sich unsere Lippen. Sie umspielten sich, und ihre zarte, weiche Haut fühlte sich noch tausendmal aufregender an, als ich es mir vorgestellt hatte. Der Kuss begann zurückhaltend und sachte. Wie die sanfte Brise, die morgens immer vom Meer herüber wehte. Als ob wir beide ihn auskosten und genießen wollten. Aber bald steigerte ich die Intensität und meine Berührungen wurden fordernder. Bianca küsste mich, wie ich nie zuvor geküsst worden war. Ich legte meine Hand in ihren Nacken und zog sie näher an mich heran. Ich wollte ihren Körper spüren. Ihre weichen Rundungen bewirkten, dass die Blutversorgung meines Gehirns mangelhaft wurde. Meine linke Hand fühlte ihr nacktes Knie, was mich beinahe um den Verstand brachte. Es rauschte durch meine Adern und sammelte sich pulsierend in meiner Körpermitte. Ich begann, mit meiner Zungenspitze ihre Lippen zu erkunden.

Da spürte ich, wie Biancas Körper sich in meinem Arm versteifte. Sie hielt ihren Mund verschlossen und wich vor mir zurück. Sofort löste ich mich von ihr. O Mann, ich hatte sie zu heftig bedrängt! Schon wieder einmal war ich zu unsensibel gewesen. Wie dumm konnte man nur sein? Nicht einmal als Teenager bei meinem ersten Kuss hatte ich mich so tölpelhaft angestellt. Am liebsten hätte ich mir selbst eine kräftige Ohrfeige verpasst, um meinen Verstand zu reaktivieren. Ich schob mich auf meinen Sitz zurück und räusperte mich.

»Es tut mir leid … ich war zu ungestüm.« Meine Stimme klang rau und kehlig.

»Tom, wir müssen reden«, sagte sie, und ihr Brustkorb hob und senkte sich. Sie setzte sich kerzengerade auf und strich über ihr Kleid.

»Natürlich, aber worüber?«, fragte ich ein wenig dümmlich, aber ich hatte wirklich keine Ahnung. Prinzipiell fand ich den Zeitpunkt nicht optimal, denn wir waren doch gerade in Fahrt gekommen, aber natürlich wollte ich wissen, was sie auf dem Herzen hatte.

»Ich bin mit Roberto zusammmen gewesen«, sagte Bianca und senkte den Blick.

Roberto? Ich dachte angestrengt nach. Sie meinte doch nicht etwa den früheren Generalmanager? Mir fiel aber sonst niemand ein, den ich unter diesem Namen kannte. »Roberto Rodriguez?«, fragte ich.

Bianca nickte.

Das war tatsächlich eine Überraschung. Ich war nicht gut auf meinen Vorgänger zu sprechen, weil er mir mit seinem abrupten Abgang jede Menge Probleme hinterlassen hatte. Dass Bianca und er ein Paar gewesen waren, kam zwar unerwartet, war jedoch kein Problem für mich. Warum auch? Aber offensichtlich bedeutete es für sie ein Hindernis. Auf einmal ging mir ein Licht auf und ich begann zu verstehen. Deswegen war Bianca in den vergangenen beiden Wochen so abweisend gewesen!

»Danke, dass du es mir erzählst. Ist er also der Grund, dass du mich nicht willst? Du liebst ihn immer noch?«, fragte ich. Die Erkenntnis war schrecklich. Plötzlich war mir, als würde jemand die ganze Müdigkeit der durchfeierten Nacht mit einem einzigen Schwung über mich kippen.

Bianca zuckte zusammen. »Aber nein, ich liebe ihn nicht, und das habe ich auch nie. Mit Roberto verbindet mich mittlerweile nur Freundschaft, wenn überhaupt«, antwortete sie.

Obwohl jetzt wieder Hoffnung in mir aufkeimte, kannte ich mich überhaupt nicht mehr aus. »Aber was ist dann der Grund, dass du mich abweist? Auch in den letzten beiden Wochen bist du mir aus dem Weg gegangen«, sagte ich so ruhig wie möglich, obwohl mein Herz im Flamenco-Rhythmus dahinpolterte. »Magst du mich nicht? Oder fühlst du dich von mir überrumpelt? Bitte sag mir die Wahrheit, ich werde sie verkraften.« Ich atmete tief durch und machte mich auf das Schlimmste gefasst.

»Der Unterschied zu Roberto ist, dass es mir nicht gleichgültig sein wird, wenn du irgendwann verschwindest«, sagte sie leise. »Du … verunsicherst mich. Ich verstehe mich ja selbst nicht mehr. Normalerweise bin ich locker und unbekümmert und nehme alles so, wie es kommt. Ich plane nicht viel und mache mir keine Sorgen …«

»Ach, Bianca«, murmelte ich und nahm ihre zarte Hand ganz sachte in meine große. Unsere Finger umschlangen einander. Ich begann zu verstehen, dass wir dasselbe füreinander empfanden. Zwischen uns gab es eine einzigartige, besondere Verbindung. Bianca war anders als alle Frauen, die ich bisher kennengelernt hatte. Solche intensiven Gefühle hatte ich noch nie entwickelt. Wir waren charakterlich zwar sehr gegensätzlich. Aber gerade weil wir so unterschiedlich waren, passten wir perfekt zusammen. Wir waren wie zwei Puzzleteile, durch die ein ungreifbares Bild plötzlich Klarheit und Gestalt bekam. Ich war kopflastig, eher ernsthaft und ehrgeizig. Und Bianca war kreativ, voller Energie und Herzlichkeit. Zusammen konnten wir glücklich werden, das fühlte ich ganz genau.

»Machst du dir darüber Gedanken, dass ich nach Deutschland zurückkehren werde? Ich werde noch jahrelang hier sein, und dann wird sich alles zu seiner Zeit finden. Lassen wir es doch am besten auf uns zukommen.«

Aus irgendeinem Grund wusste ich ganz sicher, dass Bianca dieser eine Mensch für mich war, der meinem Leben Farbe, Wärme und Leichtigkeit geben konnte. Alles das, was ich vermisste. Mit dem heutigen Abend hatte sich diese tiefe Gewissheit manifestiert, die ich rational nicht erklären konnte.

Sie erwiderte den Druck meiner Hand und ließ ihren Daumen über meinen Handrücken gleiten. »Du musst wissen, dass ich Mallorca nicht verlassen werde, niemals. Außerdem ist mir meine Unabhängigkeit wichtig«, sagte sie bedächtig, aber bestimmt.

»Hm. Da der Firmensitz der Hartmann Holding in Frankfurt ist, ist es unvermeidbar, dass ich irgendwann einmal dorthin gehe. Bis auf das Alcúdia Bonita sind alle unsere Hotels nämlich in Deutschland, deswegen muss ich als Geschäftsführer in der Nähe sein. Aber wie ich dir gesagt habe, bis es so weit ist, wird es noch lange dauern«, antwortete ich. Bis dahin konnte sich noch vieles ändern. Zum Beispiel, dass Bianca ihre Meinung änderte und doch mitkommen würde. Ich war überzeugt, dass sich alles zu seiner Zeit finden würde.

Im Halbdunkel sah ich, wie mich Biancas mandelförmige Augen musterten.

»Warum willst du eigentlich unbedingt Leiter der Gruppe werden? Reicht es dir nicht, ein Hotelmanager zu sein?«

Unwillkürlich versteifte ich mich. Bianca konnte natürlich nicht wissen, warum mir dieser Posten so viel bedeutete. Er war mehr als ein Job für mich, ich würde ihn eher meine Berufung oder meinen Lebenstraum nennen. Es war mir sehr wichtig, dass sie die Hintergründe verstand. »Das hängt mit meiner Kindheit zusammen und mit meiner Mutter. Da muss ich ein wenig ausholen … Meine leiblichen Eltern trafen sich in Duisburg und hatten nur eine kurze Affäre miteinander. Da die Ambitionen meines Vaters allein im Beruflichen lagen, war er alles andere als begeistert, als er erfuhr, dass ein Kind unterwegs war. Meine Mutter sehnte sich nach Liebe und Geborgenheit, aber mein Vater lebte für die Karriere. Seine Familie besaß damals schon zwei Hotels, mit denen er große Expansionspläne hatte. Der frühe Nachwuchs war nichts weiter als ein Klotz an seinem Bein. Deswegen erkannte er die Vaterschaft erst nach einem Gerichtsverfahren an, in dem er auch zu Unterhaltszahlungen verdonnert wurde.«

Ich machte eine kleine Pause. Nach so vielen Jahren wühlte es mich immer noch auf, darüber zu sprechen.

»Meine Mutter verkraftete es nicht, dass er uns einfach so sitzengelassen hatte. Am meisten tat es ihr aber weh, dass er mich kein einziges Mal hatte sehen wollen. Er lebte sein Leben, als würde es uns nicht geben. Im Gegensatz zu ihr störte mich das überhaupt nicht, mir fehlte es an nichts. Ich hatte eine sehr schöne Kindheit mit einer liebevollen Mutter, die mich nach Strich und Faden verwöhnte.«

Bianca lächelte mich an und drückte meine Hand.

»Im Gegensatz zu Vater, der zielstrebig seinen Weg ging, sein Unternehmen vergrößerte und fünf Jahre später sogar heiratete und eine Familie gründete, trat meine Mutter finanziell und emotional auf der Stelle. Es ließ sie nicht los, dass wir im sozialen Brennpunkt Duisburgs leben und uns durchschlagen mussten, während seine Firma in Frankfurt zu einer erfolgreichen Hotelkette wuchs. Der Gedanke, dass ich nie dazugehören und nie Aufstiegschancen wie meine beiden Halbgeschwister haben würde, machte sie regelrecht krank. Umso wichtiger war es ihr, dass ich ein besonders guter Schüler war und sie stachelte meinen Ehrgeiz an.«

»Wie kam es dann dazu, dass du doch in ihren elitären Kreis aufgenommen wurdest?«, fragte Bianca.

»Als ich fünfzehn war, erkrankte meine Mutter an Krebs.« Bei der Erinnerung wurde mir ganz schwer ums Herz. Sie hatte mir trotz unserer schwierigen finanziellen Lage immer alles, was ich benötigte, aber vor allem ein liebevolles Zuhause geschenkt. Aber für Mama selbst blieb am Ende nichts. Als Bianca jetzt meine Hand drückte, fühlte sich die Berührung so tröstlich und vertraut an, dass sich meine Kehle ein klein wenig verengte. Ich schluckte. Auch wenn es nicht einfach war, wollte ich Bianca alles erzählen.

»Als es ihr schlechter ging, wurden ihre Krankenhausaufenthalte länger und ich besuchte sie täglich. Neben dem Gefühl, nichts für sie tun zu können, war ich auch überzeugt davon, dass die Ärzte sie nur unzureichend behandelten. Sie nahmen sich meiner Ansicht nach kaum Zeit für sie und schenkten ihr viel zu wenig Beachtung. Ich hatte den Eindruck, dass Mama und ich in ihren Augen arme, unwichtige Personen waren. Manchmal musste ich dem Arzt regelrecht hinterherlaufen, um Auskunft zu erhalten. Einmal wurde sie sogar von ihm angeschnauzt, weil sie das Schmerzpflaster an der falschen Stelle aufgeklebt hatte. Das Gefühl, ihm und der gesamten Situation hilflos ausgeliefert zu sein, war unerträglich! Die Pfleger waren zwar nett, aber heillos überlastet. Die Krankenhausstation war überfüllt und platzte aus allen Nähten. Ich fühlte mich schrecklich und überlegte verzweifelt, was ich tun könnte. Mir war allerdings nur ein Mensch bekannt, der Einfluss hatte, reich war und der Mama vielleicht helfen könnte. Also nahm ich meinen ganzen Mut zusammen und rief meinen Vater an, auch wenn ich mir keine großen Hoffnungen machte. Immerhin hatte er sich fünfzehn Jahre lang darum gedrückt, sich um uns zu kümmern. «

Biancas Hand, die über meine streichelte, fühlte sich wie Balsam auf meiner Seele an, die ganz traurig wurde, als ich an diese Monate zurückdachte.

Nach einigen Sekunden des Schweigens sprach ich weiter. »Wie du dir vorstellen kannst, war er mehr als erstaunt, als er mich plötzlich am Apparat hatte. Aber zu meiner Überraschung und großen Erleichterung wimmelte er mich nicht ab, sondern setzte sich tatsächlich für meine Mutter ein. Er ließ sie in ein privates Krankenhaus verlegen, wo die Ärzte sich ins Zeug legten. Hier erhielt meine Mutter die Aufmerksamkeit, die sie verdiente. Allerdings hatte ich schon geahnt, dass es zu spät war. Leider bestätigten sich meine Befürchtungen, denn eine Heilung war nicht mehr möglich. Das Einzige, was man noch für sie tun konnte, war, ihr letzte Wochen voller Würde in einem liebevollen Hospiz zu schenken.« Ich schluckte. »Mein Vater ist kein besonderer Wohltäter oder Menschenfreund. Umso höher rechne ich es ihm an, wie er Mutter damals geholfen hat. Das werde ich nie vergessen.«

Bianca sah mich voller Bedauern an und drückte meine Hand. Erst nach einigen Momenten sprach ich weiter.

»Nach ihrem Tod nahm mein Vater mich in sein Haus auf. So erfüllte sich Mutters Traum sogar doch noch, und ich wurde mit fünfzehn ein Mitglied der angesehenen Familie Hartmann und bekam Aufstiegschancen, die mir sonst verwehrt geblieben wären. Aus den Erfahrungen meiner ärmlichen Kindheit, dem Schicksal meiner Mutter und meinem neuen Leben im Schoß der neureichen Familie hatte ich eine wichtige Lebenslektion gelernt. Nämlich was es bedeutete, Einfluss zu besitzen. Geld und Erfolg sind mehr als nur schnöder Mammon, denn sie können über Krankheit, Leben und Tod entscheiden. Sie ermöglichen einem ein sorgenfreies, gutes Leben, indem man nicht nur Luxus, sondern vor allem auch Gehör, Anerkennung und Respekt von allen Seiten erfährt. Und darüber hinaus ein würdevolles Sterben, wenn das Leben zu Ende geht.«

Unsere Blicke verhakten sich. Konnte Bianca meine Beweggründe für meine hochgesteckten Ziele und meinen Ehrgeiz nachvollziehen?

Ich atmete durch, ehe ich weitersprach. »Diese Erfahrungen prägen mich bis heute. Der brennende Wunsch entstand in mir, es meinem Vater gleichzutun und ich eiferte ihm nach. Ich hatte ja am eigenen Leib erlebt, was es bedeutete, Einfluss durch beruflichen Erfolg zu haben und was für einen gravierenden Unterschied dies im Leben machte. Kannst du das nachvollziehen?« Sie sah mich nachdenklich an und verschränkte ihre Finger mit meinen.

»Erfahrungen, die man als junger Mensch macht, prägen einen ein Leben lang«, antwortete sie mit ihrer sanften Stimme ein wenig ausweichend. »Wie ging es dann weiter?«

»Mir war klar, dass ich mich anstrengen und mein Bestes geben musste, um voranzukommen. In der Privatschule, in die ich fortan ging, war ich Klassenbester. Vater hat es sehr imponiert, dass ich als junger Mensch schon so strebsam war. Mein Erfolg und das Lob der Lehrer erregten seine Aufmerksamkeit, obwohl er dem Familienleben wegen seines Unternehmens sonst kaum Beachtung schenkte. Mein Ehrgeiz unterschied mich von meinen Geschwistern.«

»War das nicht eine sehr schwierige Situation für dich? Aber auch für deine Halbgeschwister und die Ehefrau deines Vaters muss das seltsam gewesen sein, dass du plötzlich da warst.«

»Anfangs lief es richtig gut. Nachdem die Trauer etwas abgeflaut war, freute ich mich sehr, dass ich Geschwister bekommen hatte. Ich fühlte mich gleich nicht mehr so allein und einsam. Und sie mochten mich als ihren großen Bruder auch sehr! Max war als Zehnjähriger extrem verschlossen und eigenbrötlerisch. Aber wir hatten sofort einen Draht zueinander. Als meine Stiefmutter erkannte, dass Max durch mich aus seinem Schneckenhaus herauskam, fand sie das toll.«

»Und deine Schwester?«, fragte Bianca.

»Marie?« Ich überlegte, was es über sie zu sagen gab. »Ich mochte sie sehr, aber sie hatte es nicht einfach mit uns beiden älteren Brüdern. Nicht, dass wir sie piesackten oder so. Nein, aber es war schwer für sie, überhaupt aufzufallen und aus unseren Schatten zu treten. Ich war der Musterknabe und Max das Sorgenkind. Für Marie, die nie auffällig wurde, gab es dazwischen wenig Platz, um zu glänzen.« Das war das erste Mal, dass mir das selbst so bewusstwurde. »Das gute Verhältnis zu meinen Halbgeschwistern verkehrte sich ins Gegenteil, nachdem ich mein Studium abgeschlossen hatte. Die Unterschiede zwischen Max und mir wurden immer deutlicher. Während ich mit vierundzwanzig meine erste Position als Generalmanager antrat, rasselte mein Bruder durchs Abi und trieb sich auf der Straße herum. Er begann sich mir gegenüber offen feindselig zu verhalten, genau wie Marie. Sie waren eifersüchtig auf mich. Aber Vater stand zu mir und fand ihr Verhalten mir gegenüber auch völlig unangebracht.«

»Oje, deine armen Geschwister.«

»Was? Ich war doch der Bemitleidenswerte! Ich schuftete und hängte mich für das Familienunternehmen rein und erntete dafür nur Undank und Neid von Max und Marie.« Ich verschränkte die Arme vor meinem Oberkörper.

»Tut mir leid, aber es muss absolut schrecklich sein, so einen Überflieger wie dich als großen Bruder vor die Nase gesetzt zu bekommen. Gegenüber dem man automatisch immer den Kürzeren zieht. Und dein Vater hat dich ihnen auch noch offen vorgezogen. Da hätte er doch einfühlsamer sein müssen«, sagte sie.

»Sie hatten aber genau dieselben Chancen wie ich, wenn nicht sogar bessere. Die beiden hätten sich selbst ja genauso anstrengen können.«

»Ich kenne deine Familie zwar nicht, aber Gras braucht seine Zeit, um zu wachsen. Max und Marie sind ja um einiges jünger als du. Vielleicht hätte man ihnen noch ein paar Jahre zugestehen müssen, um sich zu entwickeln.«

Ich war etwas baff, dass Bianca Stellung für meine neidischen, trägen Halbgeschwister bezog. Als Außenstehende konnte sie unsere komplizierte Familienkonstellation eben nicht nachvollziehen. Und wie es sich anfühlte, wenn man seine gesamte Energie und Herzblut für eine Firma aufopferte und von den anderen Sprösslingen deswegen geschnitten wurde.

»Jedenfalls hat Vater mir dieses Jahr erstmals in Aussicht gestellt, mir die Leitung des Familienunternehmens zu übertragen, wenn er in den Ruhestand eintreten würde. Meine Mutter wäre bestimmt außer sich gewesen vor Freude. Und seitdem arbeite ich noch härter und mit meiner ganzen Kraft darauf hin. Ich habe über die Jahre viele Opfer für mein großes Ziel gebracht.«

Bianca sah mich schweigend an. Ich konnte ihren Blick nicht deuten, aber unter ihm fühlte ich mich wieder wie ein Grundschüler. Drei Jugendliche gingen laut singend neben unserem Wagen vorbei. Sie stützten sich gegenseitig und hatten einen leichten Drall nach links. Plötzlich hatte ich großen Durst und Bianca wahrscheinlich auch. Ein heller Silberstreifen über den Häuserzeilen kündigte bereits wieder die Morgendämmerung an. Die romantische Stimmung der Sommernacht war verflogen. Heute hatte ich es ja gründlich versemmelt. Zuerst hatte ich Bianca mit meinem ungestümen Kuss überrumpelt und sie dann mit meiner Lebensgeschichte zermürbt. Und am Ende verstand sie meine Beweggründe womöglich nicht, warum ich Leiter des Familienunternehmens werden wollte. Das war nicht gut gelaufen. Und jetzt gähnte Bianca auch noch.

»Vielleicht sollten wir ins Bett gehen. Unterhalten wir uns morgen weiter? Danke fürs Heimbringen. Gute Nacht, Tom.« Sie beugte sich zu mir und hauchte mir nur einen flüchtigen Kuss auf die Lippen.

Die Versuchung war groß, meine Arme um sie zu legen und sie erneut an mich zu drücken. Aber ich war feinfühlig genug, es nicht zu tun. Bianca war todmüde und ich war es auch.

»Gute Nacht.« Ich überlegte, ob ich noch etwas sagen sollte, aber da fiel schon die Beifahrertür zu und ich sah nur noch ihre Rückseite.

Ich wartete noch ab, bis sie durch ihre Haustür ins Innere geschlüpft war. Dann startete ich den Wagen und fuhr auch nach Hause. Ich war frustriert und erschöpft, wollte nur noch kurz mit Bismarck rausgehen, den ich zu Hause gelassen hatte, und mich dann wenigstens für drei Stunden aufs Ohr legen.

14. Boccia

Bianca

»Good morning, buenos días, guten Morgen … Hakuna Matata.« Meine Begrüßung der Gäste und die Präsentation des Tagesprogramms fielen nicht so witzig aus wie sonst. Meine Augenlider waren schwer wie Boccia-Kugeln. Seitdem der Wecker mich heute Morgen aus dem Bett geklingelt hatte, ging mir die vergangene Nacht immer wieder durch den Kopf. Ich hatte geahnt, dass Tom stürmisch und leidenschaftlich sein konnte. Aber sein Kuss im Auto hatte meine Vorstellungen getoppt. Ich seufzte. Während die ersten gut gelaunten Urlauber versuchten, ihre bunten Plastikgeschosse neben der weißen Kugel zu landen, strich ich mit meinem Stift gedankenverloren über meine Lippen. Die Überlegung, wie er sich im Bett verhalten würde, wärmte meine Wangen und beschleunigte meinen Puls. O Gott. Kopfrechnen war mir gerade unmöglich und ich schätzte das Endergebnis der ersten Runde Pi mal Daumen.

Gestern Nacht hatte ich unseren Kuss im Auto unterbrochen, weil ich wissen wollte, woran ich mit Tom war. Wie würde es mit uns weitergehen? Er war absolut getrieben von der Idee, nach Deutschland zurückzukehren und dort die Leitung des Familienunternehmens in Frankfurt zu übernehmen. Die Beweggründe hatte er mir so ausführlich auseinandergesetzt, dass der Morgen bereits dämmerte, als er fertig war. Jetzt konnte ich seinen großen Traum, Geschäftsführer des Familienunternehmens zu werden, verstehen, und warum er ihm so viel bedeutete. Sein bisheriger Erfolg war ihm keineswegs in den Schoß gefallen. Ganz im Gegenteil, er war in schlichten Verhältnissen aufgewachsen und musste am eigenen Leib erfahren, was es bedeutete, arm zu sein. Seine geliebte Mutter war viel zu früh gestorben und danach hatte er seine Chance genutzt und sich in den folgenden Jahren mit viel Ehrgeiz nach oben gearbeitet. Das imponierte mir sehr. Kein Wunder, dass er zu einem zielstrebigen und selbstbewussten Menschen geworden war.

Dass er Mallorca in absehbarer Zeit wieder verlassen würde, hätte ich bei einem anderen Mann hingenommen. Ich dachte nie über die mögliche Dauer einer Beziehung nach, wenn ich eine begann. Ich war die Lebensfrohe, Fröhliche, die nichts zu ernst nehmen wollte. Ich hielt alles gern oberflächlich und unverbindlich, einschließlich meiner Liebesverhältnisse. Aber bei Tom war alles anders. Als ob er eine tiefere Schicht von mir erreichen würde, die ich seit meinem Weggang aus Österreich verschlossen hielt. Wenn ich daran dachte, dass Tom mich wieder verlassen würde, um nach Frankfurt zu gehen, war von meiner Leichtigkeit nicht viel übrig. Oder wenn ich mir vorstellte, dass er mit Sofia und Isabel durch die Bars zog und sie sich ihm an den Hals warfen. Wo war meine Lockerheit hin?

Mein Blick fiel auf das Blatt vor mir, auf dem ich die Teams notiert hatte. Sie spielten in Paaren zusammen, und die Ergebnisse der Teammitglieder wurden zusammengezählt. Der einzelne Spieler trat in den Hintergrund. In diesem Moment hatte ich eine Erkenntnis. Das Leben war nicht wie eine Schachtel Pralinen, wo man nicht wusste, was man bekommen würde, sondern eher wie ein Boccia-Spiel. Bei dem man nie wusste, was für einen Wurf sein Partner erzielen würde. Man konnte noch so gut spielen und sich bemühen, aber wenn der andere nicht so mitwollte oder konnte, würde man trotzdem verlieren. Deswegen bevorzugte ich die Single-Variante, in der jeder für sich allein verantwortlich war und bei der man von der Performance eines anderen unabhängig blieb. Genauso sollte es auch im Leben sein! Denn dann wusste man, woran man war, hatte keine Erwartungen und wurde nicht verletzt. So hatte mich Robertos Abgang auch nicht aus der Bahn werfen können, weil wir kein richtiges Paar gewesen waren. Tom hatte mir zwar den Kopf verdreht, aber mein Weltbild würde ich mir von ihm nicht verrücken lassen. Ich würde immer eigenständig und frei bleiben und mein Ding machen. So wie bisher. Männer kamen und gingen. Aber es war wichtig, sich nicht das eigene Spiel von ihnen verderben zu lassen. Damit war ich bisher in meinem Leben gut gefahren und so würde ich es weiter halten. Dieser Gedanke beruhigte mich. Egal, wie es mit Tom und mir weitergehen würde, ich würde mir meine Ungebundenheit bewahren.

***

Am Nachmittag rächte sich die durchgemachte Nacht schrecklich und ich sehnte mich nach meinem Bett. Träge saß ich neben Isabel auf einer Schaukel am Spielplatz, und wir schauten den Kindern beim Spielen zu. Glücklicherweise beschäftigten sie sich großteils allein, und wir mussten nur ab und zu von einem Sandkuchen kosten. Unter unserem Sonnensegel staute sich die Hitze und ich kämpfte gegen den Sekundenschlaf an. Niemand, der mich so sah, würde vermuten, dass ich in diesem Hotel für Action und Spaß zuständig war.

Da läutete mein Handy und riss mich aus meiner Apathie.

Es war Carmen. »Bianca, kommst du mal zur Rezeption, bitte?«

Nach zehn Jahren, in denen wir uns fast täglich gesehen hatten, war ich auf Carmen kalibriert wie eine hochsensible Wetterstation. Ihre Stimme war eine Spur höher als gewöhnlich und gleichzeitig versuchte sie, dies zu unterdrücken. Meine Sensoren kündigten an, dass irgendetwas im Busch war. Hatte es vielleicht mit Tom zu tun? Dieser Gedanke ersetzte mit einem Schlag einige Stunden Schlaf und ich fühlte mich hellwach. Isabel war netterweise einverstanden, dass ich sie für heute allein lassen konnte und ich machte mich auf den Weg zur Lobby.

Als ich die Hoteleingangshalle betrat, blieb ich wie angewurzelt stehen. Ungläubig näherte ich mich dem breiten Portal. Neben dem Eingang war ein lebensgroßes, knallbuntes Banner platziert worden. Darauf war mein Logo! Zuoberst spannte sich der Schriftzug *Upcycling Alcúdia* wie ein Regenbogen. Darunter war eine offensichtlich selbst gebastelte Jeanstasche abgebildet, aus der bunte Blumen, üppig wie ein farbenfroher Wasserfall, herauswuchsen. Danach war eine Ankündigung meiner Kurse abgedruckt. Ehrfurchtsvoll ging ich ganz nahe heran und befühlte sogar das Material. Damit hatte ich ja überhaupt nicht gerechnet! Dieser Aufsteller war bei Gregor, dem Designer, doch gar nicht in Auftrag gegeben worden. Tom musste es für mich als Überraschung bestellt haben. Und die war ihm so richtig geglückt. Es sah einfach großartig aus. Genauso wie das Banner hier vor mir war die Verwirklichung meines Traumes plötzlich zum Greifen nahe. Ich konnte meinen ersten Kurs jetzt ausschreiben. Vor Freude stiegen mir Tränen in die Augen. Mit einem Schlag wurde mir wieder bewusst, welche steinigen Wege Tom mir ebnete.

Carmen legte ihren Arm um meine Schulter und drückte mich an sich. Es war rührend, wie sie sich mit mir freute, dass mein großes Vorhaben endlich Realität wurde.

»Wo ist Tom?«, fragte ich schließlich. Mein Puls pochte sofort schneller. Ich wollte mich unbedingt gleich bei ihm bedanken.

»Er ist schon nach Hause gefahren. Er sagte, er müsse noch aufräumen«, antwortete sie.

Wie schade! Hatte er denn meine Reaktion beim Anblick der Überraschung gar nicht sehen wollen? Ein leichtes Gefühl der Enttäuschung stieg in mir auf. Andererseits musste er bestimmt dringend zu Hause sauber machen. Seine Küche war gestern ein einziges Schlachtfeld gewesen. Nachdem er im Morgengrauen nach Hause zurückgekehrt war, hatte er bestimmt nicht mehr geputzt. Ich versuchte, ein Grinsen zu unterdrücken.

»Warum lächelst du?«

Ich fühlte mich ertappt. Carmen und ich kannten uns zu gut, um etwas voreinander zu verbergen. Und jetzt schlugen ihre Sensoren prompt aus so wie meine zuvor. Also erzählte ich ihr, wie Tom und ich uns gestern die Nacht im Auto um die Ohren geschlagen hatten.

»Ihr habt euch geküsst?«, fragte sie ungläubig.

Ich nickte, und sie sah mich so erfreut an, als hätte ich eine verstopfte Badezimmertoilette gemeldet.

»Was wird das zwischen euch?«, fragte Carmen in dem Tonfall, in dem sie sonst die beiden Haushandwerker im Hotel herumschickte.

Meine Freundin war eine hoffnungslose Romantikerin, die an die große Liebe glaubte. Sie hatte nie ein Hehl daraus gemacht, dass sie meine zwanglose Affäre mit Roberto nicht gutgeheißen hatte. Wahrscheinlich würde sie mir jetzt die Leviten lesen, und ich ging innerlich schon mal auf Verteidigung. Mir war auch klar, dass ich nicht das beste Bild abgeben würde, wenn ich mit dem nächsten Generalmanager anbandelte. Der Ruf des Hoteldirektor-Wanderpokals war mir sicher! Aber ich ließ mir keine Vorschriften machen, mit wem ich zusammen war. Auch nicht von Carmen. Zu meiner Überraschung wurde der Blick meiner Freundin aber ganz mild.

»Du magst ihn, oder?«, fragte sie samtweich.

Ich sah auf den Boden und fühlte mich eiskalt erwischt. Sie hatte recht, ich mochte ihn. Ich zuckte mit den Schultern. »Ich mag aber auch Blumen, Tiere und Bocciakugeln.«

»Ach, du spinnst doch«, sagte sie lachend und tätschelte mir etwas fest den Hinterkopf. »Pass auf dich auf, ja?«, schlug sie einen eindringlichen Tonfall an, den man als filmreif bezeichnen konnte. So dramatisch, als müsste die Menschheit vor einem bösen Zauberer gerettet werden.

»Jawohl, Gandalf«, antwortete ich deshalb ebenso nachdrücklich, woraufhin sie mich in die Seite zwickte.

»Autsch!«, quiekte ich und wir lachten. Ich war froh, dass ich Carmen hatte. Sie war meine allerbeste Freundin.

Dann verabschiedeten wir uns und ich machte mich auf den Weg zu Tom, um mich zu bedanken und mein Rad abzuholen.

***

Es waren nur zwei Stationen mit dem Bus in Richtung Carrer Cranc, allerdings fühlte ich eine Anspannung, als würde ich dem Auge Saurons entgegenfahren. Mein Herz stolperte dahin, als der Bus an der Ausstiegsstelle hielt. Tom lebte in einer bezaubernden Gegend, in der sich Fincahäuser auf liebevoll gepflegten Gärten aneinanderreihten. Rosa und violett blühende Hibiskushecken wuchsen hinter typisch mallorquinischen Steinwänden, und ab und zu konnte ich zwischen zwei Grundstücken einen Blick auf die tiefblaue Bucht von Alcúdia werfen. Aber obwohl es so wunderschön hier war, konnte ich diesem bezaubernden Ort kaum Aufmerksamkeit schenken.

Als ich vor der Carrer Cranc Nummer zweiundvierzig ankam, war ich ziemlich verschwitzt. Neben meiner inneren Aufregung tat die drückende Hitze ihr Übriges dazu.

Ich warf einen Blick über die aus Steinen gezimmerte Mauer und sah einen kleinen, aber schönen Garten mit pink leuchtendem Oleander, Palmen und einem beeindruckenden Johannisbrotbaum mit braunroten Früchten. Diese Farbenpracht war gestern im Schein der schwachen Lichterkette nicht aufgefallen. Vor der gepflegten Villa mit typisch südländischem Flachdach war mein Fahrrad an einer Straßenlaterne angekettet, so wie ich es gestern verlassen hatte. Gestern stand das Einfahrtstor offen, heute war es verschlossen. Mein Herz pochte wie wild. Auf einmal war die Versuchung übermenschlich groß, einfach aufs Rad zu steigen, nach Hause zu fahren und mich ins Bett zu legen. Aber nein, ich stand vor seinem Haus und ich wollte mich bei ihm für die gelungene Überraschung bedanken. Ich würde mich nicht feige verdrücken.

Los, reiß dich zusammen! Ich atmete tief durch, ehe ich auf den runden Klingelknopf drückte, der auf einer weißen Plastikplatte neben dem Gartentor angebracht war. Nach einer halben Minute öffnete sich die Haustür. Da war Tom! Als er im Türrahmen stand, spürte ich Schmetterlinge im Bauch. Es konnten auch ein oder zwei Flugzeuge darunter sein. Ich war etwas irritiert über die Heftigkeit meiner Reaktion.

Bismarck kam knurrend aus dem Haus gelaufen. Als er mich erkannte, rotierte sein Schwanz wie ein Hula-Hoop und sein Kläffen ging in ein freudiges Winseln über. Erstaunlich, wie laut so ein kleines Lebewesen sein konnte.

»Psst. Herrchen will vielleicht schlafen«, sagte ich wenig einfallsreich, denn immerhin stand er schon am Eingang.

Tom trug beigefarbene Cargo-Shorts und ein weißes T-Shirt. Sein Haar stand feucht und verstrubbelt vom Kopf ab, wahrscheinlich hatte er vor Kurzem geduscht. Er sah so gut aus!

»Bianca! Du kommst gerade richtig«, sagte er, lächelte spitzbübisch und wedelte mit einem Geschirrtuch. Dabei grinste er von einem Ohr zum anderen. »Komm nur rein, das Gartentor ist offen.« Schon hatte er sich wieder umgedreht und war ins Innere verschwunden.

Damit ließ er mir überhaupt keine Möglichkeit zur Widerrede. Na toll. Ich hatte mich doch nur kurz bedanken und mein Rad abholen wollen und jetzt spazierte ich direkt in Toms Höhle. Zögerlich betrat ich den Garten, kraulte Bismarck kurz hinterm Ohr, stieg zwei Steinstufen hinauf und trat ein. Hinter dem Hündchen schloss ich die Haustür wieder.

Da ich gestern beim Abstellen der schmutzigen Teller schon hier gewesen war, kannte ich mich im Erdgeschoß bereits einigermaßen aus. Im Anschluss an den Vorraum befand sich ein zur Küche offenes Wohnzimmer. Die Böden waren durchgängig mit angenehm kühlen, terrakottafarbenen Fliesen bedeckt und die Klimaanlage trug dazu bei, dass man es hier drin gut aushalten konnte. Die Einrichtung bestand aus einem schlichten Highboard, einem orangen Sofa und einem fast leeren Bücherregal. Schon gestern war mir aufgefallen, dass das Haus wirkte, als würde hier jemand wohnen, der noch nicht alles ausgepackt hatte.

»Eigentlich wollte ich nur mein Fahrrad holen …«, sagte ich, als ich weiter zur Küche ging. Sie war mit ihren dunklen Holzschränken nicht vom modernsten Design, aber gerade deswegen wirkte sie irgendwie gemütlich.

»Warum hast du dann geläutet?«, fragte er mich grinsend und hielt mir einen Lappen hin. »Jetzt ist es jedenfalls zu spät. Ich habe vor zehn Minuten festgestellt, dass der Geschirrspüler leider nicht funktioniert. «

Das erklärte den Riesenberg schmutziger Teller, Gläser und Besteck, der rechts neben dem Abwaschbecken wartete. Ganz klassisch war ein Abteil der Wanne mit Lauge, das andere mit klarem Wasser gefüllt. Links davon befand sich ein erschreckend kleiner Stapel mit Tellern, die Tom bereits gereinigt und zum Abtropfen hingestellt hatte.

»Ich trockne ab«, grummelte ich, zog das Tuch aus seiner Hand und machte mich mit einem übertriebenen Seufzen an die Arbeit. Ich hatte kein Problem damit, ihm zu helfen, aber sehr wohl mit der Nähe zu ihm. Da war wieder dieses Gefühl der Verwirrung und der Angst, den Boden unter den Füßen verlieren zu können. Gott sei Dank waren meine Hände mit den Gläsern und Tellern beschäftigt. Das war jedenfalls besser, als ihn unentwegt wie hypnotisiert anzustarren. Frodo Beutlin wollte ja auch nicht in Saurons Auge schauen. Toms waren unwiderstehlich anziehend und gefährlich attraktiv. Ich musterte ihn unauffällig von der Seite. Er hatte sich verändert, seitdem ich ihn das erste Mal gesehen hatte. In letzter Zeit war er auch im Hotel lockerer gekleidet als anfangs, verzichtete auf eine Krawatte und rasierte sich oft nachlässig. So wie heute, wo ein dunkler Bartschatten seine markanten Wangen und männlichen Züge deutlich nachzeichnete. Ich war unentschieden, ob ich den rasierten Gilette-Mann attraktiver fand oder den Bad-Boy-Tom. Das Kribbeln in meinem Bauch trieb meinen Herzschlag an und seine Präsenz jagte meinen Puls in die Höhe. Deswegen versuchte ich mich auf das Trocknen des Geschirrs zu konzentrieren. Ein angespanntes Schweigen lag zwischen uns, während ich mit Feuereifer rubbelte. Nur das plätschernde Geräusch des Abwaschens war zu hören. Als ich mir das nächste Glas aus der Spüle herausziehen wollte, passierte es. Er legte zur selben Zeit eines hinein, und unsere Hände berührten sich. Sofort ließ ich das Glas wieder in den Wasserbehälter fallen und zuckte zurück, als hätte ich mich verbrannt. Zum Glück besaß Tom stabiles Qualitätsgeschirr und nichts ging zu Bruch.

Tom lachte heiser. »Bist du etwa nervös?«, fragte er und grinste schelmisch. Er griff in den Trog und überreichte mir das verlorene, tropfnasse Glas wie eine langstielige Rose.

»Quatsch, warum sollte ich?«, fragte ich mit leicht piepsiger Stimme und es erschien mir, als würde die Kühlung der Klimaanlage wirkungslos im Raum verpuffen. Ich nahm das Gefäß von ihm entgegen und räusperte mich. Jetzt war ein guter Moment, das loszuwerden, weswegen ich eigentlich hergekommen war.

»Vielen Dank für den Aufsteller mit dem Upcycling-Alcúdia-Logo. Ich hab mich riesig gefreut«, sagte ich aufrichtig.

»Keine Ursache. Das Teil hab ich Gregor noch als Goodie abgeschwatzt, als wir letztens telefoniert haben. Die Flyer sind übrigens auch schon gekommen. Ich kann sie dir nachher zeigen.«

»Die Flyer, echt jetzt? Danke, Tom!«, rief ich hellauf begeistert. Wenn sie nur halbwegs so toll waren wie der Entwurf und das Roll-up-Banner, dann wären sie der absolute Hit. Meine berufliche Zukunft und Unabhängigkeit nahmen rasant Formen an. Sofort war ich wieder etwas gerührt, weil er mich so sehr unterstützte. Mir wurde bewusst, wie schnell ich mit seiner Hilfe in den letzten Wochen weitergekommen war.

»Ich weiß nicht, wie ich mich jemals bei dir erkenntlich zeigen soll.« Ich glaubte mich zu erinnern, genau dasselbe schon einmal gesagt zu haben. Egal, das konnte nicht oft genug erwähnt werden. »Wir können uns gerne mal wieder zum Brunch treffen und Mallorquinisch lernen, wenn du willst!«

Tom sah nachdenklich ins Spülbecken. »Das musst du nicht, ehrlich. Vergiss unseren Deal. Ich mache das gern für dich und ich unterstütze dich auch weiter mit deinem Upcycling-Start-up. Ganz ohne Gegenleistung. Ich will nicht, dass du denkst, mir irgendetwas schuldig zu sein. Oder dass du dich mir gegenüber zu irgendetwas verpflichtet fühlst.«

»Außer zum Abtrocknen«, scherzte ich. Damit entlockte ich Tom ein leichtes Lächeln. Ich mochte es, wenn er mich mit diesem Schmunzeln ansah, das haarfeine Linien in seine Augenwinkel zauberte. Dann hatte sein Gesicht diesen schelmischen, jungenhaften Ausdruck, in den ich mich verlieben könnte.

»Das ist aber mein voller Ernst«, bekräftigte er seine Aussage, hob seinen Blick und sah mir direkt ins Gesicht.

Die Schmetterlinge hoben ab und auf einmal fühlte ich mich von Tom so sehr angezogen, dass ich mein Geschirrtuch um meine Handfläche zwirbelte, um an mich zu halten. Nichts wollte ich mehr, als seine Lippen wieder auf meinen zu spüren, so wie gestern. Mir wurde bewusst, dass ich bereit war, die rote Linie zwischen uns noch einmal zu überschreiten. Und noch viel weiter zu gehen. Was würde aus meiner Unabhängigkeit, wenn ich mich auf Tom einließe? Könnte ich ihm vertrauen? Andererseits: Ich sollte die Kirche im Dorf lassen. Nur weil ich ihn umwerfend attraktiv fand und der ungewöhnlich starken Anziehung, die er auf mich ausübte, nachgab, bedeutete das noch lang nicht, dass wir eine Bindung eingingen. Eine lockere Beziehung, genau wie meine bisherigen, würde perfekt passen. Denn da Tom in absehbarer Zeit nach Deutschland zurückkehren würde, war das auch in seinem Sinne.

»Du willst also keine sexuellen Gefälligkeiten als Gegenleistung für den Aufsteller und die Flyer?«, fragte ich, um der Situation ein wenig von ihrer Ernsthaftigkeit zu nehmen. Gleichzeitig senkte ich mein Kinn und warf ihm einen Augenaufschlag zu. So locker, wie ich mich gab, war ich allerdings überhaupt nicht. Ganz im Gegenteil. Mein Herz trommelte gegen meinen Brustkorb, mein Mund war staubtrocken und meine Beine fühlten sich schwach an. Toms rechte Augenbraue wanderte nach oben. Er ließ den Spüllappen ins Becken fallen und kam langsam näher. Sein Adamsapfel bewegte sich fast unmerklich auf und ab. Ich konnte meinen Blick nicht von seinen einladenden Lippen abwenden und mein Herz stolperte dahin.

»Du weißt, was für ein Kopfkino du bei mir auslöst?«, brummte er mit rauer Stimme.

Ich nickte schuldbewusst und knabberte an meiner Unterlippe. Meine Atmung wurde flach und unsere Blicke verhakten sich. Sein Gesicht befand sich nur noch eine Handbreit von meinem entfernt, und ich schloss meine Augen. Ich öffnete meinen Mund ein wenig, und als Nächstes spürte ich seine Lippen. Sie drückten sanft gegen meine und umspielten sie zärtlich wie gestern im Auto. Tom drückte mich sachte gegen die Arbeitsplatte. O mein Gott, Tom konnte küssen! Ich schnaufte auf. Sein Duft, in dem sich Leder, Zedernholz und sein spezifischer Geruch vereinten, vernebelten mir beinahe die Sinne. Darin könnte ich mich baden, eintauchen und untergehen. In meinem ganzen Körper kribbelte es. Ich legte meine Hände um seinen Nacken und presste mich an ihn. Daraufhin umfasste er meine Taille und drückte mich an sich, sodass ich mich ihm noch näher fühlte. Rasch steigerte sich die Intensität unseres Kusses. Doch ich wollte mehr von ihm, noch viel mehr. Wir öffneten unsere Lippen zur selben Zeit, und sofort begannen unsere Zungenspitzen, sich gegenseitig zu erkunden. Ich schmeckte einen Hauch dunkler Schokolade und Kaffee. Seine Berührung erweckte das unsinnige Gefühl, dass ich zum allerersten Mal in meinem Leben geküsst wurde. Gleichzeitig löste er aber auch Empfindungen in mir aus, die sich vertraut anfühlten. Er versuchte ein Stöhnen zu unterdrücken, und ich spürte, wie sehr er mich begehrte. Seine Nähe war so aufregend, dass meine Knie leicht zu zittern begannen. Als seine Hände unter mein Top glitten, atmete ich schwer auf. Ich ließ meine

Fingerspitzen ebenfalls unter sein T-Shirt und seinen Rücken nach oben wandern. Schließlich krallte ich mich sanft an seinen Schulterblättern fest. In meinem ganzen Körper pulsierte es heftig. Da löste Tom sich keuchend von mir. Sein heißer Atem strich über meine Wange.

»Komm, gehen wir ins Schlafzimmer?«, fragte er mit kehliger Stimme, und sein Brustkorb hob und senkte sich. Aufgeregt bemerkte ich, dass seine Shorts sich im Schritt ein wenig ausgebeult hatten.

»O ja«, hauchte ich. Er nahm mich an der Hand und zog mich hinter sich her die Treppen hinauf. Vor einer offenstehenden Tür hob er mich auf seine Arme, als wäre ich federleicht, und trug mich zu seinem Bett.

15. Wie der Wind

Tom

Das anschwellende Piepsen meines Handyalarms vermischte sich mit Hundegebell. Ich fuhr aus dem Schlaf hoch und streckte meinen Arm zum Nachttisch aus, um den nervenden Ton abzustellen.

»Schhh, Bismarck«, murmelte ich. Auf der linken Bettseite lag Bianca mit dem Rücken zu mir. Ich schmiegte mich an ihren warmen, weichen Körper. Zärtlich legte ich meinen Arm um ihren Bauch. Dann schob ich vorsichtig ihre langen, festen Haare von ihrem Hals zur Seite, um sie im Nacken zu küssen. Sie rekelte sich und brummte schlaftrunken etwas, das sich so anhörte wie »Kumm' glei…« Dann streckte sie ihren Körper und drehte sich von der Seite auf den Rücken. Ihr zerzaustes brünettes Haar, das im Licht der ins Fenster einfallenden Sonne rötlich wirkte, umspielte ihr süßes Gesicht. Sie öffnete ihre Augen, blinzelte mich an und lächelte.

»Guten Morgen!« Ich beugte mich über sie und berührte sanft ihre Lippen.

»Hallo«, sagte sie und strahlte mich schlaftrunken an. Sie sah so anziehend aus. Ihre schön geschwungenen, sinnlichen Lippen verführten mich zu einem weiteren Kuss. Als ich mich von ihr lösen wollte, versuchte sie mich wieder an sich zu ziehen.

»Komm, wir müssen aufstehen«, sagte ich lachend und wand mich aus ihren Armen, die mich umschlungen halten wollten. Die Versuchung war groß, einfach im Bett zu bleiben und blauzumachen, aber das ging nicht. Heute hatte ich einige wichtige Termine, unter anderem mit Fernando Lopez wegen der Hotelrenovierung. Wenn alles klappte, würden wir in ein paar Stunden die Verträge unterzeichnen. Deswegen erhob ich mich, tapste ins Bad und stellte mich unter die Dusche. Ich ließ kaltes Wasser auf mich herunterlaufen, um richtig wach zu werden. Die Nacht war wieder kurz gewesen. Und heiß. Danach begann ich, mich vor dem Waschbecken zu rasieren. Gerade als ich fertig war und mir den letzten Rest von Schaum mit der Klinge von der Wange entfernte, kam Bianca ins Bad. Sie betrachtete mich schmunzelnd.

»Weißt du, dass du mich so schön glattrasiert immer an den Mann aus der Gillette-Werbung erinnerst?«, sagte sie, als sie unter die Dusche schlüpfte.

»Das hat mir zwar noch keine Frau gesagt, aber ich nehm das mal als Kompliment?«, antwortete ich fragend.

»Ja, das kannst du ruhig. Verflixt, ist das Wasser kalt!«, rief sie und ich hörte ihr fröhliches Lachen, bei dem mein Herz anschwoll und sich ein Lächeln auf meine Lippen legte.

Während Bianca singend unter der Dusche stand, ging ich pfeifend nach unten, schaltete die Filterkaffeemaschine ein und machte mich dann mit Bismarck zu einer kleinen Runde auf. Während ich zusah, wie er jeden einzelnen Baum gewissenhaft beschnupperte, überlegte ich, was ich daheim im Kühlschrank hatte, um uns Frühstück zu machen. Ich wusste noch viel zu wenig von Bianca. Nicht einmal, was sie am liebsten aß. Aber das würde ich rasch ändern. Ich freute mich riesig darauf, das und noch viel mehr in der nächsten Zeit über sie herauszufinden. Künftig musste ich regelmäßig einkaufen gehen und nicht nur Kaffee, Wasser und Hundefutter besorgen, denn ab jetzt würden wir sicher öfter zu Hause sein. Dann würden Bianca und ich gemeinsam kochen, was ich mir total schön vorstellte. Bislang hatte ich die Küche so gut wie gar nicht benutzt, sonst wäre mir auch die Sache mit dem Geschirrspüler früher aufgefallen. Da fiel mir ein, dass die Teller immer noch nicht alle sauber waren. Gerade als wir zurückkamen und um die letzte Kurve vor meinem Haus bogen, sah ich Bianca. Sie hantierte an ihrem Fahrrad, das sie an dem Laternenpfahl vor meinem Haus festgekettet hatte. Was machte sie denn da? Wollte sie schon weg? Wäre sie etwa gefahren, ohne sich von mir zu verabschieden? Ich spürte ein Gefühl von Enttäuschung in mir aufsteigen.

»Musst du schon los? Ich könnte uns doch Spiegeleier braten …«, sagte ich und blieb vor ihr stehen. Sie hatte bereits ihr Fahrrad losgekettet und ein Bein auf die andere Seite des Sattels geschwungen.

»Oh, das ist lieb von dir. Aber ich muss mich beeilen, ich muss noch nach Hause und mich umziehen. Sonst komm ich noch zu spät zur Arbeit, und das sieht der Boss nicht so gern«, sagte sie und zwinkerte mir zu.

»Ach so, das ist natürlich was anderes …«, antwortete ich mit einem schiefen Grinsen. Schon setzte sie sich auf den Fahrradsitz und platzierte ihren Fuß auf dem Pedal, um auf und davon zu fahren. Da ging ich auf sie zu und zog sie in meine Arme. Sie versteifte sich ein wenig. Ich ließ meinen Mund sanft über ihre weichen Lippen gleiten. Endlich entspannte sich ihr Körper, und sie legte ihre Hände in meinen Nacken. Wir verabschiedeten uns so zärtlich, wie es sich nach so einer Nacht gehörte.

»Bis später«, hauchte sie, als wir uns voneinander gelöst hatten. Sie lächelte mich an, dann radelte sie davon. Ich sah ihr noch nach, bis sie hinter der Biegung verschwunden war.

Ein eigenartiges Gefühl beschlich mich. Nach dieser Nacht war ich Bianca endgültig verfallen. Aber wie war es umgekehrt? War sie auch in mich verliebt? Ich hoffte es, war aber nicht ganz sicher. Denn die Art und Weise, wie sie gerade überhastet aufgebrochen war, erinnerte ein wenig an eine Flucht. Nicht einmal die Flyer hatte ich ihr noch zeigen können, über deren Eintreffen sie gestern so erfreut gewesen war. Vielleicht ging ihr alles zu schnell? Bestimmt musste ich nur darauf achten, sie nicht zu sehr einzuengen, und dann würde sich mit der Zeit alles perfekt zwischen uns einspielen.

***

In den darauffolgenden Wochen übernachtete Bianca oft bei mir, aber nicht jeden Tag. Ich war so verliebt, dass ich sie am liebsten von früh bis spät um mich gehabt hätte. Aber Bianca benötigte ihre Freiräume, das hatte ich erkannt und akzeptiert. Sie wollte immer wieder mal allein sein. Danach freute ich mich umso mehr, sie wiederzusehen. Im Hotel hatten wir unsere Liebesbeziehung von Anfang an offengelegt. Erst mochte es vielleicht einige überraschte Blicke unter der Belegschaft gegeben haben, als wir uns im Restaurant vor den Augen aller küssten. Einige dachten sicher spöttisch, dass Bianca jetzt mit dem nächsten Generalmanager anbandelte, aber die hatten keine Ahnung, wie verliebt wir waren. Biancas Freunde standen voll hinter ihr, und auch mir begegneten meine Mitarbeitenden freundlicher als früher. Das Betriebsklima war endlich so, wie ich es mir am Anfang gewünscht hatte. Und das, obwohl meine Mallorquinisch-Kenntnisse sich nur langsam verbesserten. Die Renovierung des Hotels schritt indes zügig voran und die Zusammenarbeit mit Fernando und Alvaro lief sehr gut. Nach dem kleinen Einbruch der Buchungslage im Frühsommer war die Auslastung im Alcúdia Bonita akzeptabel und die Ergebnisse des Sommers insgesamt gar nicht so schlecht. Vater, mit dem ich regelmäßig telefonierte und ihm Bericht erstattete, wirkte auch zufrieden. Allerdings würde ich ihn sehr bald damit konfrontieren müssen, dass sich sein gehobenes Konzept der Exklusivität an dieser Lage in Alcúdia nicht vollständig umsetzen ließ. Mit der Küche und mit der Animation hatte ich aus guten Gründen eigenmächtig eine andere Richtung eingeschlagen.

So war es Mitte September geworden und die Tage waren nicht mehr ganz so heiß. Außerdem wurde es allgemein etwas ruhiger in Alcúdia. Bald würde Bianca ihre ersten Workshops abhalten. Neben dem Kiesweg, der zum Strand führte, waren weiße Holztische unter schattigen Palmen aufgestellt und ein farbenfroher Polsterkissen-Sitzkreis dafür platziert worden. Es gefiel mir sehr, mit welcher Energie und Begeisterung sie die Organisation in die Hand genommen hatte. Durch Abhalten einiger Probe-Workshops mit Freundinnen war sie optimal vorbereitet. Dass Bianca so fokussiert und konzentriert auf ihr Ziel hinarbeitete, war eine positive Überraschung für mich. Hilfe meinerseits lehnte sie ab, denn sie wollte alles allein bewerkstelligen. Einzig die Online-Plattform ließ sie sich von mir zeigen, über die die Anmeldung zu den Workshops lief. Schließlich waren Biancas Kurse in der Buchungs-App freigeschaltet worden. Das war der Startschuss und ab sofort konnten sich die Gäste des Alcúdia Bonita sowie anderer teilnehmender Hotels für Biancas Upcycling-Lehrgänge anmelden. Auch ein Registrierungsformular aus Papier wurde an der Rezeption ausgelegt. Biancas Aufregung wuchs. Aber ich war mindestens ebenso nervös wie sie.

***

Am Freitagmorgen schaute ich wie jeden Tag als Erstes in die Buchungs-App. Oje. Es war immer noch keine Anmeldung für einen der Upcycling-Workshops eingegangen! Dabei sollte es in vier Tagen losgehen. Ob das Programm vielleicht eine Fehlfunktion hatte? Nein, denn die Buchungen für den Ausflug nach Palma de Mallorca, für den man sich auch einschreiben konnte, liefen hervorragend. Gerade jetzt, wo die Hitze etwas nachließ, bestand großes Interesse an Aktivitäten, die über Wassersport hinausgingen. Auch auf dem Anmeldeformular in Papierform, das an der Rezeptionstheke auslag, stand noch kein einziger Name. Ich machte mir große Sorgen, dass Bianca mit ihrem Traum Schiffbruch erleiden könnte. Das Startup war ihr absolutes Herzensprojekt.

Da Carmen gerade nicht hier war, checkte ich ein Pärchen aus Wien ein. Ute Hofmanns Blick blieb an den mit lilafarbenen Orchideen bestückten Marmeladengläsern hängen, die der graubraunen Wand hinter der Rezeption einen lebendigen und fröhlichen Charme verliehen.

»Sicher kein Müll«, sagte ich, nahm einen von Biancas Upcycling-Flyern vom Stapel und faltete ihn an der entsprechenden Stelle auf. Obwohl Bianca es mir verboten hatte, ihr zu helfen, machte ich hinter ihrem Rücken heimlich Werbung für sie. Wir waren doch ein Team und es war selbstverständlich, dass ich sie unterstützte. Zumindest, wenn sie es so wie jetzt nicht mitbekam. Es war Zumba-Zeit, und ich hörte ihre Stimme deutlich vom Pool herüberschallen.

»Wie bitte?«, fragte Ute und folgte meinem Zeigefinger, der auf der Broschüre lag.

»Nächste Woche finden Upcycling-Workshops statt, bei denen ausrangierten Dingen ein zweites Leben geschenkt wird. *Sicher kein Müll: Do it yourself Deko & Möbel* findet am

Dienstag statt. Und am Donnerstag gibt es den Kurs *Plastic is fantastic*. Dabei werden PET-Flaschen, die in den Straßen von Alcúdia aufgesammelt worden sind, in Halsketten und Armbänder verwandelt. Wäre das nicht etwas für Sie? Dann hätten Sie auch gleich ein schönes Mitbringsel für zu Hause, das garantiert made in Mallorca ist.«

Ute schaute ganz entzückt. »O ja, das ist wirklich sehr hübsch! Und was ist das da?« Sie tippte auf die Seite des Folders, auf der eines von Biancas Sommerkleidern abgebildet war.

»Das ist die Samstagsaktivität: *Gar nicht spießig: Männerhemden mal anders*«, antwortete ich, worauf Utes Mann, der ein weißes Hemd trug, mit einem Räuspern auf sich aufmerksam machte. Er linste über die Schulter seiner Frau auch auf die Werbebroschüre.

Ute kicherte und schlang den Arm um die Hüfte ihres Mannes. »Wo kann ich mich anmelden? So eine Halskette möchte ich mir auch basteln.« Ich freute mich riesig, als endlich der erste Name auf die Liste wanderte.

***

Am Abend kam Bianca mit hängenden Schultern in mein Büro geschlurft. Ich konnte ihr direkt ansehen, dass sie niedergeschlagen wie nie war.

»Hey«, sagte ich. Sie ließ sich auf einen Stuhl gegenüber meinem Schreibtisch fallen. »Ist alles okay?«

»Ja, ich bin nur etwas müde«, antwortete sie matt und stützte ihren Kopf in ihre Hände. »Alvaro hat mich gefragt, ob wir morgen auf das Weinfest nach Binissalem mitkommen möchten. Jordi und Javier werden auch da sein. Gehen wir?«, fragte ich. Es würde ihr guttun, wenn wir ausgingen, um auf andere Gedanken zu kommen. Biancas Freundeskreis hatte mich mit offenen Armen aufgenommen. Wir wurden häufig irgendwohin eingeladen. Mit Alvaro, der wegen der bereits begonnenen Renovierung oft im Haus war, verstand ich mich besonders gut.

»Ach«, seufzte sie, »ich weiß nicht. Mir ist so gar nicht nach Feiern zumute.«

»Wegen der Kurse?«, fragte ich.

»Ja, wie soll ich den Riesenansturm nur bewältigen?«, fragte sie und lachte trocken. »Aber immerhin hat sich heute eine Dame angemeldet.«

»Na, siehst du. Du musst einfach Geduld haben und die Leute immer wieder auf dein Angebot hinweisen. Das wird schon«, versuchte ich sie aufzumuntern. »Außerdem macht es die Masse aus. Über Veranstaltungsagenturen könntest du noch viel mehr Interessenten erreichen.«

»Ja, aber in deren Datenbanken muss ich es auch erst mal hineinschaffen«, gab Bianca frustriert zurück.

»Hast du das *Deutschen Netzwerk auf Mallorca* schon kontaktiert, von dem ich dir erzählt habe? Laut Vater kennen die Gott und die Welt auf der Insel. Ich denke, das könnte wirklich hilfreich für dich sein«, sagte ich.

»Ich habe mehrmals angerufen, bis ich heute endlich zur Chefin durchgestellt wurde. Lisa Schmidt hat mich allerdings abgewimmelt. Sie hat gesagt, dass im Moment keine neuen Mitglieder aufgenommen werden«, sagte Bianca mutlos.

»Hm. Soll ich mal ein wenig rumtelefonieren?«

»Nein, danke, ich möchte die nächsten Schritte alleine bewältigen. Sonst habe ich nicht mehr das Gefühl, dass es mein eigenes Geschäft ist. Du weißt, es ist mir sehr wichtig, unabhängig zu sein. Du hast mir schon viel zu viel geholfen.«

»Was? Das Einzige, bei dem du dich von mir hast unterstützen lassen, war die Erstellung deiner Werbeunterlagen. Und das auch nur, weil wir einen Deal hatten, weißt du noch?«

»Klar. Ehe wir zusammengekommen sind, war das auch okay für mich. Da hatten wir eine Abmachung als Geschäftspartner. Du hast mir beim Marketing geholfen, im Austausch gegen meinen Mallorquinisch-Unterricht.«

Ich legte meinen Kopf schief und wackelte mit meinen Brauen. »Und sexuelle Gefälligkeiten vom Gillette-Mann.«

»Ha! Die habe ich ganz umsonst gekriegt!«, rief Bianca und lachte endlich wieder. Dann kam sie zu mir, setzte sich auf meinen Schoß und schmiegte sich eng an mich. »Macht es dir was aus, wenn ich das Wochenende mal für mich allein bleibe? Ich möchte ein bisschen in meinen vier Wänden sein und vielleicht fahre ich mit Carmen nach Palma.«

Es schmerzte mich, dass sie sich immer noch vor mir zurückzog. Und dass sie ihren Kummer wegen dem schlechten Start der Kurse nicht mit mir teilen wollte, sondern lieber alleine damit blieb. Geteiltes Leid ist halbes Leid, so hieß es doch. Aber ich fühlte, dass sie sich umso schneller abkapseln würde, je mehr ich sie bedrängte.

»Natürlich«, antwortete ich deshalb, und sie lächelte mich an. Dann küssten wir uns so intensiv, dass ich uns am liebsten sofort ein freies Zimmer gesucht hätte, damit wir über einander herfallen konnten. Doch sie löste sich aus meiner Umarmung und rückte von mir ab.

»Super, dann sehen wir uns am Montag. Und geh doch mit Alvaro aus, das Fest ist absolut spitze. Du kannst mir vorher Bismarck vorbeibringen, wenn du möchtest«, sagte sie gleichmütig, als sie zur Tür ging. Dort drehte sie sich noch einmal um und warf mir einen Luftkuss und ein Lächeln zu. Dann verschwand sie.

Ich sah ihr frustriert nach. Zwei ganze Tage würden wir uns jetzt nicht sehen und drei Nächte! Bianca war wie ein Windhauch, den ich nicht einfangen konnte. Obwohl zwischen uns, wenn wir zusammen waren, alles perfekt zu sein schien. In der Nacht konnten wir die Finger nicht voneinander lassen und tagsüber hatten wir Spaß miteinander. Wir verstanden uns super. Bianca war meine absolute Traumfrau. Und ich spürte doch, dass sie mich auch mochte. Aber kaum glaubte ich daran, dass sie ebenso vernarrt in mich war wie ich in sie, kam prompt eine kalte Dusche und sie zog sich zurück. Auch wollte sie nicht sehr viel von sich preisgeben, zum Beispiel was ihr früheres Leben in Wien betraf. Am Wochenende hatte sie mit ihrer Schwester Anna telefoniert. Als ich nach ihren Eltern fragte, lenkte sie ab und wechselte das Thema. Dabei wollte ich am liebsten alles über sie wissen. Und nicht nur, dass sie gern schwarze Oliven aß. Was mich stutzig machte, war, dass sie überhaupt nicht eifersüchtig zu sein schien. Klar hätte ich auch nichts dagegen, würde sie ohne mich, nur mit ihren Freundinnen, auf ein Weinfest gehen. Aber ich wäre bestimmt nicht so gleichmütig und würde sie noch ermutigen. Oder sollte ich das ganz einfach als positives Zeichen ihres unerschütterlichen Vertrauens in mich werten? Ich musste eben noch mehr Geduld mit uns beiden haben. Und ihr vielleicht doch ein wenig in beruflicher Hinsicht helfen, damit sie sich nicht wegen ihrer Workshops sorgen musste. Dann wäre sie bestimmt entspannter und würde wieder öfter bei mir sein wollen. Glücklicherweise hatte ich da schon eine Idee, wie ich Biancas Unternehmen unauffällig ein wenig pushen konnte.

***

Den ganzen Samstagvormittag telefonierte ich herum. Gerade wählte ich die fünfte Nummer, die mir von Lisa Schmidt, der Organisatorin des *Deutschen Netzwerks auf Mallorca*, übermittelt worden war. Nach der der Erwähnung meines Vaters bei meinem Anruf hatte sie mir praktisch den roten Teppich ausgerollt. Dass ich seine Kontakte für die Unterstützung von Biancas Upcycling-Start-up nutzte, war vielleicht ein wenig dreist, aber ich würde mich natürlich bei Gelegenheit bei ihr revanchieren. So funktionierte Networken eben. Eine Hand wäscht die andere. Lisa Schmidt hatte geschäftig versprochen, Biancas Unternehmen mit ihrem Team mit ganzem Einsatz zu promoten. Da zeigte es sich wieder einmal, was für eine Macht man mit einem erfolgreichen Namen hatte und welche Türen man sich öffnen konnte. Da uns die Zeit davonlief, rief ich einige erfolgversprechende Kontakte gleich persönlich an.

»Peter Baumann«, hörte ich die Stimme des Managers von Sun'n'Fun, einer bekannten Eventagentur auf Mallorca. Wie ich online gesehen hatte, fanden sich in seinem

Katalog Segelkurse genauso wie Yogalehrgänge bis hin zu Workshops im Goldwaschen. Ich stellte mich ihm vor und umriss Biancas Upcycling-Kursangebot, das meiner Meinung nach perfekt in das Sortiment passte. Ich erwähnte, dass es für nächste Woche sogar noch freie Plätze für Kurzentschlossene gab.

»Hm. Das hört sich wirklich sehr interessant an. Ich glaube, da können wir ins Geschäft kommen«, sagte er zu meiner Freude.

Ich gab ihm noch die Adresse von Biancas Website durch, die auch schon online war, sowie die Informationen zur Buchungs- und Anmeldeprozedur.

Diese Telefonate waren ja schon mal super verlaufen. Aber das war erst der Anfang. Danach nahm ich einen großen Stoß von Biancas Flyern und besuchte damit die umliegenden Hotels, die auch an der Aktivitäten-Buchungsplattform teilnahmen. Dabei lernte ich die Geschäftsführer kennen, hatte nette Gespräche und ließ Informationsmaterial da. Ich hoffte, dass die Anmeldungen zu Biancas Upcycling-Kursen jetzt Fahrt aufnehmen würden.

16. Serra de Tramuntana

Bianca

Am Sonntagvormittag war die Versuchung, Tom anzurufen, beinahe übermächtig. Ob er gestern mit Alvaro, Javier und Jordi auf dem Weinfest in Binissalem gewesen war? Ich hatte den ganzen Samstagabend bereut, Tom auch noch ermutigt zu haben, mit den anderen Jungs hinzugehen. Das war ein miserabler Vorschlag von mir gewesen. Ich wusste, wie sehr die Frauen auf den gutaussehenden Alvaro abfuhren, und er ließ nichts anbrennen. Würde Tom sich verführen lassen? Ich war eben frustriert gewesen wegen des miserablen Interesses an meinen Kursen und wollte allein sein. Jetzt vermisste ich seine starken Arme umso mehr, in die ich mich tröstend drücken konnte. Seine Küsse, sein Lachen und seine Stimme fehlten mir wie die Luft zum Atmen. Wenn wir zusammen waren, dann überkam mich jedes Mal ein Gefühl der Ruhe und ich spürte, dass alles in Ordnung war. Aber diese Gedanken waren nicht gut für mich, rief ich mich zur Vernunft.

Seufzend setzte ich mich an den Küchentisch und rief zum gefühlt tausendsten Mal die Buchungs-App auf meinem Handy auf. Ein Psychologe würde seine Freude an mir haben und den Masochismus ausgiebig erforschen können. Denn immer wieder führte ich mir vor Augen, dass sich nur eine einzige Person für mein Upcycling interessierte. Tom hatte zwar gemeint, ich müsste Geduld haben und dass der Aufbau eines Unternehmens seine Zeit brauchte, aber trotzdem fühlte ich mich wie eine Versagerin.

Die Seite mit den Workshops baute sich auf meinem Handydisplay auf. Oha. Was war denn das? Am Dienstag war beim Schmuckbasteln nur noch ein Platz frei – von neun! Konnte das sein, war das hier überhaupt der richtige Kurseintrag? Ja, das war er, das war mein Workshop! Mein Puls beschleunigte sich rasant, und ich sprang von meinem Stuhl auf. Und *Plastic is fantastic* war sogar ausgebucht! Ich hüpfte in meiner kleinen Wohnküche auf und ab, lachte und vollführte Salsa-Schritte. Am Samstag waren nur noch drei Plätze verfügbar. Ich fühlte mich mit einem Schlag frei und glücklich. Ich war kein Loser, ich schaffte es, mir meine Zukunft aufzubauen und unabhängig zu leben. Sofort wollte ich Tom von der glücklichen Wendung erzählen. Ich nahm mein Handy und wählte seine Nummer.

***

»***** *Ab sofort betrachte ich Müll mit anderen Augen. Beide Daumen hoch! Ute aus Wien*

***** *Endlich habe ich eine sinnvolle Verwendung für die langweiligen karierten Hemden meines Mannes gefunden. Beate aus Ingolstadt*

***** *Der Upcycling Kurs hat einfach nur Spaß gemacht. Anke aus Flensburg«*, las ich Tom zwei Wochen später die ersten Bewertungen aus dem Buchungsportal vor. Sie waren superpositiv ausgefallen!

An unserem freien Sonntag saßen wir auf der Terrasse am Pool vor Toms Haus, brunchten gemütlich und ich scrollte nebenher am iPad. Wir hatten uns Ensaïmadas, getoastetes Schwarzbrot, Ziegenkäse, Chorizo sowie Tomaten und Olivas trencadas, die für Mallorca typischen eingelegten Oliven, angerichtet. Letztere liebte ich besonders, deswegen servierte Tom sie mir zu fast jeder Mahlzeit.

»Da kannst du wirklich stolz auf dich sein. Ich selbst bin vor einiger Zeit auf HolidayCheck in der Luft zerrissen worden. Du weißt schon, als ich die Animation abgeschafft hatte und Hannes und ich voll auf Molekularküche gesetzt haben. Unser veganer Gurkenkaviar ist mit Bomben und Granaten durchgefallen«, sagte Tom und grinste.

Ich kicherte. »Veganer Gurkenkaviar? Da hätten wahrscheinlich sogar Klaras Tiere gestreikt.«

»Und das soll was heißen, die fressen doch alles«, stimmte Tom in mein Lachen ein. Seine grauen Augen leuchteten mich fröhlich an und sofort spürte ich, wie die Schmetterlinge in meinem Bauch zu toben begannen. Ich beugte mich quer über den Tisch zu ihm, um ihm einen festen Kuss zu geben.

Alles in meinem Leben lief so fantastisch! Ich konnte mich nicht erinnern, dass ich jemals so glücklich gewesen war wie in den Wochen, seitdem wir zusammen waren. Manchmal vergaß ich sogar, dass unsere Idylle eine trügerische war und vergänglich. Aber so war es eben. Er würde nach Frankfurt gehen und ich hierbleiben. Mein Platz war hier, auf meiner Glücksinsel. Allerdings waren das die Probleme von morgen, und wir wollten die paradiesische Gegenwart genießen. Als Sahnehäubchen zu meinem funktionierenden Liebesleben liefen meine Kurse auch noch fantastisch. Meine berufliche Zukunft, bei der ich mein Hobby zum Beruf machte, war Realität geworden. Meine Eltern hatten sich getäuscht. Ich konnte auch ohne Abitur gut leben und hatte mir mit meinem Bastelscheiß, wie Vater es in herabwürdigender Weise immer genannt hatte, meine Selbstständigkeit aufgebaut. Und das fast ganz allein und nur mit anfänglicher Unterstützung von Tom bei meinen Werbemaßnahmen, als wir unseren geschäftlichen Deal eingegangen waren. Das machte mich zu einer unabhängigen und freien Frau. Ich war stolz auf mich. Genau wie meine Schwester Anna, die vor Freude fast ausgeflippt war, als ich ihr von meinen Erfolgen erzählte. Auch von Tom hatte ich ihr berichtet, aber gleich dazugesagt, dass es nur eine Beziehung auf Zeit wäre.

Die Tage, an denen ich mich in meine kleine Wohnung zurückzog, waren selten geworden. An unseren freien Tagen waren wir meistens zusammen in Toms Haus, denn hier hatten wir viel Platz und den tollen Garten. Deswegen waren auch einige meiner Sachen hierher gewandert. Unter anderem auch ein Teil meines Näh-Equipments. So konnte ich immer sofort loslegen, wenn mir gerade danach war, wie jetzt gerade. Nach dem Essen waren wir mit Bismarck eine Runde gegangen, dabei hatte ich zwei Plastikflaschen von der Straße aufgelesen, mit denen ich sofort arbeiten wollte.

»Ziehst du das noch an?«, fragte ich Tom und hielt ihm ein schlichtes weißes T-Shirt entgegen, das er meines Wissens noch nie getragen hatte. »Das könnte richtig cool aussehen, wenn ich den Halsausschnitt rund mache und ein sich nach unten fortsetzendes Plastikflaschen-Paillettenmuster anbringe. So, verstehst du? Es wird dann zu einem sehr kurzen, pfiffigen Kleid. «

Er sah von seinem iPad hoch, in dem er am Terrassentisch Zeitung las. »Ist das nicht von Valentino?«

Ich sah auf das Schildchen im Kragen. »Ach ja, du hast recht. Dann suche ich ein anderes. Ich wusste nicht, dass es ein Markenshirt ist.« Schon wollte ich es ins Haus zurückbringen.

»Nein, nimm es dir ruhig. Mir gefällt deine Idee«, sagte er und ich machte einen kleinen Luftsprung.

Dann breitete ich meine Sachen neben ihm auf dem Boden aus und begann mit meiner Arbeit. Dabei vergaß ich alles um mich herum.

Als ich das nächste Mal hochschaute, bemerkte ich, dass Tom mich beobachtete. Dabei hatte er einen Gesichtsausdruck, der mich anrührte. Noch nie hatte mich ein Mann so liebevoll betrachtet, wenn ich mit meinem Upcycling beschäftigt war.

Ich lächelte zu ihm hoch. »Wie lange schaust du mir schon zu? Wenn ich arbeite, vergesse ich immer alles um mich herum. Da bin ich wie von der Außenwelt abgekapselt, als wäre ich in einer Blase.«

»Ja, das habe ich gemerkt. Deine Augen haben die ganze Zeit über geleuchtet. Woher kommt deine Begeisterung für das Nähen und Upcyceln?«, wollte er wissen.

Ich hielt in der Bewegung inne, mit der ich das kreisrunde Plastikstück gerade am T-Shirt anbringen wollte. Meine Näh- und Bastelleidenschaft rührte aus meiner Kindheit, von der Tom bisher nur wusste, dass sie nicht so schön gewesen war. Normalerweise sahen die Leute mich ungläubig an, wenn sie erfuhren, dass ich den Kontakt zu Vater und Mutter abgebrochen hatte. Welches herzlose Kind machte denn sowas? Dann fühlte ich mich schlecht, als wäre die Schuld schon wieder umgekehrt worden. Darauf konnte ich verzichten. Aber wenn ich in mich hineinfühlte, dann wusste ich, dass Tom mir mittlerweile so viel bedeutete wie noch kein Mann vor ihm. Ich spürte, dass ich ihm vertrauen konnte. Er hatte es verdient, dass ich mich aus meiner Deckung wagte und ich wollte ihn nicht mit einer halbseidenen Erklärung abspeisen.

»In meiner Familie gab es kein gegenseitiges Herzen oder Küssen oder wenigstens zärtliche Worte. Deswegen hatte ich meinen eigenen Weg entwickelt, um Liebe auszudrücken, und zwar mit Nähen und Basteln. Wenn ich mit meinen Händen ein Stück Stoff fühlte und es nach meinen Ideen veränderte oder aus Alltagsdingen etwas Besonderes bastelte, konnte ich eine Hingabe und Innigkeit fühlen und geben, nach der ich regelrecht ausgehungert war. Ich ließ meine ganze Liebe in die Kleider, Taschen, Puppen und anderen Dinge, die ich herstellte, einfließen. Das hört sich eigenartig an, oder?«

Diese Selbsterkenntnisse waren das Ergebnis eines aufreibenden Wochenendes mit Anna, das wir vor fünf Jahren einmal zusammen verbracht hatten. Ich sah unsicher zu Tom, der mich regungslos betrachtete.

»Nein, gar nicht«, sagte er schließlich langsam. Er setzte sich neben mich auf den Boden und wir lehnten uns mit den Rücken gegen die Hauswand. Er nahm meine Hand in seine große, dann verschränkte er seine Finger mit meinen. Fürsorglich strich er mir eine meiner widerspenstigen Haarsträhnen aus dem Gesicht, die sich aus meinem Zopf gelockert hatte. Die Geste rührte mich schon wieder an. »Ich habe schon beim ersten Mal, als du mir in der Bar Norai die Fotos deiner Arbeiten gezeigt hattest, gefühlt, dass darin mehr steckt als stylische Mode. Ich konnte deine Liebe, deine Herzlichkeit und deine Verletzlichkeit darin erkennen. Ich habe *dich* gesehen.«

In meinem Hals hatte sich ein faustgroßer Kloß gebildet und ich bedeckte mit meiner freien Hand meine Augen. Mein Gott, was war bloß mit mir los? Auf einmal war mir, als könnte ich hemmungslos heulen! Sonst war ich doch nicht so nah am Wasser gebaut. Ich zählte stumm. … Drei, vier, fünf. Dann hatte ich mich gefangen.

»Ich danke dir. Und wie du weißt, bin ich mittlerweile drauf und dran, mir mein eigenes Upcycling-Imperium aufzubauen«, scherzte ich, um meine melancholische Stimmung zu vertreiben. »Und außerdem kann ich das Nähen und Basteln perfekt mit dem Kampf gegen meinen persönlichen Feind verknüpfen: Plastikabfall. So bin ich zum Upcycling gekommen. Du glaubst nicht, wie manche Buchten auf Mallorca verschmutzt sind, besonders durch Kunststoffflaschen und Tüten, die niemals verrotten. Besser ist es natürlich, bereits die Produktion davon zu vermeiden, aber dem Zeug wenigstens eine sinnvolle Verwendung zu geben, wenn es als Müll in der Gegend herumliegt, ist doch auch nicht schlecht, oder?«

»Ich finde es großartig, was du machst«, sagte Tom und drückte mir einen zärtlichen, langen Kuss auf den Mund. Es fühlte sich so vertraut und irgendwie richtig an, hier mit ihm und Bismarck zu sitzen. Fast wie eine Familie, dachte ich unwillkürlich.

»Wie wäre es, wollen wir dann langsam zu unserer Radtour aufbrechen?«, fragte Tom schließlich. »Vielleicht finden wir unterwegs noch ein paar PET-Flaschen für dich.«

»Oh ja!« Ich wollte Tom unbedingt die wunderschönen Orte der Insel zeigen, die ich so liebte. Auf Mallorca konnte man besonders in der etwas kühleren Jahreszeit herrlich Rad fahren oder Wanderungen unternehmen. Heute wollten wir von Alcúdia zum Leuchtturm von Formentor fahren, einem der meiner Meinung nach schönsten Orte der Insel. Ich hoffte, dass Tom die atemberaubende Aussicht von den steil abfallenden Klippen aufs Meer genauso lieben würde wie ich. Für die Radausflüge hatten wir uns einen Korb besorgt, in dem wir Bismarck mitnehmen konnten.

***

An einem Sonntagnachmittag drei Wochen später legten wir in einer kleinen Bodega am Hauptplatz von Fornalutx eine Pause ein. Der Oktober war die perfekte Jahreszeit, um durch die Serra de Tramuntana zu wandern. Mit den ersten Regentagen im Herbst war die Vegetation zu neuem Leben erwacht, die während des langen, trockenen Sommers zum Teil gelb geworden und verdorrt aussah. Heute war es nicht heiß, aber sonnig und immer noch mild genug, um mit kurzen Ärmeln draußen unterwegs zu sein. Es war, als hätte die Natur aufgeatmet. Die Insel war erblüht und hatte einen grünen Anstrich erhalten. Wir waren im Westen der Insel unterwegs gewesen und gerade vom Aussichtspunkt Mirador de ses Barques gekommen. Der kleine Ort Fornalutx mit seinen geraniengeschmückten Treppenstiegen und entzückenden Bruchsteinhäusern war zu Recht schon mehrfach zum schönsten Dorf Mallorcas gewählt worden. Das Bergpanorama vor uns sah wie gemalt aus. Unter blauem Himmel, an dem Schäfchenwolken flauschigen Wattebäuschen gleich dem Horizont entgegentrieben, erstreckte sich die majestätische Felsenlandschaft der Serra de Tramuntana. Das Grau des steinernen Massivs ging nahtlos in eine grüne, liebliche Zone über, in der neben Sträuchern auch

Pinien, Palmen und ganze Wälder von Orangenbäumen wuchsen. Die Luft war rein und frisch und es waren nur wenige Touristen unterwegs. Wir genossen die Ruhe und hatten Kaffee, frisch gepressten Orangensaft und frisch gebackenen Mandelkuchen vor uns stehen.

Bismarck bewegte sich leise knurrend und mit aufgestelltem Nackenhaar auf eine dunkelbraune Dogge zu, die friedlich unter dem benachbarten Tisch vor sich hindöste. »Nachdem ich ihn zwei Stunden getragen habe, wird er jetzt aktiv!«, beschwerte sich Tom über seinen Hund und zupfte ihn sanft an seiner Leine zurück.

Ich stieß einen kurzen Pfiff aus, um die Aufmerksamkeit des Chihuahuas zu erregen. »Bismarck, es gibt Kuchen«, versuchte ich ihn zu locken und lachte Tom mit einem Augenzwinkern an.

»Du willst doch nur, dass ich noch schwerer schleppen muss«, brummte er und grinste.

Da tönte das Klingeln von Toms Handy aus seinem Rucksack.

»Es ist Vater«, sagte er und nahm das Gespräch an. »Hallo? … Ja, gut, danke … Herbert Schulze? Ich habe einen anderen Innenarchitekten … den kennst du nicht … Wann? … Ja, jederzeit … Mittwoch passt super … Gib mir Bescheid, wann du ankommen wirst, dann holen wir dich ab … Bianca und ich … Nein, sie ist nicht vom Deutschen Netzwerk. Bis dann.«

Als er auflegte, prustete ich los. »Nein, sie ist nicht vom Deutschen Netzwerk«, neckte ich Tom, indem ich seine superseriöse Stimme nachahmte. »Immer, wenn du mit

Frankfurt telefonierst, verfällst du in deinen Zack-zack-Tonfall.«

Tom lächelte vor sich hin. »Und letztens, als du mit deiner Schwester telefoniert hast, hab ich mir Untertitel mit deutscher Übersetzung gewünscht. Wie bei dieser Serie, die wir im österreichischen Fernsehen gestreamt haben. Wie hieß die noch mal? *Der Mundl?*«

»Was?« Ich gluckste und versuchte, ihn in die Seite zu zwicken. »Anna und ich sprechen Hochdeutsch! Meistens zumindest!«

Obwohl ich gerade locker mit Tom herumflachste, war ich doch etwas unruhig. Hatte ich aus dem Telefonat herausgehört, dass wir Besuch erwarteten?

»Nächste Woche kommt dein Vater?«, fragte ich deshalb vorsichtig nach.

»Genau, am Mittwoch«, antwortete Tom nur. Irgendwie wirkte er ein wenig angespannt. »Es ist nichts Schlimmes, mach dir keine Sorgen. Er bleibt nur für eine Nacht«, sagte er und deshalb nahm ich an, dass ich mich bezüglich seiner vermeintlichen Unruhe geirrt hatte.

Er lächelte mir aufmunternd zu und nahm meine Hand in seine, als hätte er an meinem Gesichtsausdruck meine Gedanken ablesen können. Tatsächlich hatte sich in meinem Bauch ein dumpfes Knäuel gebildet. Das Gefühl der Verwirrung und Verunsicherung war wieder da, wenn auch nur leicht. Einerseits sträubte ich mich dagegen, als Toms Freundin seinem Vater vorgestellt zu werden. Denn das sah ziemlich stark nach einer festen Beziehung aus. Tom und ich waren zwar zusammen, aber auch wieder nicht so fest, dass ich offiziell seiner Familie vorgestellt werden wollte. Andererseits war ich neugierig darauf, Toms Vater zu treffen und wollte einen guten Eindruck auf ihn machen. Damals am Büfett hatte er mich ja nur in meiner Rolle als Pantomime gesehen. Insgesamt hätte der kurze Besuch aber bestimmt keine Auswirkungen auf unser Leben, oder? Nach der Abholung vom Flughafen würde sich Rolf Hartmann den Renovierungsfortschritt im Hotel ansehen und dann mit Tom Kennzahlen und Berichte wälzen, eher er wieder abreiste. Danach ginge mit uns alles weiter wie zuvor. Also kein Problem.

»Komm, iss auf, damit wir wieder aufbrechen können«, sagte Tom.

»Bin schon satt«, antwortete ich und schob den Teller mit dem Rest des Kuchens von mir weg. Dann gingen wir das letzte Stück unserer heutigen Route nach Sóller zurück, wo Toms Neuzugang, ein kleiner türkisfarbener Fiat 500, geparkt war. Er fand nämlich, dass sein Geländewagen auf Mallorca höchst unpraktisch und fehl am Platz war, und hatte ihn deswegen in die Garage verbannt. Außerdem war das kleine Auto fürs Klima viel besser.

**

Am Mittwochnachmittag sah ich allerdings ein, dass wir aus Platzgründen doch mit Toms großem SUV und nicht mit der kleinen Nuckelpinne zum Flughafen fahren mussten. Auf unserem Weg war Tom ziemlich schweigsam gewesen. Heute trug er sogar einen Businessanzug und hatte sich eine Krawatte umgebunden. So hatte ich ihn schon sehr lange nicht mehr gesehen und er wirkte damit ein wenig unnahbar. Nachdem wir am Airport Son Sant Joan geparkt hatten, gingen wir in den Abholbereich, um Rolf Hartmann willkommenzuheißen. Während wir unter den ankommenden Passagieren nach Toms Vater Ausschau hielten, spürte ich das dumpfe Knäuel in meinem Magen wieder. Jetzt hätte ich die Hand meines Freundes oder eine lockere Umarmung gut brauchen können, um mich zu entspannen. Aber er hatte seinen Blick konzentriert auf die Menschen gerichtet, die gerade hereinströmten.

»Da ist er«, sagte Tom und ging auf einen grauhaarigen schlanken Mann im dunklen Anzug zu, den ich an seinem energischen Blick sofort wiederkannte.

Die Umarmung von Vater und Sohn wirkte ziemlich distanziert. Ungefähr so, als würde eine Infektion mit dem Corona-Virus noch eine aktuelle Gefahr darstellen.

»Das ist Bianca«, stellte Tom mich vor.

»Hallo, Herr Hartmann, wir kennen uns ja bereits«, sagte ich und lächelte freundlich. Ob er sich noch an mich erinnern konnte?

»Wirklich?« Er musterte mein Gesicht aufmerksam, während er mir die Hand gab. Sein Händedruck war ziemlich fest, und er sah mir dabei ins Gesicht, als wäre er der Chef der Flughafen-Passkontrolle. »Sind Sie die Managerin des Hotels neben dem Alcúdia Bonita? Wie heißt es noch gleich? Das Seaside Resort?«

»Nein, als wir uns getroffen haben, war ich weiß geschminkt und als Pantomime unterwegs. Und ich hätte Sie am Büfett fast nassgespritzt. Aber dann habe ich Tom voll erwischt, können Sie sich erinnern?«

»Oh. Schön, Sie wiederzusehen«, murmelte er. »Und ihr beide seid jetzt ... zusammen?« Ob Tom es ihm nicht besser schonend und unter vier Augen hätte beibringen sollen? Aber andererseits hätte das an den Tatsachen ja auch nichts geändert.

»Ja, das sind wir«, sagte Tom und legte seine Hand jetzt doch noch an meine Hüfte.

Rolf Hartmann lächelte, aber seine Augen ruhten immer noch seltsam unbewegt auf mir.

Auf der Rückfahrt nach Alcúdia unterhielten sich Vater und Sohn über die jüngsten Entwicklungen in der Hartmann Holding, bei denen ich nicht mitreden konnte. Ich sah aus dem Fenster und streichelte Bismarck, der es sich auf meinem Schoß bequem gemacht hatte.

»Jetzt zeig ich dir, was es im Hotel Neues gibt«, sagte Tom zu seinem Vater, als wir vor dem Alcúdia Bonita einparkten. Damit verabschiedete ich mich von den beiden und gab Tom einen Kuss. Denn ich war für heute bereits mit meiner Arbeit fertig und hatte beschlossen, endlich wieder einmal allein in meinem Apartment zu übernachten. Ich konnte mir vorstellen, dass die beiden Überstunden machen würden.

17. Der Besuch des alten Herrn

Tom
A-Schallallallalla, A-Schallallallalla, Longlonglonglong-Didong. Die verzerrte Stimme des DJs des Nachbarhotels übertrumpfte an Lautstärke sogar noch jene der Musikanlage, über die er den Song abspielte.

»Und das geht wirklich die halbe Nacht so?«, fragte Vater und massierte sich die Schläfen. Es war bereits Mitternacht, und er war nach dem langen Tag sichtlich müde.

»Von Mai bis Oktober«, antwortete ich. »In der Nebensaison ist es etwas ruhiger, mit Bingo und Senioren-Tanzabenden.«

Vater sah mich schweigend an und ich konnte es ihm direkt ansehen, wie er nachdachte und zu verstehen begann. Ich hatte mich den ganzen Tag für die Entscheidungen, die ich getroffen hatte, vor ihm rechtfertigen müssen. Er war erbost gewesen und hatte schlechte Laune gehabt, als er erfuhr, dass ich mich hinter seinem Rücken eigenmächtig gegen seine Vorgaben gestellt hatte. Die Restaurantküche war nicht exklusiv, sondern bodenständig. Die Animation hatte ich sogar noch ausgebaut, und sie nervte ihn. Und die vielen Kinder, die überall in der Anlage unterwegs waren, betrachtete er mit Argwohn. Das neugestaltete Haus gefiel ihm auch nicht, denn alles war ihm viel zu bunt. Doch langsam begriff er, dass er das Alcúdia Bonita nicht verbiegen konnte, wie er wollte. Es war nun einmal in einer herrlichen, lebendigen Strandlage zwischen anderen Hotels eingebettet. Diese wunderschöne Gegend am Meer war von lauten, lebensfrohen Menschen und Familien bevölkert, die vor allem Spaß haben und ihre gemeinsame Zeit genießen wollten.

»Unser übliches Geschäftskonzept wird hier nicht funktionieren«, sagte er endlich ermattet und ich atmete durch. Halleluja, er hatte es kapiert!

Vater lachte trocken auf. »Es passt überhaupt nicht in unser Portfolio: Da ist mir, dem alten Hasen, am Ende meiner Karriere doch noch so ein grober Fehler unterlaufen. Ich hätte es nicht kaufen dürfen.«

Vater wirkte auf einmal alt und so blass, dass ich anfing, mir Sorgen um ihn zu machen. Ich legte meine Hand auf seine Schulter.

Er schüttelte den Kopf. »Es ist höchste Zeit, dass ich mich aus dem Geschäft zurückziehe und die Zügel an dich übergebe. Du hattest mit allen deinen Entscheidungen recht, Tom. Was machen wir denn jetzt? Glaubst du, dass wir es wieder abstoßen können?«, fragte er.

Ich nickte. Auch wenn es mir um das Alcúdia Bonita und alle Menschen, die hier arbeiteten und die ich ins Herz geschlossen hatte, wahnsinnig leidtat. Aber es gab keine Synergien zu unseren anderen Hotels, bei der jeder Gast gediegenes Ambiente, Luxus, und Exklusivität erwartete. Geschäftliche Entscheidungen in diesem Ausmaß durfte man nicht aus dem Bauch heraus, sondern allein mit dem Verstand treffen. Und da gab es nur eine Entscheidung: Das Alcúdia Bonita musste veräußert werden. »Ich denke, wir werden sogar mit Gewinn aussteigen.«

»Gut«, antwortete Vater und atmete tief durch. »Es fällt mir nicht leicht, das jetzt zu sagen. Aber ich will kein Sesselkleber sein und habe erkannt, dass es höchste Zeit ist abzutreten. Meine Frau wird es freuen, Eva liegt mir schon seit ein paar Jahren damit in den Ohren. Das heißt: Ich werde dir binnen kürzester Zeit die Geschäftsleitung der Hartmann Holding übertragen. Wir machen es umgehend offiziell. Wenn du in ein paar Wochen zurück in Frankfurt bist, ziehst du gleich in mein Büro ein. Darauf sollten wir jetzt anstoßen. Sag mal ... gibt es in deinem Kinderhotel überhaupt Champagner?«

Was? Einen Moment lang war ich wie versteinert. Ich war so plötzlich und unerwartet am Ziel meiner Träume angelangt, dass ich es gar nicht fassen konnte. Es fühlte sich irreal an und viele Gedanken schossen mir durch den Kopf, unter anderem die Frage, wie es nun mit Bianca und mir weitergehen sollte.

Doch jetzt wollte ich erst einmal genießen, dass ich nach so vielen Jahren am Gipfel angekommen war und rief Jordi zu uns. Ich bat ihn auf Mallorquinisch, uns Schampus zu bringen.

Als ich in den frühen Morgenstunden endlich ins Bett kam, konnte ich trotz meiner Müdigkeit nicht einschlafen. Dieser Tag hatte meine ganze Welt auf den Kopf gestellt. Viel früher als gedacht wurde ich plötzlich nach Frankfurt gerufen und mein Lebenstraum würde sich verwirklichen. Darüber war ich so glücklich, dass ich es kaum fassen konnte und glaubte zu träumen. Aber wie würde es nun mit Bianca und mir weitergehen?

***

Zeitig am nächsten Morgen saß ich schon wieder mit Vater im Büro. Er hatte es sich nicht über Nacht anders überlegt, sondern drängte darauf, gleich einen groben Zeitplan für die Übergabe auszuarbeiten, ehe wir zum Flughafen aufbrechen mussten. Unter anderem galt es im Herbst, wichtige Messetermine in ganz Europa wahrzunehmen, das Budget für das kommende Jahr musste erstellt werden und wir benötigten ganz dringend ein moderneres Computersystem, das in allen Niederlassungen eingeführt werden sollte. Außerdem musste ein Käufer für das Alcúdia Bonita gefunden werden, wofür wir eine Immobilienagentur beauftragen würden. Interessenten würde ich allerdings genau unter die Lupe nehmen und eine Klausel zum Schutz meiner Mitarbeitenden in den Vertrag aufnehmen lassen. Niemand sollte seinen Job verlieren. Ich musste mich voll konzentrieren, um nicht den Überblick über all die Herausforderungen zu verlieren, die auf mich zukamen.

Nachdem ich Vater am Flughafen abgeliefert hatte und zurück nach Alcúdia fuhr, hatte ich die ersten ruhigen Minuten und endlich ein wenig Zeit, die Wendung in meinem Leben zu reflektieren. Ich musste an Mutter denken. Würde sie sich darüber freuen, wenn sie sehen könnte, wie mein Leben verlaufen war und was ich daraus gemacht hatte? Vermutlich ja, denn immerhin würde ich bald an der Spitze der Hartmann Holding stehen und damit genauso einflussreich sein wie Vater, mit der Zeit wahrscheinlich sogar noch mehr. Meine finanziellen Möglichkeiten wären praktisch unbegrenzt, alle Türen stünden mir offen. Eigentlich sollte ich vor Stolz platzen und mich so freuen wie noch nie in meinem Leben zuvor. Doch die große Euphorie fühlte ich nicht. Links von mir erhob sich das Tramuntana-Gebirge in der Ferne, während ich auf der MA-13 Richtung Norden dahinflog. Wie sehr ich dieses Massiv liebte! So viele glückliche Tage hatten Bianca und ich auf unseren Wanderungen hier verbracht. Und nun? Der Grund, aus dem sich mein Triumph so schal anfühlte und das Glücksgefühl sich nicht einstellte, war meine Freundin. Wir waren zu einem richtigen Paar zusammengewachsen, und ich wollte sie auf keinen Fall verlieren. Wir waren davon ausgegangen, dass noch zwei Jahre auf der Insel vor uns liegen würden, ehe mein beruflicher Wechsel und eine Entscheidung anstanden. Der Gedanke, ohne Bianca nach Frankfurt zurückzukehren, zerstörte mein Glücksgefühl. Oder würde sie vielleicht mitkommen? Sie war mit ihrem Leben auf Mallorca und dem Erfolg ihres Start-ups doch so glücklich! Deshalb befürchtete ich, dass sie ablehnen würde, aber trotzdem keimte noch ein letzter Funken Hoffnung in mir.

***

Ich beobachtete Bianca, wie sie einer Kursteilnehmerin beim Befestigen des finalen Verschlusses an einem silbern glänzenden Kettchen half. Danach strahlte das Mädchen im Teenageralter übers ganze Gesicht, als sie das Schmuckstück an ihren Hals anlegte. Bismarck, den ich bei Bianca gelassen hatte, bemerkte mich und kam freudig bellend auf mich zu. Da sah Bianca hoch, unsere Blicke verschränkten sich und ihre Augen begannen zu leuchten.

»Wir sind gleich fertig!«, rief sie mir zu, und ich bedeutete ihr, sich Zeit zu lassen. An eine etwas abseits gelegene Palme gelehnt beobachtete ich, wie sie mit den Teilnehmerinnen lachte. Dann betrachtete ich die Poolanlage. Sie war von paradiesischen Palmen umgeben und Eltern tollten mit ihren Kindern im Wasser herum. Andere relaxten einfach nur mit einem Buch auf einer Liege, oder saßen mit einem Getränk an der Bar. Ich versuchte, mir die Szene einzuprägen. All das hatte ich ins Herz geschlossen, inklusive meiner Angestellten, und sie mich vielleicht auch ein wenig. Das Alcúdia Bonita fühlte sich vertraut und fast wie ein Zuhause an. Vielleicht hätte ich öfters alle fünfe gerade sein lassen sollen?

»Hey, mein Schatz, was machst du hier? Bist du schon fertig für heute?«, unterbrach Bianca meine Gedanken. Ihre meeresblauen Augen und ihre schön geschwungenen Brauen verzauberten mich wie am ersten Tag, und die Art, mit der sie mich fröhlich anlächelte, trieb meinen Puls in die Höhe. Sie gab mir einen Kuss und drückte mich übermütig gegen den Baum, auf den ich mich stützte. »Ist er schon wieder weg?«, fragte sie. Es war klar, dass sie meinen Vater meinte, und ich bejahte.

»Gehen wir ein bisschen ans Meer?«, schlug ich vor.

»Okay«, antwortete Bianca fröhlich.

Noch konnte sie nicht ahnen, was geschehen war. Obwohl es auffällig sein musste, dass ich während eines Arbeitstages einen Ausflug machen wollte. Das war noch nie vorgekommen.

Wir verließen Händchen haltend den Bereich, der zum Alcúdia Bonita gehörte, und spazierten über den hellen, feinen Sand zur Küste hinunter. Die Wärme der Nachmittagssonne wurde durch Windböen und einige vorbeiziehende Wolken gemildert. Wir ließen uns im warmen Sand nieder und schauten auf das türkisfarbene Wasser vor uns. Bismarck saß zwischen uns und genoss den kleinen Ausflug sichtlich.

»Ist es nicht herrlich?«, fragte Bianca und warf einen kleinen Stein in die Wellen, die in gleichförmiger Bewegung ans Ufer trieben.

Wie würde Bianca gleich auf meine Nachrichten reagieren? Ich nahm ihr die Kiesel sanft aus der Hand, die sie gerade ins Meer hatte schleudern wollen, und verschränkte meine Finger mit ihren. Sie sah mich überrascht an. Als ich sicher war, ihre gesamte Aufmerksamkeit zu haben, erzählte ich ihr alles. Von Vaters Erkenntnis, dass das Alcúdia Bonita eine Fehlinvestition gewesen war und es wieder verkauft werden sollte, bis hin zu seiner Entscheidung, mich unverzüglich zum Leiter der Holding zu machen. Und von meiner Rückwanderung nach Deutschland in wenigen Wochen. Dabei versuchte ich, sanft zu sprechen und mein Inneres nach außen zu kehren. Sie sollte spüren, wie schwer mir mein Weggang fiel. Ich wollte vermeiden, in meinen geschäftsmäßigen Frankfurter Tonfall zu verfallen, wie sie meine Sprechweise manchmal ironisch nannte.

Sie sah mich mit ihren großen Augen an. Es war ein Leichtes, in Biancas Gesichtszügen zu lesen. Meistens spiegelte sich Fröhlichkeit und Lebensfreude darin. Aber jetzt war ihr Lächeln verschwunden und einer Traurigkeit gewichen, die mich ihre Enttäuschung erahnen ließ. Ihre Gesichtszüge verschlossen sich. Sie zog sich vor mir zurück, wie sie es in der Anfangszeit unserer Beziehung gemacht hatte.

»Oh«, war alles, was sie sagte und sie senkte ihren Blick.

»Bitte komm mit mir«, sagte ich eindringlich und drückte ihre Hand. Sie ließ es geschehen, erwiderte meine zärtliche Geste aber nicht. »In Frankfurt kannst du mit deinen Upcycling-Workshops so richtig durchstarten, da bin ich mir sicher. Ich werde sehr viel Geld verdienen und du musst theoretisch überhaupt nicht mehr arbeiten. Aber ich weiß schon, dass du das nicht willst. Wir werden uns eine schöne Wohnung in der City nehmen oder lieber ein hübsches Haus mit Garten am Stadtrand? Das wird ganz toll, du wirst sehen. Was sagst du dazu?«

Vielleicht konnte ich sie ja doch überzeugen, mit mir zu gehen? Ich hoffte es so sehr.

Sie lächelte traurig. »Das sind ja schöne Neuigkeiten. Hast du auch die Option bedacht, einfach Nein zu sagen und hierzubleiben? Und ich verstehe nicht, warum das Hotel verkauft werden muss. Es läuft doch gut.«

Leicht wie die Brise, die die salzige Luft vom Meer hereinwehte, entzog sie ihre Finger meiner Hand. Dann stützte sie ihren Kopf auf ihre Hände und bedeckte ihre Augen.

Ich legte meinen Arm ganz sanft auf ihren Rücken. »Du weißt, was mir diese Position bedeutet. Mein Leben lang habe ich darauf hingearbeitet, in die Fußstapfen meines Vaters zu treten. Und um deine Freunde musst du dich wegen des Verkaufs nicht sorgen. Ich werde sicherstellen, dass alle ihre Jobs behalten können. Das verspreche ich dir.«

Sie schwieg quälend lange Sekunden. »Ich werde auf Mallorca bleiben, hier habe ich mein Glück gefunden«, gab sie mit rauer Stimme die Antwort, vor der ich mich gefürchtet hatte.

Ich fuhr mir mit der Hand durchs Haar. Gefühlte Minuten sagte keiner von uns ein Wort. Es war nur der Wind und das sanfte Anbranden der Wellen zu hören. Das durfte doch nicht das Ende gewesen sein! Konnten wir vielleicht einen Kompromiss finden?

»Mallorca und Deutschland liegen nur zwei Flugstunden voneinander entfernt. Wir könnten eine Fernbeziehung führen. Mal komme ich zu dir, und mal besuchst du mich«, sagte ich schließlich. Obwohl die gegenseitigen Besuche nicht einfach sein würden, denn mein Terminkalender würde noch voller sein als jetzt. Außerdem würde ich häufig in Deutschland unterwegs sein müssen, um den Niederlassungen abwechselnd Besuche abzustatten. Eine Liebe auf Distanz war nicht das, was ich mir wünschte, aber es war die einzige Möglichkeit, die mir einfiel. Wer wusste, was die Zukunft brachte, und irgendwann würde Bianca ihre Meinung ändern und vielleicht doch ganz zu mir nach Frankfurt ziehen.

»Du kennst doch den Spruch: Aus den Augen, aus dem Sinn. Meiner Meinung nach ist das, was du vorschlägst, nur ein Ende auf Raten. Aber wenn du meinst, dann können wir es zumindest probieren«, antwortete sie endlich, und drehte sich mir zu. Ihre Hand näherte sich meinem Kopf, und sie ließ ihre Fingerspitzen über meine Wange gleiten. Ihre blauen Augen verfingen sich in meinen, und ich legte meine Hand ganz sachte in ihren Nacken.

»Wir können über Zoom chatten, und dann zeigst du mir jeden Tag das Meer«, sagte ich und fühlte mich auf einmal leicht wie eine der Möwen, die über unseren Köpfen vorbeizogen. Es gab doch noch eine Chance für uns!

»Und du mir im Gegenzug deine wunderbare Büroeinrichtung«, antwortete sie mit einem schiefen Grinsen.

»Ha! Ich werde dir die atemberaubende Skyline von Frankfurt zeigen«, sagte ich und zog sie an mich. »Dann willst du nichts mehr, als sofort zu mir zu kommen.«

»Träum nur weiter«, antwortete sie. Sie betrachtete mich intensiv, worauf mein Körper mit heftigem Bauchkribbeln reagierte.

Wenn ich nur wüsste, was in Bianca vorging. Ihr Wille, die Beziehung mit mir aus der Ferne fortzuführen, schien nicht sehr ausgeprägt. Ich würde mich ins Zeug legen, um sie nicht zu verlieren.

»Es ist mein Ernst, ich will auf alle Fälle mit dir zusammenbleiben. Du bist mir sehr wichtig«, sagte ich und schob eine Haarlocke hinter ihr Ohr.

»Wir werden ja sehen«, antwortete Bianca mit einem traurigen Lächeln.

Wir blieben noch eine Zeit lang am Ufer sitzen und schauten auf die See hinaus. Erst als die Sonne schließlich am Horizont verschwunden war, spazierten wir zum Hotel zurück. Als ich ihre Hand nahm, entzog sie sie mir nicht. Ich wusste, dass schwierige Zeiten auf uns zukommen würden. Aber unsere Liebe war stark und würde trotz der örtlichen Distanz bestehen bleiben, davon war ich überzeugt.

***

In den nächsten drei Wochen hatte ich so viel zu tun, dass das Leben nur so an mir vorbeiraste. Ich beauftragte eine große internationale Immobilienagentur damit, einen Käufer für das Alcúdia Bonita zu finden und deponierte meine Wünsche bezüglich meiner Mitarbeitenden. Der zuständige Makler war skeptisch, ob sich Interessenten auf diesen Handel einlassen würden, aber ich bestand darauf. Trotz meiner Abwesenheit würde ich vorerst offiziell Generalmanager des Alcúdia Bonita bleiben und ich setzte Carmen als meine Stellvertreterin ein. Niemand kannte den Hotelbetrieb so gut wie sie und ich vertraute ihr vollkommen. Ich räumte das gemietete Haus am Meer, denn obwohl ich es weiterbezahlt hätte, wollte Bianca nicht alleine dort wohnen bleiben. Geld hatte ich zuvor schon gehabt, aber in Zukunft würde es eine noch geringere Rolle spielen. Es war die Zeit, die mir zwischen den Fingern zerrann. Mein Schatz wollte lieber wieder ganz in ihr kleines Apartment am Rande der Altstadt von Alcúdia übersiedeln. Die letzten Tage lebten wir dort zusammen, was ganz schön eng, aber auch schön kuschelig war. Die ersten Wochen würde ich in Frankfurt selbst in einem Hotel leben und mich dann nach einer Wohnung umsehen. Meinen türkisfarbenen Fiat übernahm Bianca, denn sie benötigte einen Wagen, um mobil zu sein und zu ihren Kursen fahren zu können. Das war das erste eigene Auto in ihrem Leben, und sie bestand darauf, mir den vollen Listenpreis zu bezahlen, obwohl ich ihn ihr unbedingt schenken wollte. Da ich wusste, dass sie kaum Ersparnisse hatte, stritten wir uns heftig deswegen. Schließlich ergab ich mich ihrer Sturheit und wir hatten tollen Versöhnungssex. Trotzdem spürte ich in diesen intensiven Tagen, dass sie sich vor mir zurückzog. Das machte mir Sorgen. Aber konnte ich es ihr verdenken?

Schließlich war der Tag meiner Abreise gekommen. Mein Cayenne wartete bepackt und vollgetankt auf der Straße vor Biancas Wohnung. Ich würde so, wie ich hergekommen war, von Palma mit der Autofähre nach Barcelona aufs Festland und von dort nach Deutschland zurückfahren.

Bianca und ich standen uns gegenüber. Unsere Fingerspitzen berührten sich zart. Mein Herz fühlte sich so überladen wie mein tonnenschwerer Geländewagen an.

»Wir sehen uns in vier Wochen«, sagte ich und meine Stimme klang rau. Das war noch ganz schön lange, bis ich über ein verlängertes Wochenende nach Mallorca kommen konnte. Davor hatte ich einfach zu wenig Zeit für eine Reise nach Spanien. »Und außerdem jeden Tag im Videochat.«

»Ich schalte dich um neunzehn Uhr ein«. Bianca lächelte bedrückt, denn sie war immer noch nicht überzeugt davon, dass unsere Fernbeziehung funktionieren würde. Aber ich schon. An mir würde es nicht scheitern, denn ich war absolut entschlossen dazu.

»Pass gut auf sie auf, Kleiner«. Ich hob Bismarck hoch und kraulte ihm zum Abschied hinter seinen Ohren. »Und lass dich nicht von ihr zu Tode füttern«.

»Hey«, setzte Bianca zu einem schwachen Protest an, und ihre Mundwinkel hoben sich ein wenig.

Da ich in meinem Job viel würde herumreisen müssen, hatten wir beschlossen, dass Bismarck bei Bianca auf der Insel bleiben sollte. Dabei hätte ich ihn womöglich selbst in Frankfurt gut brauchen können, um die Einsamkeit zu vertreiben, die mich bald wiederhaben würde.

Ich vergrub mein Gesicht in Biancas Scheitel, schloss meine Augen und prägte mir ihren Duft nach Orangenblüten fest ein. Wir küssten uns lange. Es erschien mir wie eine übermenschliche Kraftanstrengung, mich von ihr zu trennen. Doch es half nichts, ich musste die Fähre erreichen. Schließlich ließ ich mich auf den Sitz gleiten. Durch das geöffnete Fenster berührten sich unsere Lippen ein letztes Mal, ehe Bianca sich löste und auf den Gehsteig zurücktrat. Sie hielt Bismarck im Arm und hatte leicht gerötete Augen. Ich startete den Wagen, und ließ ihn langsam anrollen. Mein Herz zog sich wehmütig zusammen. Hätte ich Bianca zum Abschied nicht das große L-Wort sagen sollen? Noch wäre Zeit dazu, ich könnte noch einmal anhalten. Doch einen Wimpernschlag später hatte ich sie aus den Augen verloren, als die Straße eine Kurve machte. Wir würden uns ja schon bald wiedersehen, tröstete ich mich, dann wäre immer noch Gelegenheit dazu.

***

»… bin ich mittlerweile achtundsechzig Jahre alt. Es wird Zeit, die Zügel an die nächste Generation weiterzureichen und mich nur noch auf die Verbesserung meines Handicaps zu konzentrieren. Bis zum Januar wird die Übergabe der Leitung der Hartmann Holding an meinen Sohn Tom abgeschlossen sein, und das werden wir dann noch ausgiebig feiern.«

Seit zwei Tagen war ich in Frankfurt. Gnadenfrist hatte es für mich keine gegeben, denn Vater hatte heute gleich dieses große Meeting mit den anderen Geschäftsführern angesetzt. So war das also, wenn man drauf und dran war, seinen großen Traum zu erreichen. Bestimmt steckte mir die lange Fahrt noch in den Knochen, denn es fühlte sich nicht nach dem Triumph an, den ich so herbeigesehnt und mir über die Jahre ausgemalt hatte. Passenderweise zog meine Halbschwester Marie, die auch anwesend war, ein langes Gesicht und Max war gar nicht erst erschienen. Aber hatte ich etwas anderes erwartet? Ich hatte ganz verdrängt, was für eine Schlangengrube dieser Glaspalast in Frankfurt war. Mit Max würde ich auch weiterhin zum Glück nicht viele Berührungspunkte haben, denn er leitete ja inzwischen den Alsterstern in Hamburg. Aber Marie arbeitete auch hier in Frankfurt. Als Assistentin der Geschäftsführung machte sie den Job, den ich vor einigen Jahren innehatte. Mit ihr würde ich eng zusammenarbeiten müssen. Ich konnte mir gerade kaum vorstellen, dass dies bei ihrer ablehnenden Haltung gut gehen konnte.

»Marie zeigt uns jetzt die zur Auswahl stehenden Reservierungssysteme, von denen wir in Kürze eines kaufen werden«, kündigte Vater nun eine Präsentation von ihr an. Ich konnte mich erinnern, dass sie sich in der Schule in Mathematik sehr leichtgetan und sich damals schon für Computer interessiert hatte. Gerade als sie ihre erste Power-Point-Folie startete, läutete Vaters Mobiltelefon, und meine Schwester hielt inne.

»Haha, den Mulligan kannst du vergessen. Gut. Um siebzehn Uhr treffen wir uns am Platz. Du kannst ja vorher noch auf der Driving-Range üben. Hahaha. Bis dann.« Vater beendete das Gespräch. »Warum beginnst du nicht endlich?«

Die Augen meiner Schwester flatterten ein wenig und die Züge um ihren Mund verhärteten sich. Sie schluckte ihren Frust aber bewundernswert tapfer hinunter und begann ungerührt mit ihrem Vortrag. Keine Frage, sie war hart im Nehmen. Nur eine etwas dünne Stimme zeugte davon, dass er sie mit seinem respektlosen Verhalten getroffen hatte. Aber das würde ein Außenstehender nicht heraushören können. So ein Benehmen war nicht untypisch für Vater. Gerade an meiner Schwester hatte er immer gern seine Launen ausgelassen. Warum eigentlich? Weil er ein ziemlicher Macho und rückständiger Patriarchat war. Falls ich jemals eine Tochter haben sollte, würde ich sie besonders gut behandeln. Ich würde sie verwöhnen wie eine Prinzessin und mich von ihr um den Finger wickeln lassen. Genauso wie von einem Sohn, über den ich mich mindestens ebenso freuen würde. Aber würde ich überhaupt jemals Kinder haben? Im Moment sah es nicht so aus, dass es mir vergönnt war, jemals eine eigene Familie zu haben. Meine Traumfrau war gerade mal zu einer Fernbeziehung mit mir bereit. Erst in über drei Wochen würde ich sie wiedersehen. Es war mir schleierhaft, wie ich die Zeit bis dahin aushalten sollte. Am besten, ich stürzte mich in die Arbeit, denn ich konnte die Zeit bis zum nächsten Video-Call kaum abwarten. Ich unterdrückte ein Seufzen, verdrängte die Gedanken an Bianca und konzentrierte mich auf die Vorstellung von Marie.

18. Zoom-Sessions

Bianca

»Irgendwie ist das abartig, was wir hier machen ...«, sagte ich zu Tom und rollte meine Spaghetti mit der Gabel auf. Ich saß mit meinem Laptop am Küchentisch und schaute ihm vom Display aus zu, wie er sich einen Löffel Curry aus einer Asia-Box in den Mund schob.

»Bei dem Wort *abartig* fallen mir aber ganz andere Sachen ein«, sagte Tom, und ich sah am Bildschirm, wie seine Augenbrauen anzüglich hin und her wackelten.

Ich gluckste. »Denkst du an so was wie Telefonsex, nur im Videochat? Tut mir leid, aber dafür musst du dich schon persönlich herbemühen.« Kichernd streckte ich meinen Rücken durch und setzte damit dezent meine Oberweite in den Fokus der Kamera.

Obwohl ich ein sportliches Tanktop trug, reichte es aus, um ein paar Tausend Kilometer entfernt einen Hustenanfall auszulösen. Als Tom sich wieder beruhigt hatte, grinste er verschlagen. »Sorry, das Kopfkino, du weißt schon …«

Seitdem er vor zwei Wochen weggefahren war, aßen wir jeden Abend gemeinsam per Liveschaltung. Dabei hatte jeder von uns seinen Laptop auf seinem Küchentisch stehen, und wir chatteten während des Dinners. Das war gesellschaftlich gesehen zwar armselig oder vielleicht auch abartig, aber immer noch besser, als sich gar nicht sehen zu können. Dabei konnten wir plaudern, uns von unseren jeweiligen Tagen erzählen und herumalbern, so wie wir es zu Hause auch immer getan hatten, als wir noch zusammenlebten. So blieben wir auf dem Laufenden, was sich im Leben des anderen tat. Toms Wegzug war ganz anders verlaufen als Robertos, der fast sang- und klanglos aus meinem Leben verschwunden war. Dass das mit Tom anders sein würde, hatte ich gehofft, denn er war ein ganz besonderer Mensch für mich. Dass ich tiefe Gefühle für ihn hatte, bestätigte sich jetzt noch einmal so richtig, während wir getrennt leben mussten. Unsere tägliche Zoom-Session war mein Tageshighlight, und ich dachte fast ununterbrochen an ihn. Glücklicherweise konnte ich mich während meiner Workshops, die weiterhin super liefen, sehr gut mit Arbeit ablenken. Meine Kurse waren meine große Stütze. Sie gaben mir das Gefühl von Sicherheit, weil ich mich selbst erhalten und unabhängig von Tom leben konnte. Außerdem liebte ich die kreative Arbeit mit meinen Kundinnen über alles.

»Übrigens kommt mich Anna nächste Woche besuchen«, erzählte ich. Sie kam mindestens einmal im Jahr nach Mallorca, um mich zu sehen und ich freute mich wahnsinnig darauf.

»Wie toll, lerne ich sie dann auch kennen?«, fragte Tom.

»Ich fürchte, dass sie schon wieder weg ist, wenn du herkommst«, antwortete ich. Dabei hätte ich nichts dagegen gehabt, Tom Anna vorzustellen. Ein kleiner Teil von mir fand es sogar ausgesprochen schade, dass es nicht dazu kommen würde. Das war ein ganz neuer Zug an mir! Die übliche Panik und die Unruhe, die mich sonst befiel, wenn ich mich in einer festen Beziehung wähnte, war ausgeblieben. Ich vertraute darauf, dass Tom mich nicht hintergehen, belügen oder in irgendeiner Weise manipulieren würde. Durfte ich meinem Gefühl trauen? Liebte er mich wirklich? Auch wenn er das so noch nicht ausgedrückt hatte, spürte ich unsere besondere, einzigartige Verbindung. Ein warmes Gefühl breitete sich in mir aus, als ich seine hellgrauen Augen im Bildschirm betrachtete. Ich freute mich so sehr darauf, ihn in echt wiederzusehen!

Irgendwann verabschiedeten wir uns, und ich schickte mit Bismarck auf meinem Schoss Küsse in die Kamera. Der nächste Chat würde leider erst in vier Tagen stattfinden, da Tom zu einer Messe nach Berlin reisen musste und bis spät in die Nacht Verpflichtungen hatte. Aber wir würden zwischendurch telefonieren.

19. Shooting Star

Tom

»Es wäre schön, Sie heute Abend bei unserer exklusiven Weinverkostung begrüßen zu dürfen.«

Beate Schuster, Tochter der gleichnamigen Winzerdynastie aus Bingen, warf ihre dunkelbraunen Locken zurück und schenkte mir ihr perfektes strahlendes Lächeln. Ich hatte mich auf deren Messestand über Neuigkeiten im Sortiment informiert. Ihre weißen Zahnreihen blitzten, als sie mir ihre Visitenkarte reichte. »Ich würde mich sehr freuen, wenn wir bei der Gelegenheit ein wenig plaudern könnten.«

Für den Abend hatte ich bereits sieben Einladungen von verschiedenen Messe-Ausstellern erhalten, die mit der Hartmann Holding ins Geschäft kommen wollten.

»Ein anderes Mal gerne, aber ich habe schon eine Verabredung«, antwortete ich. So war es also, Chef eines Imperiums zu sein. Der anstehende Wechsel an der Firmenspitze hatte sich in der Branche blitzschnell herumgesprochen und ich wurde hofiert wie ein saudischer Ölprinz. Leute, die mich früher, als ich noch Assistent in der Holding gewesen war, kaum beachtet hatten, wollten plötzlich mit mir Golf spielen, und andere stellten mir unauffällig ihre Töchter vor. Allerdings hatte ich in dieser Beziehung überhaupt kein Interesse. Mein Herz war fest in Biancas Hand. Ich sah aus dem Fenster der Arena Berlin. In den Fassaden der gegenüberliegenden Gebäude spiegelte sich die untergehende Sonne des frühen Winters in einem dunklen Rosarot. Ob Bianca dieses Schauspiel gerade beobachtete, so wie wir auf unseren Ausflügen? Egal wo, hatten wir uns dann am liebsten einen gemütlichen Platz gesucht und beobachtet, wie sich die sattgelbe Scheibe dem Horizont näherte und schließlich wie eine reife Orange im Meer versank. Wie selbstverständlich war ich zum Romantiker geworden und hatte es genossen. Ich vermisste Bianca und auch an unsere Ausflüge in die Naturlandschaft Mallorcas dachte ich mit Wehmut. Ich konnte es kaum abwarten, ihre meeresblauen Augen und ihr fröhliches Lachen wenigstens in meinem Display wiederzusehen. *Aus den Augen, aus dem Sinn*, wie Bianca es für unsere Fernbeziehung vorausgesagt hatte, war absolut nicht eingetreten. Ganz im Gegenteil. Es verging kaum eine Stunde, in der mich nicht irgendeine Stimme um mich herum an ihr fröhliches Lachen, oder ein Pferdeschwanz in der Menge der Messebesucher an ihre frechen Zöpfe erinnerte.

Beate Schuster zwinkerte mir noch einmal zu, als ich mich zum Gehen wandte. Dass ich von allen Seiten so umschwärmt wurde, tat meinem Ego natürlich gut. Nur diese eine Person, an der mir wirklich etwas lag, umgarnte mich nicht und lief nicht hinter mir her. Das war aber auch nicht nötig. Zwischen uns bestand eine Verbindung, wie ich sie noch nie zu einer anderen Frau empfunden hatte. Die so stark war, dass nicht einmal zwei Flugstunden

Entfernung sie beeinträchtigen konnte. Bianca mochte mich nicht, weil ich Chef einer exklusiven Hotelkette war, sondern weil ich ganz einfach ich war – Tom Hartmann. Ich sah auf die Uhr. Eigentlich waren es noch 24 Stunden bis zum nächsten Zoom-Termin. Aber ich würde mal anrufen, um zu sehen, was bei ihr los war. Und um ihre Stimme zu hören.

20. Success-Storys

Bianca

Ich packte Stoffreste und Bastelmaterialien in meine Jutesäcke. Heute war ich im Sun and the Sea mit meinem Workshop zu Gast gewesen, einem tollen Hotel in Cala Millor. Gerade hatte ich die letzte Teilnehmerin meines heutigen Kurses verabschiedet.

Da sah ich, wie sich eine blonde Frau in einem weißen, eleganten Hosenanzug näherte. Sie hatte bei oberflächlicher Betrachtung Ähnlichkeiten mit der Hollywood-Schauspielerin Gwyneth Paltrow. Wie ich sofort erkannte, hielt sie einen meiner Flyer in der Hand.

»Frau Bianca Sommer?«, fragte sie und lächelte freundlich.

Wir schüttelten uns die Hände und sie stellte sich als Lisa Schmidt, Vorsitzende des *Deutschen Netzwerks in Mallorca*, vor. Sofort klingelte es bei mir. Ha! War das nicht die Dame, die mich wiederholt hatte abblitzen lassen? Ich war gespannt, was sie von mir wollte. Ob sie vielleicht auf Mitgliederfang war?

Sie überreichte mir ihre Visitenkarte. »Ich habe am Anschlag gesehen, dass Sie heute hier sind und wollte Sie unbedingt persönlich kennenlernen. Wir haben uns, wie mit Tom Hartmann besprochen, ordentlich ins Zeug gelegt, um Ihre wundervolle Idee zu promoten und ich hoffe, wir konnten unseren Beitrag zum Gelingen leisten. Wie ich sehe, läuft es ja ziemlich gut für Sie. Ich mag Ihre witzige Idee. Plastikmüll ist so ein großes Problem auf der Insel!«, flötete sie.

»Wie bitte? Was haben Sie mit Tom Hartmann besprochen und wie haben Sie mich promotet?«

»Hat er Ihnen das denn nicht erzählt?«, fragte sie.

Mit ihrem professionellen Lächeln konnte sie sofort bei jeder Fluglinie anheuern.

»Das Callcenter hat alle Hotels durchgerufen, sowie die Veranstaltungsagenturen. Dann ging der Newsletter raus und natürlich die Postings in den Facebook-Gruppen. Das Übliche eben«, antwortete sie leichtfertig. »Ich würde gerne einen Artikel über Sie in der nächsten Ausgabe des Inselnetzwerk-Magazins bringen. Rubrik: Success-Storys. Sind Sie einverstanden?«

Als ich immer noch nichts sagte, sah sie mich mit zusammengekniffenen Augen an, als würde sie meine Zurechnungsfähigkeit einschätzen. »Was ist denn nun mit dem Artikel?«

Ich fühlte, wie meine Knie zu zittern begannen und musste mich auf einen der weißen Plastikstühle hinter mir setzen.

»Ist alles in Ordnung? Sie sehen ja auf einmal so blass aus. Haben Sie zu wenig getrunken? Warten Sie, ich hole Ihnen ein Glas Wasser.«

Wie betäubt nahm ich wahr, dass sie zur Bar am anderen Ende des Hotelgeländes hinübereilte.

***

Vor mir leuchteten die roten Scheinwerfer eines grauen Mazdas auf. Ich sprang auf die Bremse und hörte, wie Bismarck gegen die Tür seiner Box schlug. Sein erschrockenes Jaulen ging mir durch Mark und Bein. Gott sei Dank waren wir gerade noch rechtzeitig vor der Stoßstange des vorderen Wagens zum Stehen gekommen. Himmel, das war aber knapp gewesen! Ich musste mich aufs Fahren konzentrieren!

»Armer Bismarck, alles okay?«

Zitternd lenkte ich den Fiat an den Straßenrand und nahm das bibbernde Hündchen in meine Arme. Meine Finger vibrierten wie sein kleiner Körper. Der Schock der Erkenntnis steckte mir neben der Beinahe-Kollision, die gerade passiert war, in den Gliedern. Nachdem Frau Schmidt mich mit Wasser, Keksen und gut gemeinten Ratschlägen wieder flottgemacht hatte, befand ich mich auf der Heimfahrt. Aber ihre Neuigkeiten hatten mich traumatisiert. Mein beruflicher Erfolg beruhte auf Toms Interventionen! Er hatte ohne mein Wissen halb Mallorca mobilisiert, um Kunden für mich zu gewinnen. Ich kam mir sehr, sehr dumm vor. Wie naiv war es gewesen zu glauben, dass das Interesse an meinen Kursen so schlagartig, wie aus heiterem Himmel, gekommen war? Was hatte Tom sich bloß dabei gedacht? Ich hatte doch immer wieder betont, dass ich es ohne weitere Unterstützung von ihm, auf meine Art, schaffen wollte. Das war eine Aktion, wie mein Vater sie auch geliefert hätte! Er hatte sich immer hinter unseren Rücken in unsere Leben eingemischt. Als ich mit sechzehn von der Schule abging, um eine Lehre als Schneiderin anzufangen, hatte Vater meiner Chefin heimlich Geld geboten, damit sie mich rauswerfen solle. Diese erzählte mir allerdings davon. Vater hatte die Macht über Anna und mich behalten und unsere Unabhängigkeit verhindern wollen. Er hatte uns als seinen Besitz betrachtet. Was hätte denn Tom davon, heimlich die Fäden bei meinem Upcycling Geschäft zu ziehen? In mir regte sich ein schlimmer Verdacht. Er hatte doch gewollt, dass ich mit ihm nach Deutschland gehen solle. Vielleicht wollte er die Kontrolle über meine beruflichen Kontakte haben, um mich erst ordentlich zu pushen und sie dann plötzlich zu kappen? Wenn mein Traum auf Mallorca scheiterte, dann wäre ich wohl eher gewillt, ihm nach Frankfurt zu folgen. War er etwa auch ein Narzisst wie mein Vater? Der mich besitzen und beherrschen wollte? Das hörte sich ziemlich abenteuerlich an, oder? War vielleicht doch alles nur ein Missverständnis? Aber warum hatte er dann all dies hinter meinem Rücken eingefädelt? Ich wusste nicht mehr, was ich glauben sollte. Das war doch nicht normal. Nichts erschien Sinn zu ergeben! War ich gerade dabei, den Verstand zu verlieren? Fast fühlte ich mich hilflos, als wäre ich auf einmal in meine Kindheit zurückversetzt worden.

Ich wischte heiße Tränen aus meinen Augenwinkeln fort. Ob Tom mich insgeheim die ganze Zeit über belächelt hatte? So wie diese Lisa Schmidt vom Deutschen Netzwerk, die mich wie einen unterbelichteten Backfisch angesehen hatte? Dass ich unbedarfte Animateurin dachte, ich könnte mir einfach so aus dem Nichts eine Selbstständigkeit aufbauen. Mit Plastikflaschen, alten Lumpen und Sperrmüll! Das war doch wirklich zum Schießen. Ich schüttelte den Kopf über meine Dummheit. Wäre ich lieber meinen Grundsätzen treu geblieben und hätte mich emotional nicht auf Tom eingelassen. Er war Teil meines Lebens geworden und ich hatte ihm mein Herz geöffnet und ihm vertraut, wie noch nie einem anderen Mann zuvor. Insgeheim hatte ich längst begonnen, ihn in Visionen meiner Zukunft einzubauen. Unsere Fernbeziehung könnte wirklich funktionieren, hatte ich gedacht. Ganz vage hatte ich mir sogar vorgestellt, ihm tatsächlich irgendwann nach Deutschland zu folgen. Der Standort meiner Glücksinsel hatte sich verlagert. Sie war nun dort, wo Tom war, hatte ich geglaubt. Und dass er mich aufrichtig liebte. Aber ich hatte mich getäuscht. Vom Weinen war mein Gesicht ganz nass und ich trocknete es mit meinem Ellenbogen.

In diesem Moment läutete mein Telefon. *Eingehender Anruf von Tom*, meldete das Display.

Nach dem fünften Läuten nahm ich wortlos ab.

»Hallo Bianca! Du hast noch nie so einen coolen Sonnenuntergang in einer Häuserfassade erlebt wie ich eben. Zum Glück habe ich es für dich fotografiert, ich schick dir nachher ein paar Bilder. Was machst du gerade? … Bianca?«

Ich wollte ihn anschreien. Aber ich spürte nur eine große Traurigkeit in mir, die sich wie eine graue Wolkendecke auf mich legte. Meine Kehle fühlte sich an, als würde eine inwendige Schlinge mir die Luft zum Atmen nehmen.

»Ich weiß alles«, sagte ich. »Ich habe gerade Lisa Schmidt getroffen.«

»Wen?«, fragte er und tat so, als wüsste er nicht, von wem ich sprach.

»Bitte, tu mir den Gefallen und spiel jetzt nicht den Ahnungslosen«, sagte ich.

Genauso hatten die Gespräche mit meinem Vater auch immer begonnen. Erst hatte er alles abgestritten, dann behauptet, sein Handeln wäre zu meinem Besten gewesen.

»Leugnest du etwa, dass du das *Deutsche Netzwerk* auf mein Upcycling-Start-up angesetzt hast? Sie haben mich wie wild promotet und Kunden für mich angeworben. Ich hatte dir doch gesagt, dass ich nicht möchte, dass du dich einmischst«, sagte ich.

Ich hasste dieses Gefühl, mich selbst als hysterisch wahrzunehmen und an meinem Verstand zu zweifeln. Nach jahrelangem Umgang mit einem Narzissten wusste ich, dass es in Wirklichkeit keinen Sinn hatte, mit ihm zu diskutieren und er sich jetzt geschickt herausreden würde. So, dass ich mich am Ende dumm fühlen und mir selbst Vorwürfe machen würde. *Ich habe es doch nur gut gemeint. Ich wollte dir nur helfen.* Deswegen wollte ich seine Erklärungen eigentlich gar nicht hören. Radikaler Kontaktabbruch war das einzige Mittel, um sich aus den Fängen eines Narzissten zu befreien.

»Ach so, diese Lisa Schmidt meinst du. Weißt du noch, wie niedergeschlagen du damals warst, weil sich niemand zu den Workshops angemeldet hatte? Deswegen hab ich dir ein wenig unter die Arme greifen wollen. Bist du mir etwa deswegen böse? Ich fürchte, da ist der Manager mit mir durchgegangen. Aber ich habe es nur gut gemeint«, sagte er mit samtweicher Stimme.

Er säuselte, wie mein Vater damals. Mein Herz fühlte sich an, als würde es in diesem Moment brechen.

»Ruf mich nie mehr wieder an«, sagte ich mit zitternder Stimme und legte auf. Genau dieselben Worte hatte ich damals zu unserem Haustyrannen auch gesagt. Als das Telefon nach wenigen Sekunden wieder läutete, schaltete ich es aus. Dann begriff ich, dass es vorbei war. Mein Brustkorb hob uns senkte sich vor Schluchzen, und Bismarck weinte mit mir.

Nachdem ich mich ein wenig beruhigt hatte, saß ich einfach so da und starrte auf die Straße. Mir war übel und ich befürchtete, mich übergeben zu müssen. Schließlich atmete ich mehrmals tief durch. Was für ein Glück, dass meine Schwester Anna morgen ankam. Wie noch nie zuvor sehnte ich mich nach ihrer Schulter zum Ausweinen. Ich platzierte Bismarck zurück in seine Box und startete mit unsicheren Fingern den Wagen.

21. Dinge, denen man nachjagt

Tom

Ich war im falschen Film gelandet. In den vergangenen drei Tagen hatte ich dreißig Mal erfolglos versucht, Bianca am Telefon zu erreichen und ihr zehn Textnachrichten geschickt. *Es ist aus, ruf bitte nicht mehr an,* lautete ihre einzige Antwort per WhatsApp. Ich verstand die Welt nicht mehr. Was war nur in sie gefahren? Was hatte ich denn so Schlimmes gemacht? Sie war damals so traurig und frustriert gewesen, weil ihr Start-up zu floppen drohte, dass ich einfach aktiv werden musste! Aufgrund meiner Unterstützung war ihr Geschäft so richtig angelaufen! Dass dies alles hinter ihrem Rücken geschehen war, tat mir jetzt echt leid, aber ich wollte doch immer nur das Beste für sie. Lektion gelernt! Aber dass sie deshalb gleich Schluss mit mir machte und sich weigerte, mit mir zu reden, konnte nur ein ganz übles Missverständnis sein, das sich bestimmt ruckzuck aufklären ließ. Leider war das unmöglich, solange Bianca nicht mit mir sprach. Es war mir nichts anderes übriggeblieben, als sogar Carmen, Biancas beste Freundin und meine Stellvertreterin im Alcúdia Bonita, um Hilfe zu bitten. Doch nicht einmal sie konnte mir helfen. Es tue ihr schrecklich leid, mir von Bianca ausrichten zu müssen, dass sie mich nicht wiedersehen wolle. Und mich gebeten, nicht zu ihr auf die Insel zu kommen. Das durfte doch nicht wahr sein. Andere Männer wurden von ihren Frauen verlassen, weil sie sie betrogen oder vernachlässigten. Aber meine Freundin trennte sich von mir, weil ich ihr Türen geöffnet hatte. Zwar heimlich, aber das war doch immer noch etwas Nettes gewesen. Das war so verrückt. Ich war bestürzt und empfand Biancas Verhalten als total überzogen. Man musste doch dem anderen eine Chance geben, alles zu erklären. Deswegen hatte ich für übermorgen, Samstag, einen Flug gebucht, um diesen Irrtum aus der Welt zu schaffen. Dann würden wir uns versöhnen und über dieses eigenartige Missverständnis gemeinsam lachen.

Da läutete das Telefon. Das Display kündigte einen Anruf vom Empfang an.

»Hier ist eine Frau Sommer, die Sie sprechen möchte«, hörte ich die Stimme der Rezeptionistin.

Was? Bianca war hier? Mein Puls beschleunigte sich rasant und ich erhob mich eilig aus meinem Stuhl, verließ das Büro und hastete den Gang entlang zum Eingang. Gleich würde sich alles aufklären. Als ich um die Ecke bog, stand ich einer blonden zierlichen Frau Ende zwanzig gegenüber, die am Empfangstresen wartete. Enttäuscht registrierte ich, dass sonst niemand zu sehen war.

»Herr Hartmann? Ich bin Anna Sommer, die Schwester von Bianca«, sagte die junge Frau mit österreichischem Akzent. »Entschuldigen Sie, hätten Sie ein wenig Zeit für mich?«

***

Biancas Schwester betrachtete mich aufmerksam. Wir saßen seit über einer Stunde in meinem Büro und redeten. Nun wusste ich über Biancas Kindheit Bescheid, die sie und ihre Schwester mit einem narzisstischen Vater verbringen mussten. Der seine Familie als seinen Besitz betrachtet und versucht hatte, sie durch Manipulation, Erpressung und Lügen zu kontrollieren. Diese Erfahrungen hallten bis heute in Biancas Leben nach.

»Natürlich glaube ich Ihnen, dass Sie in guter Absicht gehandelt haben und Bianca nichts Böses wollten. Aber aufgrund ihrer Vergangenheit ist Bianca sehr misstrauisch und reagiert auf Unwahrheiten allergisch. Sie vermutet, dass Sie sie dahingehend manipulieren wollten, nach Deutschland zu ziehen. Können Sie jetzt, wo ich Ihnen all das erzählt habe, vielleicht ein wenig nachvollziehen, warum sie so überreagiert? Sie hat sich damals durch Kontaktabbruch von unserem narzisstischen Vater befreit, und das ist auch heute noch ihre Strategie, um mit ähnlichen Erfahrungen umzugehen. Sie kappt alle Verbindungen radikal«, sagte Anna.

»Und was könnte ich Ihrer Meinung nach tun oder sagen, damit sie mir Glauben schenkt? Am Samstag fliege ich zu ihr, um mich zu entschuldigen.«

»Das ist keine gute Idee. Bianca ersucht Sie, nicht zu ihr kommen und sie nicht mehr zu kontaktieren. Und ich bitte Sie, ihre Wünsche zu respektieren. Das ist der eigentliche Grund, aus dem ich heute hier war. Um Ihnen das auszurichten und um Ihnen alles zu erklären.«

»Das kann doch nicht Ihr Ernst sein!«, rief ich.

»Es tut mir sehr leid. Aber meiner Meinung nach macht es im Moment keinen Sinn, Bianca mit Argumenten zu kommen. Sie würde nur Parallelen zum Verhalten unseres Vaters ziehen und abblocken. Kennen Sie den Spruch, dass die Dinge, denen man nachjagt, oft am schnellsten vor uns wegrennen? Da steckt meiner Ansicht nach ein sehr großes Stück Wahrheit drin. Denken Sie mal darüber nach.«

»Aber was kann ich denn dann tun?«, fragte ich.

»Meiner Meinung nach gar nichts. Leider.« Sie betrachtete mich voller Bedauern. »Bianca liegt sehr viel an Ihnen, aber sie hat ihre Vergangenheit noch nicht überwunden. Glauben Sie mir, ich hätte es Ihnen und Bianca von Herzen gewünscht, dass ihr euer Glück miteinander findet.«

Sie seufzte und sah mich voller aufrichtigem Mitgefühl an. Dann blickte sie auf ihre Uhr und erschrak. Sie erklärte, dass sie ihren Zug nach Wien erwischen musste. Sie drückte mich zum Abschied kurz an sich, ehe ich sie zum Aufzug begleitete und sie aus meinem Blickfeld verschwand.

Danach sagte ich alle restlichen Termine des Tages ab. Draußen wurde es bereits dunkel. Ich starrte aus dem Fenster und beobachtete die roten und gelben Lichter der unten auf der Straße vorbeifahrenden Autos. Biancas Kindheit musste schrecklich gewesen sein. Was für eine Fröhlichkeit, Wärme und Lebensfreude sie trotzdem ausstrahlte! Sie hatte so viel Leichtigkeit und Freude in mein Leben gebracht, dabei trug sie diese schwere Last mit sich. Bei der Erinnerung, wie wir uns kennengelernt hatten, musste ich wehmütig lächeln und mein Herz wurde mir schwer. Als wäre es gestern gewesen, sah ich klar und deutlich ihre Augen vor mir, die sich wie Kornblumen gegen die weiße Schminke der Pantomime absetzten. Wie sie mich verschmitzt anfunkelte, die Wasserpistole abdrückte und stumm lachte. Ein dumpfer Schmerz machte sich in mir breit. Nie mehr würden wir uns in die Augen sehen, miteinander lachen und Hand in Hand am Strand spazieren gehen. Schon jetzt vermisste ich sie, ihre liebevollen Küsse und ihre sanfte Stimme, die meinen Namen flüsterte. Wie sollte ich darüber hinwegkommen, Bianca verloren zu haben? An allem war ich selbst schuld. Sie hatte mir ihr Herz und ihr Vertrauen geschenkt und ich hatte nicht richtig zugehört. Ich hatte mich über ihre Bitte hinweggesetzt und meine eigenen Maßnahmen für ihr Geschäft getroffen. Jetzt, wo ich so vieles über sie erfahren hatte, ergaben ihre früheren Verhaltensweisen Sinn für mich. Ihre Zurückhaltung, sich mir komplett zu öffnen, oder ihr häufiges Bedürfnis, alleine zu sein. Aber jetzt war es zu spät. Wie in Trance stornierte ich meinen Flug nach Mallorca. Dann verfasste ich eine letzte WhatsApp Nachricht an sie.

Bianca,

Anna war heute bei mir und hat mir alles erklärt. Es tut mir so leid.

Ich werde dich nicht weiter bedrängen.

Ich liebe dich,

Tom

***

Die nächsten beiden Wochen vergrub ich mich in Arbeit. Ich vermisste Bianca jede einzelne Stunde. Mein Leben hatte seine Buntheit und seine Farbe verloren. Abends traf mich die Leere meines Hotelzimmers mit voller Wucht und ich hielt es dort kaum aus. Zu Wohnungsbesichtigungen konnte ich mich auch nicht aufraffen. Deshalb nahm ich irgendwelche Einladungen zum Essen an und beschäftigte mich auch in meiner Freizeit mit beruflichen Dingen. Das also war die Erfüllung meines Lebenstraumes. Bald würde ich den Staffelstab von meinem Vater überreicht bekommen und Chef der Hartmann Holding werden. Bei dem Gedanken, dass meine Zukunft *so* aussehen würde, wurde mir kalt. Einige Freunde und Kollegen von früher hatten sich aus heiterem Himmel bei mir gemeldet, und nach kurzem Gespräch hatte sich dann jeweils herausgestellt, dass sie irgendetwas von mir wollten. Einen Job, einen Kontakt, oder sie wussten von einem todsicheren Geschäft, bei dem nur noch jemand mit Kapital fehlte. Sie blieben aber höflich und liebenswürdig, auch wenn ich sie kurz angebunden unter einem Vorwand abwimmelte. Nachts konnte ich nicht schlafen und hatte das unbestimmte Gefühl, dass ich am falschen Platz war. Tagsüber fehlte es mir dann an Energie. In der Holding war ich bis auf meine Schwester Marie von Ja-Sagern umgeben, die mir nicht widersprachen. Wie hatte Vater das bloß ein Leben lang ausgehalten? Kein Wunder, dass er so ein übertriebenes Ego entwickelt hatte. Würde ich später auch so werden wie er?

Als ich am Ende des Tages aufbrach, brannte in Maries Büro immer noch Licht. Unerwarteterweise mochte ich ausgerechnet ihre Gesellschaft von allen hier in der Frankfurter Zentrale am liebsten. Eigentlich hatte ich im Vorfeld erwartet, permanent Streit mit meiner Halbschwester zu haben, aber das Gegenteil war der Fall. Wir verstanden uns super. Wenn sie nicht meiner Meinung war, sagte sie es offen und ehrlich, und das tat gut. Wenn ich eine treffende Bemerkung machte, lachte sie. Als sie mich letztens gefragt hatte, ob mich etwas bedrückte, erzählte ich ihr von Bianca. Danach waren wir gemeinsam Essen und verbrachten einen schönen Abend gemeinsam, den ich endlich mal nicht als Zeitvergeudung empfand. *Can't Buy Me Love*, spielte das Radio in ihrem Büro leise. Meine Halbschwester war ein Workaholic, genau wie ich. Ich blieb an ihrer geöffneten Bürotür stehen und sie schaute von ihrem Computer hoch.

»Hey, Marie. Hast du Lust auf ein Bier?«, fragte ich sie.

Sie schaute verdutzt vom PC hoch. »Tom. Oh, ich hab wieder einmal die Zeit übersehen. Nein, heute geht es leider nicht. Ich muss das hier noch fertig machen. Ich wünsch dir aber einen schönen Abend … Ach übrigens, wir haben endlich Nachricht von der Immobilienagentur bekommen. Es gibt einen ernsthaften Interessenten für das Alcúdia Bonita. Ich werde für nächste Woche einen Termin ausmachen, ist das okay für dich?«, sagte sie und sofort verkrampfte sich alles in mir. Das war die Nachricht, vor der ich Angst gehabt hatte. Denn mit dem Verkauf des Alcúdia Bonita würde ich die letzte Verbindung zu Bianca kappen.

»Ja bitte, nächste Woche passt mir gut«, antwortete ich und auf einmal war mir übel. Ich brauchte dringend frische Luft. Rasch verabschiedete ich mich und beschloss, zu Fuß zu meinem Hotelzimmer zurückzugehen.

22. Ein Strandhotel zum Verlieben (drei Monate später)

Bianca

»Wir sehen uns in vierzehn Tagen«, sagte Valeria zu mir und wir drückten uns zum Abschied. Auch die anderen Teilnehmer der *Selbsthilfegruppe für Angehörige von Narzissten*, die ich in Palma regelmäßig besuchte, brachen auf und jeder ging seines Weges. Ich hatte festgestellt, dass ich mit meinen Erlebnissen nicht alleine war, und es auch andere Menschen gab, die ähnliche Erlebnisse mit einem toxischen Elternteil verarbeiten mussten. Es machte mir Mut, mich mit ihnen auszutauschen. Meine Teilnahme war eine wirklich gute Idee von Anna gewesen, auch wenn ich anfangs skeptisch gewesen war. Aufgrund meiner Gespräche in der Gruppe und auch mithilfe von Telefonaten mit meiner Schwester sah ich nun alles klar und verstand meinen Irrtum. Durch die Erfahrungen meiner Kindheit war ich dermaßen übersensibilisiert, dass ich in Toms heimlicher Unterstützung meines Start-ups eine wilde Verschwörung gesehen hatte. Ich war der Überzeugung gewesen, dass Tom mich manipulieren wollte, so wie Vater früher. Mit dem vermeintlichen Ziel, dass ich ihm nach Deutschland folgte. Jetzt wusste ich aber, dass das Unsinn gewesen war und Tom allein aus Liebe zu mir gehandelt hatte. Diese Möglichkeit zog ich damals in meiner Tunnelsicht überhaupt nicht in Betracht. Wie töricht. Ungefähr so, als hätte ich die Mondladung geleugnet. Inzwischen schämte ich mich dafür. Während ich in der Bewältigung meiner Traumata mit Vater riesengroße Fortschritte machte, knabberte ich am Verlust meiner Beziehung zu Tom umso mehr. Mittlerweile wusste ich, dass ich Tom aufrichtig und von ganzem Herzen liebte, wie noch nie einen Mann zuvor. Er hatte als Einziger meinen Schutzwall durchbrochen, an dem ich seit der Kindheit baute. Bis zu meiner überzogenen Reaktion. Aber nun war es zu spät, ich hatte Schluss mit ihm gemacht und er hatte es akzeptiert.

Da ich gerade in der Nähe war, beschloss ich, das milde Märzwetter für einen kleinen Spaziergang durch den Parc de So n'Oms zu nutzen. Da konnte Bismarck nach Herzenslust an den noch blühenden Mandelbäumen herumschnüffeln, während ich mir auf einer Parkbank die späte

Nachmittagssonne ins Gesicht scheinen lassen würde. Bis zum Beginn meines nächsten Kurses am Abend in Pollença war noch ein wenig Zeit. Da läutete das Handy in meiner Tasche.

»Hola Carmen!« Ich begrüßte meine Freundin voller Freude. Da ich nicht mehr als Animateurin arbeitete, war ich nur noch sehr selten im Strandhotel, wenn ich für einen Upcycling-Kurs gebucht war. Deswegen sahen wir uns nicht so oft wie früher, wir telefonierten aber regelmäßig oder trafen uns nach der Arbeit.

»Gibt es Neuigkeiten?«, fragte ich automatisch.

Obwohl der Verkauf des Alcúdia Bonita jetzt schon drei Monate zurück lag, hatte ich es immer noch nicht überwunden. Außerdem warteten alle Beschäftigten nervös auf das Eintreffen der neuen Eigentümer. Ich gehörte zwar nicht mehr zum Team, trotzdem nahm mich die Situation vermutlich am meisten von allen mit.

»Die neuen Besitzer des Alcúdia Bonita sind eingetroffen!«, rief Carmen prompt. An ihrer hastigen Sprechweise und ihrer gepressten Stimme hörte ich, wie sie versuchte, ihre Aufregung zu unterdrücken.

Obwohl der Himmel über mir strahlend blau war, überkam mich schlagartig ein Gefühl, als würde sich eine graue Wolkendecke vor die Sonne schieben, und ich ließ meine Schultern hängen. Dass im Alcúdia Bonita ein neues Management die Geschäfte übernahm, machte alles so schrecklich endgültig. Dabei war mir die Zeit mit Tom noch so frisch in meinem Gedächtnis und in meinem Gefühl verhaftet, als wären wir erst gestern zusammen gewesen.

»Bianca, bist du okay?«, fragte meine Freundin voller Sorge. Sie wusste, wie sehr ich immer noch an meiner verflossenen Liebe hing, und als Romantikerin und Freundin litt sie mit mir.

»Ja, natürlich«, rief ich übertrieben fröhlich, wobei meine Stimme leicht überschlug. Ich biss mir auf die Unterlippe und zwang mich, ruhig weiterzusprechen. »Ähm … sind sie nett?«

»Tja, wie soll ich sagen? Ja, ich glaub, das sind sie«, rief Carmen mindestens ebenso unnatürlich wie ich. »Sie sind zu zweit. Eine Frau und ein Mann.«

Sie wollte mich mit ihrem heiteren Tonfall aufmuntern und ich liebte sie für ihre Fürsorge. Auch wenn sie es nicht schaffen würde, meinen Kummer zu vertreiben.

»Prima. Weißt du schon, ob alle ihre Jobs behalten werden?«, fragte ich. Tom hatte es versprochen und hoffentlich würden sich die beiden neuen Generalmanager auch daran halten.

»Ja, und sie wollen die Animation und die diversen Aktivitäten sogar noch ausbauen. Sie haben gefragt, ob du vorbeikommen könntest, um das zu besprechen. Wäre das in Ordnung für dich?«, fragte meine Freundin.

»Okay«, antwortete ich gedehnt, obwohl ich am liebsten abgelehnt hätte. Ich wusste nicht, wie ich ein solches Gespräch überstehen sollte, weil mich das ganze Umfeld ganz stark an Tom erinnern würde. Aber ablehnen konnte ich auch nicht, weil ich sonst vielleicht einen Kunden vergraulte, der anscheinend großes Interesse an meinen Workshops hatte. »Aber bitte nicht heute, und morgen geht es auch nicht.« Ich benötigte noch ein wenig Zeit, um mich innerlich dafür zu wappnen.

»Wie wäre es am Freitag um elf Uhr?«, fragte Carmen.

»Ist gut«, murmelte ich.

»Fein, ich trage deinen Termin ein«, sagte sie. Nachdem sie sich noch einmal vergewissert hatte, dass es mir gut ging, legte sie auf.

Ich seufzte, stützte meinen Kopf in meine Hände und bedeckte meine Augen mit den Handflächen. Bestimmt würde das Gespräch mit den Managern im Alcúdia Bonita Wunden wieder aufreißen, die noch nicht verheilt waren. Ich hatte Angst davor, Toms altes Büro zu betreten und hatte es, seitdem es zwischen uns aus war, nicht mehr getan. Würde vielleicht ein Hauch seines Parfüms noch zwischen den Wänden hängen? Unwillkürlich atmete ich durch die Nase ein. Ich erinnerte mich noch genau an den dunklen, tiefen, leicht würzigen Duft nach Zedernholz und einen Hauch von Leder, den ich so geliebt hatte und der an seinem Hals besonders intensiv gewesen war. Jetzt konnte ich Tom direkt vor mir sehen, wie er an seinem Schreibtisch in seinem wuchtigen Bürosessel saß und von seinem Computer zu mir hochschaute. Ich hörte den Klang seiner ruhigen, tiefen Stimme, der mein Herz hatte höherschlagen lassen. Und ich sah seine klugen, hellgrauen Augen vor mir, die mich schelmisch musterten. Prompt hoben die dummen Schmetterlinge in meinem Bauch bei meiner Tom-Fantasie ab, doch sie flogen natürlich ins Leere. Denn als ich meine Augen öffnete, sah ich der bitteren Wahrheit ins Gesicht: Tom war nicht mehr auf Mallorca und wir würden nie wieder zusammen sein.

Mein Magen verkrampfte sich. Es war meine eigene Schuld. Und obwohl es zu verführerisch war, musste ich mich zusammenreißen und durfte mich nicht in Tagträumen verlieren. Ich wischte die Träne fort, die über meine Wange rollte. Tom war in Deutschland und hatte sein Lebensziel, Chef der Hartmann Holding zu werden, mittlerweile wahrscheinlich erreicht. Vermutlich gab es sogar schon eine neue Partnerin an seiner Seite. Das wäre keine Überraschung, denn bestimmt umschwärmten ihn die tollsten Frauen. Mein Körper fühlte sich an, als würde die Frühjahrsmüdigkeit der letzten zehn Jahre auf ihm lasten und ich sehnte mich sinnloserweise nach einem langen Winterschlaf. Anna hatte gesagt, dass die Zeit meine Wunden heilen würde, aber das konnte ich mir im Moment noch nicht vorstellen. Davon war ich viele tausend Flugstunden entfernt.

***

Am Freitag um elf Uhr parkte ich meinen türkisen Fiat vor dem Alcúdia Bonita. Obwohl ich mir vorgenommen hatte, cool zu bleiben, waren meine Hände das Einzige an mir, das eiskalt war. Mit klopfendem Herzen betrachtete ich das frisch renovierte Strandhotel. Es strahlte förmlich mit den pinken Bougainvilleen um die Wette, die um den Parkplatz gesetzt worden waren.

Unwillkürlich musste ich lächeln. Es war, als würde ich unverhofft einer alten Freundin gegenüberstehen und mich darüber freuen, dass sie blendend aussah. Ein Jahrzehnt lang war ich hier täglich ein- und ausgegangen. Nach meiner Auswanderung hatte ich in diesem Haus und bei den Menschen hier meine zweite Heimat gefunden und mich letztes Jahr in Tom verliebt. Bei der Erinnerung an die schönen Zeiten musste ich schlucken. Na toll. Ich war noch nicht einmal in der Lobby und schon den Tränen nahe. Ich atmete dreimal tief durch. Jedenfalls war alles so fröhlich, frisch und freundlich geworden, wie Tom es sich ausgemalt hatte. So schade, dass er es nicht mehr sehen würde.

Ich strich meine selbstgenähte Bluse glatt, die ich zu einer Jeans trug und kontrollierte noch einmal, ob sich keine Haarsträhne aus meinem Zopf gelockert hatte. Ich wollte auf das neue Management-Duo einen guten, professionellen Eindruck machen. Dann holte ich seufzend noch ein paar Werbeflyer aus dem Kofferraum, deren Anblick mich natürlich auch wieder an Tom erinnerte. Am liebsten wäre ich gleich wieder eingestiegen und nach Hause gefahren. Aber Flucht half nicht. Ich musste meinen Lebensunterhalt verdienen und hoffen, von den neuen Eigentümern des Alcúdia Bonita ein großes Kurskontingent in der kommenden Saison zu bekommen. Bismarck sprang an der Leine schon einmal die Stufen zur Eingangshalle hinauf und ich folgte ihm.

***

Meine treue Freundin Carmen stand hinter der Rezeption, und lächelte ein wenig verkrampft. Die Gute, sie litt schon wieder mit mir mit. Wir begrüßten uns mit einer innigen Umarmung und Küssen auf beide Wangen.

»Du sollst bitte auf der Terrasse warten«, sagte sie.

Ich atmete erleichtert durch. Das war schon mal viel besser, als in Toms ehemaliges Büro zu müssen. »Super, danke, dann gehe ich gleich mal raus. Wir quatschen dann nachher noch, okay?«

»Super! Toi toi toi«, antwortete sie und lächelte mir aufmunternd zu.

Mit erhöhtem Puls trat ich hinter dem Chihuahua durch die weite Glastür, wo noch keine Menschenseele zu sehen war. Auch der vor dem Hotel liegende Strand und der seitlich angrenzende Pool waren beinahe verlassen. Ich beschloss, mich an einen der Tische zu setzen und zu warten. Hier tranken die Gäste gerne ihren Kaffee und genossen die Aussicht auf das Meer. Auf jedem Tisch waren kleine Gläser mit roten, weißen und rosa Oleanderblüten platziert, was sehr einladend aussah. Wenn der Märzwind auffrischte, konnte es zwar kühl werden, aber im Moment war die Temperatur richtig angenehm. Ich blickte versonnen auf die Bucht von Alcúdia. Bis zum Ende des Horizonts lag die See wie eine hellblaue, spiegelglatte Fläche vor mir und wurde nur hie und da durch einige Lichtreflexe durchbrochen, die die Sonne darauf zeichnete. Der Anblick des Meeres war wunderschön. Er tröstete mich und beruhigte mein aufgewühltes Gemüt. Wie sehr hatte ich es vermisst, hier zu sein.

Auf einmal stieß mein kleines Hündchen ein markerschütterndes Winseln aus und stürmte in Richtung Terrassentür davon.

»Bismarck!«, schrie ich und fuhr herum.

»Hallo, Bianca.«

Mein Herz setzte einen Schlag aus. Ich musste blinzeln und traute meinen Augen nicht. Ein paar Schritte entfernt von mir stand Tom.

Wieso? Was machte er hier? Auf einmal fühlte ich mich sehr zittrig und war froh zu sitzen. Mich ihm so unerwartet gegenüberzusehen war ein echter Schock. Viele Empfindungen schossen gleichzeitig auf mich ein. Ich zwang die Schmetterlinge in meinem Bauch, die bei Toms Anblick ihre Flügel wetzten, zur Vernunft. Tom war nicht wegen mir hier, sondern aus einem geschäftlichen Grund. Die Liebesbeziehung zwischen uns war vorbei.

Der Chihuahua war am Ausrasten, weinte rührend und wurde von seinem früheren Herrchen aufgehoben. Tom sprach beruhigend auf ihn ein, aber das kleine Fellknäuel vibrierte trotzdem so heftig, dass ich mir um sein kleines Herz Sorgen machte. Während der Momente, in denen Tom mit dem Hündchen beschäftigt war, betrachtete ich ihn. Sein dunkles Haar war kurz geschnitten. Er trug beigefarbene Chinos und ein lässiges hellblaues Hemd, das ihm verdammt gut stand. Er sah unverändert großartig aus, wie der Gilette-Mann, der auf dem Weg ins Büro war. Obwohl sein Anblick so vertraut war, war zwischen uns trotzdem alles anders. Das seltsame Ende unserer Beziehung war ja schon ein paar Monate her, vielleicht konnten wir uns wie Freunde verhalten? Das wäre das Vernünftigste, obwohl es auch schmerzhaft sein würde.

Ich war unsicher, wie ich ihn begrüßen sollte. War ein Händedruck angebracht, eine Umarmung, oder nur ein kurzes Wort? Der immer noch aufgekratzte Bismarck nahm mir die Entscheidung ab, denn Tom hielt ihn fest und hatte deswegen keine Hand für eine eventuelle Berührung zur Begrüßung frei.

»Hallo«, sagte ich deshalb einfach. »Ich hatte ja keine Ahnung, dass du hier bist. « Warum hatte Carmen mich eigentlich nicht vorgewarnt? Diese miese Verräterin. »Du bist sicher wegen der Übergabe des Hotels an die Käufer hier? Ich bin jetzt auch mit ihnen verabredet.« Der unverfängliche Plauderton, den ich anstimmen wollte, gelang mir aufgrund meiner wackeligen Stimme nicht wirklich. Ich räusperte mich und schwieg.

Tom nahm mir gegenüber Platz und der Kleine saß glücklich hechelnd auf seinem Schoß. Das würde schlimm werden, wenn wir nachher wieder ins Auto einstiegen, aber sein geliebtes Herrchen nicht. Tom war wie immer ruhig und souverän, aber ein ganz leichter Schimmer in seinen Augen verriet mir, wie sehr ihn die Wiedersehensfreude mit seinem Hund bewegte. Er hatte seine großen Hände wie eine schützende Decke auf Bismarcks kleinen bebenden Körper gelegt. Bestimmt konnte er dessen kleines Herz jetzt ganz stark fühlen, wie es aufgeregt klopfte.

»Es ist sehr schön, dich zu sehen, Bianca«, sagte er, und das Timbre seiner Stimme kitzelte an meinem Rippenbogen.

»Gleichfalls«, antwortete ich und mein Atem beschleunigte sich, als ich in seine hellgrauen Augen blickte. Obwohl es nicht sein durfte, weil wir kein Paar mehr waren, brachte dies mein Herz beinahe außer Takt.

Nach einem Moment räusperte er sich. »Ich bin nicht wegen der Käufer des Hotels hier«, sagte er. »Ich bin es selbst.«

»Wie meinst du das?«, fragte ich. Er sprach in Rätseln.

»Ich habe das Alcúdia Bonita gekauft«, antwortete er.

»Was?«, rief ich. Ich hatte seine Worte gehört, aber nicht verstanden. Das ergab keinen Sinn! Er war doch der Chef der Hartmann Holding in Frankfurt. Und obwohl Tom wohlhabend war, konnte er sich doch nicht einfach so das Alcúdia Bonita kaufen?

In dem Moment wurde die Terrassentür aufgezogen und am Eingang stand eine junge attraktive Frau in einem eleganten grauen Business-Dress. Sie warf ihr schulterlanges dunkelbraunes Haar zurück.

»Gib uns bitte noch zehn Minuten«, bat Tom sie, die sich daraufhin wieder zurückzog.

Was war hier los?

Auf einmal wurde mir alles klar. Mein Herz verkrampfte sich und ich schaffte es nicht, meinen Mund zu einem Lächeln zu zwingen.

»Das ist wohl deine neue Freundin? Dann vermute ich, dass ihr beide das neue Generalmanager-Duo seid«, sagte ich mit bitterem Unterton, obwohl ich mich für ihn freuen wollte. Natürlich gönnte ich ihm seine neue Liebe, aber im Moment konnte ich nur eine Mischung aus Trauer und Selbstmitleid darüber empfinden.

»Nein, das ist Marie Hartmann, meine Halbschwester«, antwortete er.

»Ach …?«, sagte ich fragend. Jetzt kannte ich mich zwar gar nicht mehr aus, aber wenigstens waren die beiden kein Paar. Ich fühlte wirkliche, aufrichtige Erleichterung. Aber trotzdem geisterten tausend Fragen in meinem Kopf herum.

Tom legte den Kopf schief. »Bianca, ich muss dir so einiges erklären«, sagte er mit rauer Stimme. »Es tut mir schrecklich leid, dass ich mich damals hinter deinem Rücken in dein Upcycling-Geschäft eingemischt und Lisa Schmidt kontaktiert habe. Das war absolut falsch von mir. Seitdem Anna mir von eurem Elternhaus erzählt hat, kann ich umso mehr verstehen, dass du das als Vertrauensbruch empfunden und dich hintergangen gefühlt hast.« Er atmete tief durch.

Der Blick, den er mir schenkte, versetzte mir im Bereich zwischen Magen und Herz zehntausend kleine Stiche, die mich so aufwühlten, dass ich kaum ruhig auf meinem Stuhl sitzenbleiben konnte.

»Aber keine Sorge, ich habe akzeptiert, dass du Schluss gemacht hast, und werde dich nicht bedrängen. Ich werde mich komplett von dir fernhalten, wenn du das möchtest. Ich bin nämlich ganz bestimmt kein Narzisst, Stalker oder sonstiger Psycho. Nur ein absolut harmloser Workaholic, das muss ich allerdings zugeben.«

»Aber das weiß ich doch«, rief ich. Toms Stimme hatte so liebevoll geklungen. Und dieser zärtliche Blick, den er nicht von mir abwandte! Mein Herz klopfte bis in meinen Hals hinauf. »Mittlerweile ist mir so vieles klar geworden. Ich habe verstanden, dass du mir nur helfen wolltest. Es tut mir so leid, dass ich dich beschuldigt habe, mich manipulieren zu wollen. Ich bedauere zutiefst, was ich gesagt und getan habe.« Ich schüttelte ganz leicht den Kopf und schluckte aufsteigende Tränen hinunter.

Unsere Blicke versanken ineinander. Konnte es sein, dass er mich immer noch mochte, so wie ich ihn? War das denn möglich? Bei diesen Gedanken stolperte mein Herz nur so dahin, und der Boden unter meinen Füssen verwandelte sich in ein Meer mit erhöhtem Wellengang. Erhielt ich vielleicht eine zweite Chance? Es war an mir, den Schritt auf ihn zuzumachen. Ich musste es ihm sagen, jetzt oder nie!

»Ähm ... es ist ... es ist nicht nötig, dass du dich von mir fernhältst.« Mein Mund fühlte sich staubtrocken an. »Ich würde mich sogar freuen, wenn du es nicht tust. Wenn du dich nicht von mir fernhalten würdest, meine ich.«

Was stammelte ich da bloß zusammen? Am liebsten hätte ich mich selbst fest an meinem Zopf gezogen, um die richtigen Worte aus mir herauszuschütteln. Ich senkte meinen Blick, um Tom nicht ansehen zu müssen, wenn ich ihm jetzt mein Herz offenlegte und es ihm quasi zum Geschenk darbot. Würde er es annehmen und uns noch eine Chance geben? Oder hatte ich die Situation falsch interpretiert und er würde mich zurückstoßen? »Ich habe dich sehr vermisst, Tom. Ich liebe dich nämlich.«

Jetzt war es heraus. Kurz und schmerzlos. Ich konnte nicht verhindern, dass sich eine Träne löste und über meine Wange lief. Unwillkürlich schlang ich meine Arme um meinen Oberkörper. So schutzlos und verletzlich hatte ich mich das letzte Mal als Kind gefühlt, als ich mich vergeblich nach Liebe gesehnt hatte.

Wie ich aus den tränenverhangenen Augenwinkeln erkannte, setzte Tom Bismarck auf den Boden ab und kam zu mir herüber. Und er streckte mir mit einem weiten, hingebungsvollen Lächeln seine Arme entgegen! Mein Herz machte einen Freudensprung, und ich fühlte mich mit einem Mal leicht wie ein Schmetterling. Trotzdem spürte ich, dass meine Knie noch weich waren, als ich aufstand und Tom mit seinem Daumen zärtlich die tränennasse Spur auf meinem Gesicht trocknete. Ich ließ meine Fingerspitzen andächtig über seine Wange gleiten, als hätte ich kostbarste Seide vor mir. Wir standen uns gegenüber, und ich betrachtete seinen Mund, der sich dem meinen näherte.

»Und ich liebe dich«, hauchte Tom mit kratziger Stimme, aus der ich seine Bewegtheit heraushörte. Er lächelte mich mit einem Ausdruck an, in der ich die Freude und jenes Glück ablesen konnte, das auch ich empfand. Ich schloss meine Augen, und als ich die Berührung seiner warmen Lippen auf meinen spürte, schwappte eine riesige Welle des Glücks und der Dankbarkeit über mir zusammen.

***

Nach dem längsten und besten Kuss meines Lebens lösten wir uns voneinander, und schauten uns tief in die Augen. Wir hielten uns an den Händen und ich konnte mein Glück nicht fassen.

Von der Terrassentür drang der Klang eines Seufzers zu uns herüber. Dort standen Carmen und Marie. Meine beste Freundin tupfte sich mit einem Taschentuch Tränen aus den Augenwinkeln und Toms Schwester strahlte.

»Carmen …« Ich ging auf sie zu und drückte sie. »Du hast alles gewusst!«

Auch Toms Schwester Marie umarmte mich.

»Ja, aber ich durfte nichts sagen!«, rief meine beste Freundin mit schuldbewusstem Blick in Richtung Tom.

»Carmen hat mich während meiner Abwesenheit im Hotel ziemlich perfekt vertreten, aber dass ich dich liebe, wollte ich dir schon selbst sagen«, antwortete Tom und lächelte schelmisch.

»Was wird denn nun aus deinem großen Traum, deinem Vater als Chef der Hartmann Holding nachzufolgen?« Tom hatte doch sein ganzes Leben lang darauf hingearbeitet, in die Fußstapfen seines alten Herrn zu treten.

»Als ich am Ziel angelangt war und in Frankfurt von meinem Chefsessel aus hinunterschaute, fühlte sich alles auf einmal falsch an, als wäre ich fehl am Platz. Ohne dich konnte ich keine Freude darüber empfinden, was ich erreicht hatte, und mein ganzes Vermögen erschien mir wertlos. Als sich dann kein passender Käufer für das Alcúdia Bonita finden ließ, der meine Bedingungen akzeptieren wollte, fasste ich einen Entschluss. Ich stieg aus der Holding aus, um nach Mallorca zurückzukehren und das Strandhotel selbst übernehmen. Die Aussicht, so wenigstens in deiner Nähe sein zu können, war der Strohhalm, den ich greifen musste. Als ich Carmen in meine Pläne einweihte, deutete sie an, dass ich vielleicht noch Chancen bei dir hätte. Danach setzte ich alle Hebel in Bewegung, um den Plan so schnell wie möglich zu verwirklichen.«

»War das nicht sehr schwierig? Hat dir die Bank denn einen so hohen Kredit gewährt?«, fragte ich, denn irgendwann einmal hatte Tom erwähnt, welche Summe die Hartmann Holding für das Alcúdia Bonita bezahlt hatte. Und diese war jenseits meines Vorstellungsvermögens gewesen.

»Einfach war es nicht. Mit meinem Ausstieg aus dem Familienunternehmen habe ich mich auszahlen lassen, und mit dem Geld konnte ich einen Teil der Kaufsumme aufbringen. Zusätzlich zu einem Bankkredit hat sich der Konzern mit einer Minderheit beteiligt und so habe ich den Rest gestemmt. Zum Glück hat Marie mich unterstützt und wir konnten Vater überzeugen zuzustimmen. Jetzt muss meine Schwester leider alle Schleimer allein abwehren, denn sie hat den Chefposten in Frankfurt übernommen. Vorerst mit einem externen Geschäftsführer gemeinsam. Sie ist nach Mallorca mitgekommen, um mich moralisch zu unterstützen und um ein paar Tage Urlaub zu machen. Im Moment hat sie aber noch Probleme abzuschalten, fürchte ich.«

Toms Schwester sah mit ihrem grauen Business-Kostüm, den Lack-Pumps und ihrer perfekt sitzenden Frisur tatsächlich nicht so aus, als wäre sie in den Ferien. Zum Glück war sie mit mir als ehemaliger Animateurin an einen Profi geraten.

»Marie, warst du schon am Cap de Formentor? Das müssen wir dir unbedingt zeigen. Oder wie wäre es mit einer Runde Boccia, hast du Lust?«

Tom blickte mich mit seinen hellgrauen Augen fest an, und seine rechte Braue wanderte in die Höhe. Er schaffte es alleine mit dieser Mimik, mein Herz zum Klopfen und meinen Puls zum Fliegen zu bringen. »Morgen können wir Marie alles zeigen, aber heute haben wir schon was vor.«

23. Im Elfenbeinturm (ein halbes Jahr später)

Tom

Die Fahrstuhltüren schlossen sich lautlos. Es blieben uns zwanzig Stockwerke und damit nur wenige Sekunden Zeit, uns zu küssen. Dies löste, so wie immer, einen Schmetterlingssturm in meinem Magen aus. *Ping.* Der Lift stoppte und die Türen glitten auseinander.

»Äh-hem. Guten Tag, Herr Hartmann!« Frau Wagner räusperte sich und grinste uns fröhlich entgegen. Es war zu spät, um meine Frisur noch einmal zu checken. Bianca richtete noch schnell meine dunkelblaue Krawatte, und lächelte mich zärtlich an. Hand in Hand stiegen wir aus. Bismarck knurrte sein Gegenüber in der verspiegelten Aufzugtüre noch einmal misstrauisch an, ehe er uns folgte.

»Schön, Sie mal wieder bei uns zu sehen«, begrüßte uns die gute Seele der Hartmann Holding. Es war jetzt ein halbes Jahr her, seitdem ich meinen Chefposten aufgegeben und, diesmal für immer, nach Mallorca ausgewandert war.

»Vielen Dank! Ich freue mich auch sehr, hier zu sein. Darf ich Ihnen Bianca Sommer vorstellen?«

Dass es sich bei ihr um meine Freundin handelte, brauchte ich nicht zu erklären, denn das stand nach unserem Auftritt eben zweifelsfrei fest.

»Ihre Schwester und die anderen Teilnehmer warten schon im großen Besprechungszimmer«, sagte sie und zwinkerte uns zu.

Was uns heute erwartete, wussten wir nicht so genau. Marie, die das Familienunternehmen jetzt mit einem externen Geschäftsführer gemeinsam leitete, hatte mich gebeten, nach dem Quartalsmeeting in die Zentrale zu kommen, denn es gäbe monumentale Neuigkeiten. Obwohl ich kein Manager der Familiengruppe mehr war, gab es enge Verflechtungen und ich hatte natürlich zugesagt.

Meiner Bitte, mich zu begleiten, war Bianca zu meiner großen Freude nachgekommen. Ihre Upcycling Kurse waren so erfolgreich, dass sie mittlerweile von einer Mitarbeiterin unterstützt wurde, die sie während ihrer Abwesenheit vertrat.

Und nun waren wir hier, im Elfenbeinturm, wie sie das Westend-Duo gerne neckisch nannte.

Wir betraten den Meetingraum, um dessen Besprechungstisch Marie, Vater und Max standen und sich unterhielten.

»Hallo, ihr beiden!«, rief meine Halbschwester, als sie uns sah. Sie kam freudestrahlend auf uns zu. Wir wurden herzlich von ihr umarmt und auch Vater drückte uns ungelenk an sich. Mein alter Herr war mittlerweile im Ruhestand und beschäftigte sich dieser Tage hauptsächlich damit, sein Handicap beim Golf zu verbessern. Dass auch er heute hier war, sprach dafür, dass wirklich Sensationelles verkündet werden würde und meine Neugierde wuchs ins Unermessliche. Dann begrüßten wir Max, der sich wenigstens ein Lächeln abringen konnte. Das war doch schon mal ein Fortschritt. Wie ich gehört hatte, musste er sich im Alsterstern neuerdings ganz schön anstrengen, was ihm offensichtlich guttat. Vielleicht wurde er langsam erwachsen.

Nachdem wir ein wenig Smalltalk ausgetauscht hatten, ergriff Marie das Wort. »Dann lasst uns doch mal anfangen.«

»Tom, es gibt wieder einmal große Veränderungen in unserer Holding.« Marie lächelte verschmitzt. Mit ähnlichen Worten hatte Vater das Meeting vor einem Jahr begonnen, in dem er mir wider Willen das Alcúdia Bonita angehängt hatte.

»Ich will dich nicht lange auf die Folter spannen. Da wir nach wie vor von einer Expansion in den Süden überzeugt sind, haben wir die Immobilienagentur noch einmal mit der Suche auf Mallorca beauftragt und diesmal das absolut perfekte Objekt gefunden. Es handelt sich um ein romantisches Fincahotel im Tramuntana-Gebirge, das diesmal wirklich hervorragend in unser Portfolio passt. Es liegt in einer wunderschönen, herrlich ruhigen Gegend«, erklärte meine Schwester.

In diesem Moment schob Frau Wagner einen Servierwagen mit Gläsern und einer Champagnerflasche herein.

»Das ist ja eine Überraschung! Ich gratuliere zum Neuzugang. Aber … hättet ihr uns das nicht auch ganz einfach am Telefon erzählen können?«, fragte ich.

Vater und Marie tauschten einen wissenden Blick. Mir schwante, dass das noch nicht alles gewesen war.

Marie grinste schon so verschlagen wie unser Vater in seinen besten Zeiten. »Tja, wir hoffen, dass du uns über die Anfangszeit unterstützen wirst. Das Hotel muss nämlich von Grund auf renoviert werden, um dem Anspruch unserer Gruppe zu genügen. Da wäre es natürlich perfekt, wenn wir auf deine Erfahrungen und Kontakte zurückgreifen und die Synergien innerhalb der Familie Hartmann optimal nutzen könnten. Kurz gesagt: Wir wollen dir den Posten des Generalmanagers anbieten, wenigstens für eine gewisse Zeit. Ungefähr für zwei Jahre, bis sich alles eingespielt hat.«

»Hm. Ihr könnt euch noch erinnern, dass ich jetzt ein eigenes Hotel besitze, das meine Zeit in Anspruch nimmt?«, fragte ich etwas provokant, obwohl ich mich darüber freute, dass ich um Mithilfe gebeten wurde. Das Projekt hörte sich sehr spannend an.

»Ja natürlich. Allerdings habe ich dein Personal kennengelernt und mit eigenen Augen gesehen, dass deine Anwesenheit, mit Verlaub, nicht ständig erforderlich zu sein scheint. Deine Stellvertreterin Carmen schmeißt den Laden ja ganz gut ohne dich.«

Hmpf. Meine kleine Schwester war ja ganz schön vorlaut! Anderseits hatte sie recht. Sofort juckte es mir in den Fingern zuzusagen. Ich war ein Hotelmanager mit Leib und Seele und liebte außergewöhnliche Herausforderungen, unter denen ich zur Höchstform auflief. Da der Betrieb des Alcúdia Bonita so reibungslos funktionierte, fühlte ich mich manchmal richtig überflüssig und konnte fast nur wiederkehrende Verwaltungsarbeiten verrichten. Ab und zu lief ich in letzter Zeit deswegen sogar Gefahr, meinen Mitarbeitenden auf die Nerven zu gehen. Ich tauschte einen Blick mit Bianca, die mir aufmunternd zunickte.

»Na, sag schon Ja, ich weiß doch, wie sehr du es willst«, sagte sie lachend.

»Also gut. Ich bin einverstanden«, antwortete ich nach einem kurzen Moment. Marie klatschte in die Hände.

»Irgendwo in meinen alten Kontaktdaten habe ich noch die Nummer der Dame vom *Deutschen Netzwerk auf Mallorca,* soll ich dir die raussuchen?«, fragte Vater.

Bianca und ich grinsten uns an. Mittlerweile konnten wir über die Probleme und Missverständnisse, die uns fast auseinandergebracht hatten, lachen. Bianca hatte sich der Aufarbeitung ihrer Vergangenheit gestellt und unsere Liebe hatte die Wunden ihrer Kindheit endgültig geheilt. Ich würde das Vertrauen, das sie mir schenkte, niemals enttäuschen.

»Danke! Aber wir kommen ganz gut ohne die Dienste von Lisa Schmidt zurecht«, antwortete ich meinem alten Herrn, und nahm ein Glas Champagner von ihm entgegen.

Als Bianca und ich mit unseren Sektflöten anstießen, verfingen sich unsere Blicke. Wie immer entfachten ihre meeresblauen Augen einen Schmetterlingssturm in meinem Bauch und ich fühlte riesige Dankbarkeit, dass mir mit Bianca so viel Glück in meinem Leben zuteilgeworden war.

Die drei kleinen Wörter drängten sich mir wieder auf und ich musste sie ihr sofort sagen. »Ich liebe dich«, raunte ich ihr so leise zu, dass nur sie mich hören konnte. Ihre Antwort gab sie mir postwendend in Form eines glücklichen Lächelns und eines langen, zärtlichen Kusses.

24. Nachwort und Dank

Liebe Leserinnen und liebe Leser!

Vielen Dank, dass Ihr meine Geschichte gelesen habt und ich hoffe sehr, dass Euch der Aufenthalt im »Strandhotel zum Verlieben« Freude bereitet hat. Ich liebe das wunderschöne Mallorca sehr, und das Schreiben dieses Romans hat mir sehr großen Spaß gemacht.

Ich danke meiner lieben Lektorin Katharina Strzoda für die Flexibilität und die wertvollen Inputs, sowie Sara Münster und Birgit Van Troyen, die kurzfristig beim Korrigieren eingesprungen sind. Vielen lieben Dank dafür! Das Cover, das ich wieder einmal sehr gelungen finde, hat auch diesmal Torsten Sohrmann entworfen.

Weiters danke ich:

- meiner Familie, die mich motiviert und unterstützt

- allen, die Bewertungen und Rezensionen verfassen: euch Leserinnen, Bloggerinnen, und Teilnehmerinnen der Lovelybooks-Leserunden

- den lieben Menschen, die mir auf Amazon, Instagram oder Facebook folgen, oder sich über Mail mit mir austauschen: danke für euren Zuspruch! Nachrichten erreichen mich via E-Mail (maggie@uhmann.at), Instagram (maggie_uhmann_autorin) oder Facebook (Maggie Uhmann)

Zuletzt möchte ich noch ein wichtiges Thema anschneiden, das mir bei meinen Recherchen für dieses Buch öfters begegnet ist: Plastikmüll. Und hier gibt es gute Nachrichten! Mallorca nimmt innerhalb der EU eine Vorreiterrolle bei dessen Vermeidung ein, und es werden diesbezüglich große Anstrengungen unternommen. Zum Beispiel engagiert sich Cleanwavefoundation.org in der Bereitstellung von Trinkwasserspendern auf der Insel. Die kostenlose App »Cleanwave« zeigt die Standorte an, an denen man seine Wasserflasche gratis auffüllen kann, und sich somit keine weitere Einweg-PET-Flasche kaufen muss. Probiert es bei eurem nächsten Mallorca-Besuch unbedingt aus und unterstützt damit den Kampf gegen den Plastikmüll!

Habt noch einen wunderschönen Sommer!

Viele liebe Grüße
Eure Maggie Uhmann, im August 2023

Weitere Bücher von Maggie Uhmann:
Vanillekipferl für zwei (2022)
Korallenträume und Floridaliebe (erschienen im Flamingo-Tales-Verlag, 2022)
Feudal verliebt (2021)
Herz ausser Takt (2021)